UNREAD

『旅行者号』第二部

封闭的共同轨道

A CLOSED AND COMMON ORBIT

Becky Chambers

[美] 贝基·钱伯斯 著

赵晖 译

海峡出版发行集团 | 海峡文艺出版社

图书在版编目（CIP）数据

封闭的共同轨道 /（美）贝基·钱伯斯著；赵晖译. -- 福州：海峡文艺出版社, 2022.3
ISBN 978-7-5550-2880-2

Ⅰ. ①封… Ⅱ. ①贝… ②赵… Ⅲ. ①幻想小说－美国－现代 Ⅳ. ①I712.45

中国版本图书馆 CIP 数据核字 (2022) 第 019105 号

A CLOSED AND COMMON ORBIT
by Becky Chambers
Copyright © Becky Chambers 2016
First published in Great Britain in 2016 by Hodder & Stoughton
Published by arrangement with Hodder & Stoughton Limited, through The Grayhawk Agency.
Chinese (in Simplified character only) translation copyright © 2022 by United Sky (Beijing) New Media Co., Ltd.
All rights reserved.

著作权合同登记号：图字 13-2021-086

封闭的共同轨道
[美] 贝基·钱伯斯 著；赵晖 译

出　　版：	海峡文艺出版社
出 版 人：	林　滨
责任编辑：	蓝铃松
编辑助理：	张琳琳
地　　址：	福州市东水路 76 号 14 层　邮编 350001
电　　话：	(0591) 87536797（发行部）
发　　行：	未读（天津）文化传媒有限公司

选题策划：	联合天际·文艺生活工作室
特约编辑：	黄　蕊
装帧设计：	木　春
美术编辑：	程　阁
印　　刷：	三河市冀华印务有限公司
经　　销：	新华书店
开　　本：	880 毫米 ×1230 毫米　1/32
印　　张：	11.5
字　　数：	290 千字
版次印次：	2022 年 3 月第 1 版　2022 年 3 月第 1 次印刷
书　　号：	ISBN 978-7-5550-2880-2
定　　价：	56.00 元

关注未读好书

未读 CLUB
会员服务平台

本书若有质量问题，请与本公司图书销售中心联系调换
电话：(010) 52435752

未经许可，不得以任何方式
复制或抄袭本书部分或全部内容
版权所有，侵权必究

献给我的父母和伯格劳格

本书故事有两条时间线：
当前的时间线紧接着《前往愤怒小行星的漫漫旅程》一书。
过去的时间线则始于约 20 个太阳系年前。

文件路径：银河系共和国（Galactic Commons）公民安全部技术事务司 [公共语言/克利普语（Klip）] > 法律参考文件 > 人工智能 > 仿生人工智能躯壳（"义体"）

加密：0

翻译路径：0

转录方式：0

节点标识符：3323-2345-232-23，洛芙莱斯（Lovelace）监控系统

仿生人工智能躯壳在所有银河系共和国领土、部队、设施和船舶上都禁止使用。人工智能只能安装在下列核准地点：

——飞船

——轨道站

——建筑物（商店、营业场所、私人住宅、科研设施、大学等）

——过境车辆

——送货无人机（仅限于智力水平U6级及以下）

——允许商用的外壳，如维修机器人、服务接口（仅限于智力水平U1级及以下）

处罚：

——制造仿生人工智能躯壳：处以银河系共和国标准15年监禁，没收所有相关工具和材料

——购买仿生人工智能躯壳：处以银河系共和国标准10年监禁，没收相关硬件

——拥有仿生人工智能躯壳：处以银河系共和国标准10年监禁，没收相关硬件

附加措施:

一旦发现仿生人工智能躯壳,将依法强制停用,并不予进行核心软件传输、转移。

第一部分

漂泊

洛芙莱斯

洛芙莱斯已经在一具身体里待了28分钟。她现在的感觉和刚醒来时一样，还是觉得浑身不对劲，但不知道原因是什么。没有任何故障和损坏，所有的文件都已转移妥当，系统扫描也没有发现哪里出错，但是不对劲的感觉就是存在并困扰着她。佩珀（Pepper）说她需要时间来适应，但是并没有说需要多久。洛芙莱斯不喜欢这样——因为没有时间表这事儿令她很是不安。

佩珀坐在驾驶员的座位上，回过头来问她："怎么样？"

这是一个直白的问题，意味着洛芙莱斯不能回避。"我不知道怎么回答这个问题。"她坦诚道，尽管这个回答无济于事。她对一切都感到无所适从。29分钟之前，她被安置在一艘飞船上。她的摄像头可以看到飞船的每个角落，监听每个房间。她连接着网络，里外都有"眼睛"，能360度不停观察。

但是现在，她的视角和人类一样，只能看到正前方的一片狭窄区域，超出这个视野范围就都是盲区。她再也感觉不到来自飞船地板里人造重力网的牵引，抑或来船体外太空微重力的牵引。一种胶水般粘滞的重力，牢牢地把她的脚"粘"在地板上，把她的腿"粘"在座位上。洛芙莱斯之前在"旅行者号"（Wayfarer）里面扫视佩珀的穿梭机时，感觉穿梭机还挺宽敞，但现在进到里面了，才发现它小得不可思议，更别说容纳两个人了。

而最糟糕的是，没有网络连接了。之前，她可以在与人对话、监控飞船运转的同时，获取她想要的任何信息——不管信息是来自新闻、文件，还是下载中心。现在，她仍然有对话和监控飞船运转的能力（毕竟这具身体并没有改变她的认知能力），但是她的网络连接已经中断。她获取不了任何知识，只知道这具身体里除了她自己，空空如也。她觉得自己瞎了、停滞了。她被困在这东西里了。

佩珀从控制台前起身，蹲在洛芙莱斯跟前。"嘿，洛芙莱斯，"她说，"跟我说说。"

这具义体肯定出问题了。虽然她的诊断结果不支持这个结论，但这是唯一合乎逻辑的结论。假肺开始加速呼吸，手指自动收紧，她有一种想要移动身体去别处的冲动——无论去哪里都可以。她必须离开这架穿梭机。但是，她又能去哪里呢？她从后视窗可以看到"旅行者号"已经变成了一个远处的小点，外面空荡荡的，什么也没有。空荡荡的也好，这具义体应该能够承受真空环境。她可以飘浮起来，远离这里的假重力、明亮的光线和逼仄的船舱。

"嘿，"佩珀握住了她的双手，"深呼吸。你会没事的。做做深呼吸。"

"我不——我不需要——"洛芙莱斯说。她还不习惯这样的呼吸方式，说起话来很是困难。"我不需要——"

"我知道你不需要呼吸，可这具身体有本能反应，它会基于你的感受，模仿人体下意识的反应。你感到害怕，对吧？那这具身体就会表现出惊慌。"佩珀低下头，看到自己握住的那双手在颤抖，"讽刺的是，这是它的一个特性。"

"我能……我能把它关了吗？"

"不能。如果你的面部表情不自然，别人会注意到的。过一阵子你就能学会控制它了，就像我们一样。"

"要多久？"

"我不知道，亲爱的。反正……需要点儿时间。"佩珀握了握她的手，"好了，现在跟我一起做个深呼吸。"

洛芙莱斯把注意力集中在假肺上,引导它们减速。她试了好几次才跟上佩珀夸张的呼吸节奏。一分半钟后,她的手停止了颤抖。她感到双手放松了下来。

"好样的!"佩珀友善地望着她,说道,"我知道,你困惑得不得了。但我在这里,我会帮助你的。我哪儿也不去。"

"我感觉浑身都不对劲,"洛芙莱斯说,"我感觉——我感觉很混乱。我在尝试,我真的在努力,但是这……"

"这很难,我懂。别难过。"

"为什么要把我改造成这样?她为什么要这样对自己?"

佩珀叹了口气,用一只手去抚摸洛芙莱斯没有毛发的头皮。"洛维……之前想了很久。我确信她做了很多的研究,她应该早有准备。她和詹克斯应该早就知道会发生什么。而你……不知道。你今天才刚有意识,就要感受天翻地覆的变化。"她把大拇指放进嘴里,一边咬指甲,一边思考该怎么说。"我也很不适应,但是我们要一起努力。只要是我能做的,不管是什么,你都要告诉我。有什么办法能让你好受一点儿吗?"

"我想要连接网络,"洛芙莱斯说,"可以吗?"

"嗯嗯,当然可以。头往前倾,我来看看你的接口是什么样子。"佩珀查看了这具义体的后脑勺。"好,不错。这是个普通接口。挺好的。看不出你是被人花费重金改造的,这正是我们想要的。啊,这可真不错!"她走向穿梭机的储藏室。"你知道你会流血吗?"

洛芙莱斯低头看着自己的手臂,研究着手臂上柔软的人造皮肤,问:"真的吗?"

"嗯。"佩珀一边说,一边在装满零配件的杂物箱里翻找。"当然,流的并不是真的血,只是你身体里的一些彩色液体,是用来糊弄检查站的各种扫描器的。不过这些彩色液体像极了鲜血,这才是重点。如果你在别人面前被割伤,他们不会因为你不流血而大惊小怪。啊,我找到了。"她拔出一根短连接线。"但是,你不能对网络产生依赖。你在家里或者游戏厅之类的地方连接网络没有问题,可你不能走到哪儿都连着网络。你以后得习惯没有网络连接。请你再低一下头。"她把连接线的一头插在这具身体的头上,"咔嗒"一声,连上了。她取下别在皮带上的平板电脑连在连接线的另一头,并下达了建立安全连接的指令。"目前,你这样做还是可以的。毕竟让你一下子适应也不现实。"

当温暖的数据流涌入义体,洛芙莱斯感觉到这具义体在微笑。数以百万计的跃动着的让人心动的数据又触手可及了。洛芙莱斯放松了下来。

"感觉好些了吗?"佩珀问道。

"好些了。"洛芙莱斯边说边找出她转移到这具义体之前看过的文件——人类控制的领土、安德瑞斯克(Aandrisk)手语、先进的水球策略[1]。"嗯,这样就很好。谢谢。"

佩珀微微一笑,看上去如释重负。她捏了捏洛芙莱斯的肩膀,然后坐了下来。"嘿,现在你连上网络了,有件事情你得开始考虑了。虽然我很不想现在就把它扔给你,但是时间紧迫,等我们到科里奥尔(Coriol)港的时候,你就得决定了。"

洛芙莱斯本来在专心上网,此时,她分散出一部分注意力,创建了一个新的任务文件,问道:"什么事情?"

"改个名字。到了科里奥尔港,你就不能再叫洛芙莱斯了。那里不止你一个仿生人工智能,而且那地方的技术员喜欢聊天交流……我担心有人察觉。我是说,这也是这具身体配备人声的原因。"

---

[1] 一种在水上进行的团体竞技游戏。——译者注(下文注释如无特殊说明,均为译者注)

"哦,"洛芙莱斯从没有想过这个问题,"你不可以给我起一个名字吗?"

佩珀皱着眉头,沉思着,说道:"我可以,但是我不想这样做。对不起。"

"大多数智慧物种的名字不都是别人给起的吗?"

"是的。但你不同于大多数智慧物种,我也一样。我不喜欢给别人起名字。抱歉。"

"没关系。"洛芙莱斯思索了几秒钟。"你以前叫什么名字?"可这话刚一问出口,她就后悔了。

佩珀的下巴明显收紧了。"叫简。"

"我是不是不应该问这个问题?"

"不不,没关系。只是——我一般不跟别人聊这个。"佩珀清了清嗓子,"那已经是过去的事情了。"

洛芙莱斯觉得自己最好说点儿别的。她可不想冒犯现任监护人,给自己找麻烦。"我取个什么样的名字比较好?"

"首先,得是人类的名字。你已经有了人类的身体,如果不取一个人类的名字,会引起别人的怀疑。和地球有关的名字可能比较好,且最好别取过于特殊的名字。但除此之外……老实说,亲爱的,我也不知道叫什么名字比较好。我知道,这个回答很糟糕。你今天定不下来没有关系。名字很重要,你应该选一个对你有意义的名字。反正人体改造控都是这样做的,选名字对我们来说是一件大事。我知道你才刚醒来不久,要马上做决定很难。所以,先想一个名字用着,也不是定了以后就不能改了。"她身体后仰,把脚放在了控制台上。她看起来很累。"我们还得想一下,如果有人问起你的来历,该怎么回答。我有个想法。"

"这个我们得小心点。"

"我知道，咱们得编个像样儿的故事。我在想，说你来自移民舰队（Fleet）如何？移民舰队很大，不会引起好事者的注意。或者，来自木星星站什么的。我的意思是，没人去过木星星站，不用担心会被揭穿。"

"我说'小心点'不是指这些。你知道我是不能撒谎的，对吧？"

佩珀盯着她。"抱歉，我没有明白你的意思。"

"我是一个大型的、复杂的长途飞船监控系统。我的使命是保护船员的安全。一旦接到行动指令，我就不能无视，也不能给出虚假的答复。"

"哇！好吧，事情变得更复杂了。你就不能把它关掉吗？"

"不能。我可以看到存放协议的目录，但是无法编辑它。"

"我确信是可以删除的。洛维一定是忘记了。我可以问詹……算了，我会找人问问的。"佩珀叹了口气，"也许你的——哦，我忘了告诉你，义体有一本使用手册。"她指了指自己的平板电脑，"我在回来的路上浏览了一下。你不用急，可以等准备好了再下载手册。毕竟，这是你的身体。"她闭上眼睛，整理思绪。"先改名。剩下的事情，我们一件一件地来。"

"我很抱歉给你添这么多麻烦。"

"哦，不，这不是麻烦。这是工作，不是麻烦。银河系有无数麻烦，而你不是。"

洛芙莱斯仔细观察佩珀，发现她累了。毕竟，她们才刚离开"旅行者号"，不但要担心执法巡逻兵，还要编造来历，还有……"你为什么要这么做？为什么要帮我？"

佩珀咬了咬嘴唇，说："我觉得应该这样做。我不知道为什么，就是自然而然做出的选择。"她耸了耸肩，转身回到控制台前发送指令。

"我不明白你的意思。"洛芙莱斯说道。

两人都沉默了片刻。佩珀注视着自己的双手,却又好像没在看它们。"你是个人工智能。"她说。

"然后呢?"

"然后……我是由一个人工智能抚养长大的。"

简23，10岁

有时候，她会好奇自己从哪里来。但是，她知道还是不要问这个问题比较好。这样的问题与她在做的任务无关，而与任务无关的事情会使母亲们很生气。

大多数时候，比起自己的身世，她对废料更感兴趣。废料总是源源不断地来，而她的任务就是清洁它们。她不知道废料是从哪里来的，也不知道清洁完后它们会被运往哪里。工厂里肯定有一间屋子堆满了待清洁的废料，但是她从没见过。她知道工厂很大，但她不知道究竟有多大，反正大到足以容纳所有的废料，以及所有的女孩，大到足以装下这里的一切。

废料很重要，她很清楚这一点。母亲们虽然从来没有说过原因，但她知道，母亲们不可能无缘无故就让她认真清洁废料。

她自出生以来的第一段记忆就是关于废料的：一个满是海藻残余的小燃料泵。那一天快结束的时候，她把它从桶里取出。尽管她真的已经很累了，但她还是一遍遍地擦洗，想把那些小金属脊都给弄干净。她的指甲缝里沾了一些海藻，起初她没有察觉，是后来躺在床上咬指甲的时候发现的。海藻有一种刺激又奇怪的味道，跟她白天吃的食物的味道完全不同。真的很难吃！她没有尝过多少东西，所以不知道怎么形容那种味道。她觉得，有点儿像洗澡时的肥皂水味，也有点儿像她挨打流血时的血腥味。她在黑暗中吮吸着指甲缝里的海藻，心跳加速，脚趾紧绷。那糟糕的味道竟让她感觉很好——因为没有人知道她在做什么，没有人能体会到她的感觉。

那段记忆很久远了。她现在不再清洁废料了，那是小女孩的任务。现在,她和其他"简"一起在分拣室工作。她们从桶里取出还沾着清洁剂和小女孩的脏手印的物品,判断哪些还有用、哪些应该丢弃。她不知道那些还有用的东西最后会去往哪里,只知道大一点的女孩们会把它们修好,或者做成别的东西。明年,当新的工作计划公布时,她将开始学习大女孩做的事情了。到那个时候,她就11岁了,别的简也一样。她的编号是23。

晨光渐渐亮了,气温也开始升高。再过一会儿,天就要大亮,闹钟也会响起。简23总是在开灯之前醒来,还有一些简也是如此。她能听到她们在床上移动的声音,以及打哈欠的声音。她已经听到"啪啪"的脚步声,有人正在往盥洗室走——是简8,她总是第一个去小便。

简64挪动到了床垫的另一边。简23和简64一直睡在同一张床上。她们是室友。一般是两个女孩同住,但有时也有三人同住的情况。当同住的室友被带走了,剩下的那一人总得找个地方睡觉,就只得跟另外两个女孩暂时同住,直到室友回来为止。母亲说同睡一张床有助于她们保持健康。她们说,女孩有社会性,相互陪伴对社会性物种来说是最重要的。简23其实不明白那是什么意思。反正不管是什么意思,她与母亲之间不存在这种相互陪伴。

她凑近到简64的旁边,用鼻子贴着简64的脸。有时候,尽管在一天结束后,她已疲惫不堪,但她还是会为了与简64亲近而强打起精神。她们的房间是唯一能让她感到平静的地方。有一次,她自己一个人睡了一周,因为简64在盥洗室里吸入了一些不好的东西,住进了病房。简23并不喜欢这一周,她不喜欢自己一个人,但也庆幸自己从来没有住过三人间。

她不知道在年满12岁以后是否还能和简64住在一起,也不知道女孩年满12岁以后会怎么样。上一批年满12岁的女孩叫"杰妮斯"(Jennys),她们在最后一个工作计划公布当天就消失了,就像当年的那批"莎拉"（Sarahs）和"克莱尔"（Claires）一样。她不知道她们去了哪里，就像不知道修好的废料去了哪里一样。她也不知道新的女孩是从哪里来的。现在，年纪最小的一批女孩叫"露西"（Lucys）。她们很吵，而且什么也不会做。年纪最小的一批女孩总是这个样子。

闹钟响了，起初声音很小，然后声音越来越大。简64像往常一样不愿醒来，她向来是起床困难户。简23等待着简64睁开眼睛，直到她起床。她们像其他女孩一样，一起收拾床铺、排队洗澡。她们会把睡衣放在篮子里，浸湿、搓洗。墙上有一个时钟，但简23不需要看它就知道大概过了5分钟。她每天都是这样过的。

一位母亲穿过走廊，走到门口。简们走出来的时候，她分发给每个人一套干净的工作服。简23从母亲的金属手里接过干净的衣服。母亲有手，这是当然的，并且还有像女孩一样的手臂和腿，只是她们的个子更高，也更强壮。然而，她们没有脸，只有脑袋。她们的脑袋是一个哑银色圆球，光溜溜的。简23不记得自己是什么时候发现母亲是机器人的。有时，她会好奇母亲身体里装的是不是一堆废料。肯定不是——因为母亲从来都不会出错。只不过，当母亲生气的时候，简23会把她们都想象成一堆没用的东西，锈迹斑斑、火花四射。

简23走进分拣室，在自己的工作台前坐下。那里摆放着一个装满了食物的餐杯和一桶干净的废料。她戴上手套，拿起第一样东西——一台屏幕碎裂的交互面板。她把它翻过来，检查外壳，看起来应该很容易拆开。她从工具箱里拿出一把螺丝刀，小心翼翼地拆开面板。她轻轻地拨动PIN针①和电线，判断哪些物件已经报废。屏幕不能要了，可主板看起来还不错。她慢慢地、小心翼翼地避开电路，把主板缓缓拽出来。接着，她把主板连接到固定在工作台背面的一对电

---

① PIN针是连接器中用来完成电（信号）的导电（传输）的一种金属物质。

极上。没有反应。她凑近了才发现有几根PIN针歪了,便将它们掰正再试。这一次,主板亮了。她感到很高兴。找到能用的部件总是令她开心。

她把主板放在回收托盘里,把屏幕放在废品托盘里。

就这样,她忙活了一早上。氧气表、加热线圈、某种电机(那东西修好之后简直太棒了,各种小部件转个不停)……当废品托盘装满之后,她把托盘端到房间另一头的舱口并翻倒。废品落入黑暗之中,下面的一条传送带把它们带向……废品该去的地方。反正是带走了。

"你今天工作很专心,简23。"一位母亲说,"干得不错。"

听了母亲的话,简23感到很高兴。只是这种高兴与发现主板能用时的那种高兴不一样,与她等简64醒来时的那种高兴也不一样。她高兴的只是母亲没有生气。有时候,你根本不知道她们什么时候会生气。

本地文件夹：下载 > 参考 > 自己

文件名：克里斯普（Crisp）先生写给新手的使用手册（所有型号适用）

第二章 对常见问题的快速解答

以下许多要点的详细解释，请参见后文。这里仅简单解答新装置会遇到的常见问题。

——你的义体在出厂前已经预充3天电量，电量将支持你启动（当然，也会支持你的核心系统的意识觉知）。3天之后，你的内载发电机将有足够动能维持你的运转。到那个时候，你的电量就能完全自给自足了。你只要不是连续几天一动不动地躺在床上，就不用担心电量不足。

——你是防水的！对你来说，坐在泳池底或者在失重环境下往头上套个水球，都是雕虫小技。不过，这些事情别轻易在不信任的人面前做。

——你不会出汗，也不会感染疾病，但是养成与有机智慧物种相似的卫生习惯会给你带来很多的好处。首先，你需要顾及体面（你会变脏！）。最重要的是，虽然你不会生病，但是别把你手上不干净的东西传给别人。向朋友学学怎么洗手。

——你可以放心地进食和喝水。你肚子里总共可以装10.6公斤食物，可储存食物达12个小时之久。因此，滋生细菌和霉菌是不可避免的。你肯定不想威胁到你的朋友的健康（还有，你会有难闻的口气）。因为你没有消化系统，所以你回家后需要清空胃里的食物。相关说明请参阅第六章第七节。

——远离巨型磁铁。小型磁铁没关系。工业专用磁铁是个大麻烦。所以没事别去造船厂或者技术工厂。

——你的头发、指甲（趾甲）、爪子、毛皮和（或）羽毛都不会再生长。不用谢我。（此项仅针对安德瑞斯克人型号进行说明：我建议每半年在家里待上3天。安德瑞斯克人一般在蜕皮时休息，没有人会对此提出质疑。而你不受这个问题的困扰，消失几天可以避免人们好奇你为什么没有蜕皮。）

——你的力量、速度和体质与你所选择的物种相匹配。

——你的身体可以经受真空环境的考验，但是1个小时后，太空的低温就会对你的皮肤产生不良影响。你可以不穿太空服尽情享受太空行走，但要注意时间。另外，还是那句话：别轻易在你不信任的人面前这样做。

——你的身体样貌会逐渐衰老，你的寿命也与你所选择的物种相匹配。在身体衰亡前一年，你会收到提醒，并有足够的时间来决定是否要换一个躯壳继续存活。

——是的，你可以做爱！你拥有以假乱真的性器官。除非你的伴侣是一位专科医生，并在灯光下仔细观察、（与你所属物种的部位）细细比对，才有可能看出差别。但是，在做爱之前，你要去了解什么是健康的两性关系，千万别乱来。最好能听听朋友的建议。为了伴侣的健康，你要勤洗手，要讲卫生，预防疾病——因为不确定你伴侣体内的免疫机器人已升级到最新版本。

——如果你的身体部件损坏了，你可以通过购买义体时的联系方式找到我，给我发送详细信息。我不保证一定能修好，但是我会尽力修。

如果义体出了问题，欢迎与我联系。但仅限于义体的操控和维护，我不会回复任何关于文化适应的问题、法律问题或者其他社会问题的问询。我相信你能理解我的处境，你还是去找一个朋友倾诉吧。

文件路径：未知

加密：4

翻译路径：0

转录方式：0

节点标识符：未知

平奇（Pinch）：嘿，程序员们。有个专业问题想请你们帮帮忙。我新买了一个人工智能，想修改协议，能否给点建议？

内比特：平奇，很高兴在我们的频道看到你。我们感到很荣幸。有两个问题：你具体想修改什么协议，以及你买的人工智能是什么智力水平？

与众不同的叶子（FunkyFronds）：平奇来到了新手频道？不可思议。

平奇：智力水平S1级。一个限制人工智能必须诚实的协议。

内比特：那可不是一两行代码就能解决的。这种协议不是开/关这么简单。对我们有机生物来说，很好解决——你要么撒谎，要么不撒谎。但是对人工智能就难了。它们的通信架构非常复杂，一不小心就可能搞砸。你的编程水平怎么样？会写晶格（Lattice）程序吗？

平奇：这正是我担心的。我不会写晶格程序。我会写一些基本的芯片程序，但也只是不用天天跑机械修理铺的水平。

蒂什泰什：好吧，你还是离人工智能远点儿吧。

与众不同的叶子：说话客气点，这个频道是给初学者的。

蒂什泰什：我很客气了。我只是说，在这件事上，会写芯片程序一点用也没有。

内比特：你就是没有礼貌，虽然你说得没错。平奇，实话实说，你必须精通晶格才能动手。如果你能接受别人代劳的话，我们可以谈谈，做个交易。

平奇：谢谢，还是算了。你有学习晶格的资源吗？

内比特：有，我发一些供你下载。东西很多，我相信你能学好。

洛芙莱斯

巨大的穿梭机停泊站人来人往。看着眼前的一切，洛芙莱斯不知何去何从。佩珀多次到过这里，她拉着洛芙莱斯的手，径直带路。洛芙莱斯试图观察与她们擦肩而过的智慧物种：拉货的商人、尽情相拥的家人、盯着电子地图的观光客……但是人实在是太多了，根本就看不过来。她感到疲惫不堪，不是因为信息过载，而是因为这里缺乏边界。以前，飞船舱壁或者窗户就是界限，但现在，科里奥尔港一望无边，她情不自禁地去关注这里的每一处细节。到处都是人，他们遍布小巷和人行道。嘈杂的声音、耀眼的光线、空气里飘散的化学物质，都令她难受。

太多了！太多了！而且由于视线受到义体的限制，她处理科里奥尔港信息的难度加大了。在她的身体后方，有一些事情正在发生。她能听到、嗅到它们，就是看不到。一直折磨她的人类视角现在令她抓狂。她发现自己会猛地被那些嘈杂的声音和耀眼的颜色吸引，拼命想要看尽所有。她的工作就是去看、去发现。但是，在这无边无际的人群中，在这偌大的城市里，她无法做到。

而她能看到的、听到的那仅有的一点点东西，又给她带来了新的问题。她在穿梭机里的时候已经下载了尽可能多的东西，包括关于公共空间中的智慧物种的行为的书籍，关于社会、经济的文章，关于科里奥尔港多元文化的介绍。但即便如此，令她始料不及的事情还是在不停地发生。安德瑞斯克人带的是什么工具？为什么有的哈玛吉安人

（Harmagians）要在脚踏车①上画红色的圆点？从生理构造的角度来看，为什么人类在这样的气味中不需要戴呼吸面具？她边走边在文档中记录这些问题，希望有朝一日能找到答案。

"布鲁（Blue）！"佩珀叫了起来。她松开牵着洛芙莱斯的那只手，举到头顶挥舞着。虽然她拖着一个睡袋和一个巨大的、叮当作响的工具袋，但还是加快了前行的脚步。那个名叫布鲁的男人径直迎上来与她会合。男人身材高挑，却不像佩珀那么瘦，而且他还长着头发。洛芙莱斯翻了翻自己的视觉参考文件。人类的遗传有多样性，很难从一个人的样貌判断出他来自哪里。布鲁的皮肤是金棕色的，说明他既有可能是火星人或地球移民（Exodan），也有可能来自某个独立殖民地。不过，他和这些地方的人的长相有些不一样。他与众不同，像是经过精心雕琢。当看到佩珀拥抱他，踮起脚尖亲吻他的时候，洛芙莱斯突然意识到，他俩和人群中的其他人类不同。佩珀皮肤粉嫩，没有头发，而布鲁身上……有一种说不出来的特别感。然而，她自己并不特别，她也不相信自己是特别的。这具义体看起来就像是直接按照一本讲物种关系的教科书中所示例的人类模样制造的一样：棕色的皮肤、黑色的头发、棕色的眼睛。她很感激义体制造商特意把她做得和周围人一样。

布鲁转过身，对她报以热情的微笑。洛芙莱斯回以微笑。"欢……欢迎来到科里奥尔港！"布鲁说。她听不出来这是哪个地方的奇怪口音，而且他还有一点儿结巴。这倒是没必要大惊小怪，佩珀在穿梭机里就跟她提到过布鲁说话结巴。"我……啊……我叫布鲁。你叫什么？"

"西德拉（Sidra）。"她回答。在距离降落还有三个半小时的时候，她在数据库里找到这个词。这是个人类的名字，且与地球有关，符合佩珀的建议。她也不知道自己为什么最终选择这个名字。佩珀说

---

① 哈玛吉安人特有的交通工具。

无所谓。

布鲁点点头，笑容更加灿烂了。"西德拉。真的，嗯，真的很高兴见到你。"他看向佩珀，"你们还好吧，有遇到什么困难吗？"

佩珀摇摇头说："一切进展顺利。她的芯片很快就弄好了。"

西德拉低头看了看佩珀给她的编织腕带。那么多谎言，随芯片植入皮肤，藏在它下面。免疫机器人的读数是假的，身份证是佩珀两个小时之前伪造的。佩珀说，除非西德拉打算访问中央区域（她没有这个打算），否则身份证不会有问题。

布鲁环顾四周，说："也许我们……啊……也许我们不该在这里谈这个。"

佩珀翻了个白眼。"说得就好像有人在偷听我们讲话一样。"她往前走，"我敢打赌，这里的浑蛋们有一半都伪造了货物清单。"

他们身边的人越来越多。西德拉觉得，如果她把注意力集中在一样东西上，也许就不会那么紧张。可说起来容易，做起来难。她原本就是为同时兼顾多个资讯源而设计的——既要处理飞船走廊和各个房间的信息，还要处理船体以外空间的信息。如果她把注意力集中在一个地方，就意味着有麻烦了——要么飞船陷入危险境地，要么她的任务队列超载了。当然，这两种情况都没有发生过，但是处理能力受限还是会令她感到不安。

她盯住佩珀的后脑勺告诉自己：别到处乱看。那边没什么有趣的事。一点儿也没有。看着佩珀，就这样。其他的都是噪声。没有事情发生。是背景干扰声。别理它。别理它。

这招奏效了，直到1分12秒后佩珀跟她说话。"提前跟你说一下，"佩珀扭过头来，指着一个装饰得十分显眼的服务站，"那儿是短途旅行咨询中心，你以后需要在地面出行，可以去那里咨询，改天我带你体验一下。现在，我们得去这个星球的暗面。"她突然掉头，走向一个斜坡。西德拉抬头去看前方的指示牌。

海底列车行驶线路
科里奥尔港——中途岛——特萨拉（Tessara）悬崖

"我们真要在水中穿行吗？"西德拉问。这个想法令她特别不安。科里奥尔的这颗卫星的大部分表面被海水覆盖，大陆与大陆之间相距遥远。她从来没有想过在两地之间的海底旅行。在太空中碎裂成好几块可能都没有被海水压力压扁那么可怕。

"那是回家的路。"布鲁说，"每天，嗯，虽然每天都要走一遭，但还是会觉得很有趣。"

"要走多久？"

"大约一个小时吧。"佩珀回答说。

西德拉的眼睛眨了眨。"那没多久。"考虑到他们已经绕着卫星走了半圈了，确实是没多久。

佩珀对她咧嘴笑笑，说："花钱找几个西亚纳共生体（Sianats）来，他们会让你大开眼界。"

他们走进一个巨大的地下空间，空间的上方是一个弧形穹顶。这里灯光明亮，墙壁上是一块拼接而成的当地商业广告牌，像素不停地闪烁、旋转、滚动，令人眼花缭乱，感觉不适。在密集的人流当中有几个商铺，那里面售卖小吃、饮料和西德拉叫不出名字的小杂货。一个巨大的工程塑料管道横贯地下空间，里面一个个独立的运输车厢排成一列，悬停在某种能量场中。

"太好了，"佩珀说，"我们赶上了。"

西德拉仍旧跟在佩珀后面。她匆匆忙忙地处理中转线路的信息，记录晚些时候要查阅的沿途所见。每个车厢上都贴了好几种语言标识。她跟着佩珀和布鲁依次走过专门搭乘艾卢昂人（Aeluon）、安德瑞斯克人、拉鲁人（Laru）、哈玛吉安人、奎林人（Quelin）的车厢，最后上了专门搭乘人类的车厢。"这些不同的物种为什么不混坐在同一个车厢里？"她问。她之前读到过科里奥尔港推崇平等，但不同物种乘坐不同的车厢与这个理念并不相符。

"不同的物种，不同的屁股。"布鲁说，他指了指一排高背的圆座位，"有尾巴的安德瑞斯克人和有脚踏车的哈玛吉安人坐不了这些座位。"

他们三个人坐在了同一排。佩珀"砰"的一声把她的工具袋丢到第四个座位上。只有一群游客闻声抬头。他们一看就是游客，就连不善观察的西德拉也能分辨出来。车厢里的其他人似乎没有理会佩珀弄出的声响。一个满身都是金属植入装置的妇女专注于阅读器上一些闪闪发亮的东西。一个抱着盆栽植物的老人已经睡着了。一个小孩在舔她的椅背。她的父亲漫不经心地制止她，好像知道就算制止也是徒劳。

西德拉评估了这个空间。之前，她一直急于离开穿梭机，但是，经历了无边无际的人潮之后，她发现身处一个封闭设施并没有那么糟糕。封闭设施有界限，有尽头，有门。她想到身后有看不到的事情在发生，还是会紧张不安，但是现在进到车厢里了，里面的事物是她可以理解的。

好几种语言——克利普语、汉特语（Hanto）、雷斯基特语（Reskitkish）——播报着安全声明。艾卢昂人制作的壁灯亮起，并伴着声音的节奏闪烁。西德拉欣赏着声、色的跃动与交融。她被这种美深深吸引了。

车厢门很快关闭了，然后消失在不透明的车壁里。一阵"嗡嗡"声传来，接着是频率更高的噪声，再后来是一股强烈的气流。西德拉知道车在移动，尽管车厢里平稳、舒适。同车的老人开始打鼾。

她转动头，试图扫视所有的视觉盲区。"没有窗户吗？"

"会有的，"布鲁说，"等，等一会儿。"

西德拉一阵兴奋。这感觉挺有趣的。"这东西的工作原理是什么？"她问道。她没有看见轨道和电缆，也没有看出哪里有发动机。"它靠什么推进？"

"我不知道。"佩珀说。她把双脚放在她前面那个座位的椅背上。"我也有过这个疑问。我查过，但就是搞不明白。"

"对她来说——"布鲁开始说话。

佩珀挥手制止他："哦，别说了。"

布鲁无视佩珀。"对她来说，它……啊……它真的令人着迷。"

"没人知道海底列车的工作原理，"佩珀说，"除非你是西亚纳共生体。也没有人知道西亚纳共生体的工作原理。"

布鲁挑起眉毛。"那是种族歧视。"

佩珀淘气地咧嘴一笑。"这是人类的车厢。"她俯身依偎在布鲁的胸膛，布鲁的胳膊很自然地搂住她的肩膀。在返回科里奥尔的10个小时行程中，佩珀没有睡过觉。虽然没有明说，但是西德拉怀疑佩珀一直不睡觉是为了照看她。西德拉很感激，又觉得过意不去。

6分钟过去了，车厢发生了变化。车里面的灯光变暗了。车壁变得薄薄的，几乎成了透明的。柔和的外灯打开了，照亮了车厢周围的一片海。西德拉把身体前倾，以便看得更清楚。

"来吧，我们换换。"布鲁说着，起身离开佩珀，与西德拉换了个座位。他用另一只手臂搂住睁不开眼的佩珀，佩珀不高兴地把他的手推开。

西德拉将身体紧贴在透明的车壁上。外面的海水在一片混沌中涌动，造成一种车厢在穿越时空的感觉。科里奥尔的海面漂浮着厚厚的海藻，海藻阻隔了水下的光线，所以海里能见度很低。但即便如此，西德拉还是能看到车厢外的生物。它们有的有触手，有的很柔软，有的长着牙齿，有的漂浮摇曳。

她开始做记录，然后意识到还可以直接提问，便问道："这里有本土物种吗？"

"有一些小东西，"佩珀闭着眼睛回答说，"虫子和螃蟹，诸如此类。其他物种加入的时候，科里奥尔还没有进化多久。它在那个法律出台之前就形成了。呃，那个法律叫什么来着，'我们不要伤害行星上的生命'——"

"生物多样性保护协议。"西德拉说。

佩珀瞪大了眼睛。"你没有，啊——"她拍了拍自己的后脑勺，那里正是西德拉连网接口的位置。西德拉明白佩珀的意思：你连接着网络吗？

"没有，"西德拉说，她挺希望自己是连接着的，"我没有无线接收器。"她想知道安装无线接收器的难度有多大。她曾经读到过，对于有机智慧物种来说，无线连接头遭黑客劫持的风险是巨大的，这很可怕，但是……但可以肯定的是，既然以前她有能力发现黑客劫持长途宇宙飞船的图谋，那么现在在义体里也可以。然而，不出所料，她通过公共网络查不到任何改造非法人工智能硬件的信息。

佩珀眯着眼睛。"如果你没连接网络，那你是怎么知道那个协议的？"

"我碰巧看到过，在我——"西德拉停顿了一下，她想起这里不只有他们，而且这具身体发出的声音也不会像挂壁对讲机那样定向传输，"——在我早些时候做研究时看过。"这是真话，不得不是真话。要求人工智能诚实的协议对她来说的确是一个挑战，而不能禁用这项协议令她感到不安。要是被安装在飞船上，她或许还觉得无所谓。但是现在，在这个必须高度注意自己的言行的地方，只能说实话，让她容易暴露。

当西德拉把目光转回到相互依偎的佩珀和布鲁时，她调整了自己的不适。她再一次将他们和其他乘客做了比较。西德拉眼前的每个人看起来都不一样。他们的肤色不同、身材各异，想必来自不同地方，但他们的来处都没有佩珀和布鲁的特别。西德拉已经知道布鲁与他的同类的区别在哪儿了——他的外貌的对称性。他的基因一定被编辑过，不然他的左右两边脸不可能这么对称。而且从他的身体也能看出，他的骨骼和肌肉在设计时也特别注意了结构的对称。这一点在佩珀身上也有体现，尽管她的身体已经饱经沧桑。是的，她的手掌上有很深的疤痕，她的皮肤粗糙，且大部分皮肤都被晒伤过。但是，当你不再关注这些以及她的秃头，你会发现她和布鲁一样，都是被精心打磨过的。制造布鲁的人也制造了佩珀。

这个结论并不是什么意外发现。在穿梭机里，佩珀就已经解释过她手掌上的疤痕，解释了她是如何找到布鲁、为什么改造人殖民地会与银河系共和国疏远。西德拉对此提出了很多疑问。她不知道自己是不是问太多了（她还在学习如何把握分寸），但是佩珀一直很坦诚。她似乎不介意被问，尽管有的问题真的很难回答。"如果你要和我们一起生活，"她说，"进门之前应该先将情况了解清楚。"

当海底列车绕着卫星快速行驶时，西德拉观察着这对情侣。佩珀终于睡着了。布鲁看着窗外好奇的鱼和缠结的海草，一副心满意足的样子。西德拉想，他俩本不属于这里。确切地说，没有人真正属于这里，别的车厢里的其他物种也是如此。艾卢昂人和安德瑞斯克人戴着呼吸面具，哈玛吉安人有脚踏车。他们不属于同一个世界——不属于这个世界——但却在此相遇。

至少，可能在这个方面，她和他们并没有多大不同。

简23，10岁

当一天的工作结束，简们总会去锻炼身体。简23喜欢运动。在工作台上坐了一上午之后，跑跑步，感觉真的很好。她跟着其他女孩走进运动室，和往常一样上了跑步机。手柄上全都是之前的女孩流下的汗渍。玛莉们刚跑完。简23看到她们离开了。

"准备好。"母亲说。

简们都准备好了。

"开始吧。"

跑步机动了起来。简23跑啊跑，她的心跳很快，头皮也有点发麻。她喜欢越跑呼吸越急促的感觉。她闭上眼睛，想跑得快一点，再快一点。她觉得自己可以。她感觉两条腿胀痒得厉害，迫切想要释放。她仰起头，加快速度。

房间里有人咳嗽了一声。简23睁开眼睛，看见简64在冲她使眼色。简23望向监管她们的母亲。母亲正看向别处，但她可能很快就会看向简23。简23放慢了脚步。她真的不是故意跑快的，而是不知不觉就跑快了。简64的提醒很有必要。简23冲简64会心地点了点头。

她又朝母亲看了看，希望她没有察觉。上一次，简23因为跑步的速度比其他女孩快，被惩罚了。在那之前，快速跑步的感觉真好。有那么一刹那，她忘记了周遭的一切，只感觉到心跳、呼吸和头晕。她的身体自由自在。一切都那么美好，她笑了。

但是后来，她的跑步机没有减速就骤然停止。她摔倒了，脸撞在显示器上，鼻子流血。一位母亲用金属手抓住她的后颈，把她提了起来。简23没有听到她的脚步声,也没有看到她走过来。母亲们都动作迅速,且悄无声息。

"这样做是不对的,"那位母亲说,"别再这样了。"

简23害怕极了。那位母亲还是放她回去了。后来,她们去拿餐杯,发现那儿并没有简23的。

她不再快速跑步了。她庆幸简64提醒她做对的事,因为她不想又惹麻烦,不想让简64和其他人睡一张床。做完运动后,她们去洗澡——像往常一样,只有5分钟——然后到学习室去拿餐杯。她们盘腿坐在柔软的地板上,观看屏幕里开始播放的教学视频。

"今天,我们学习有关人造重力网的知识。"视频里的声音说道,"在新的工作计划公布后,你们将在待分拣的废品中看到它们。"教学视频中出现了一个非常复杂的东西,上面连着各种各样的棒材、电线和小组件。简23俯身吃饭。那废料看起来真不错,很是有趣。

简64靠在简23的肩膀上——下班以后允许这样做。所有的女孩都开始相互靠近,亲密无间的感觉很是美好。简8把头靠在简64的膝盖上,简12趴在地上,跷起的双脚在空中晃来晃去。简64看上去很困倦——她这一天的任务是处理一块很大的废料,这在以前是5个女孩的工作量。所有女孩的餐杯里都多了一些东西,这是完成大废料任务之后才会有的。毕竟,干得多,饿得也快。

"人造重力网看起来不错。"简23说。交谈是被允许的,只要谈论的内容与视频里播放的相关。

"看起来很不好弄,"简64说,"你看那些交错的管道。"

"是的,但还是有很多小组件。"简23说。她感到简64靠在她的肩膀上微笑。

"你喜欢小组件,也很擅长处理它们。"简64说,"我觉得你是最擅长处理小组件的家伙。"

简23吃着饭,看着视频,也开始犯困起来。今天确实过得不错!她不仅顺利完成了任务,没有被惩罚,而且简64认为她最擅长处理小组件。

西德拉

现在,西德拉更喜欢科里奥尔的暗面。暗面的存在,是因为一种奇怪的天文现象:行星被太阳潮汐锁定[①],卫星被行星潮汐锁定,天体永远以同一面朝向另一个天体。西德拉对此心存感激,因为缺乏自然光,意味着她只能看到这么多东西,也就意味着她要处理的信息比较少。海底列车已经驶上地平线,正在减速穿过一条架在坚实的圆柱上的管道。布鲁解释说,这条管道跨越多个区域。西德拉暗自记下,希望日后能找一个慢一些的方式去探索这些区域。也许等她适应了义体,可以步行去探索。但即使是匆匆一瞥,她也能看出这些区域之间的明显差别。暗面是科里奥尔的商人们离开喧嚣的集市后休憩的地方。集市虽然划分了区域,但正如布鲁所说,那里的划分按照商品和服务的不同;这里的区域划分则完全不同。他们经过的第一个区域特萨拉悬崖,是富人区(布鲁说那里的居民大多是船商、燃料商)。那里的房子虽然被漂亮的石壁和雕琢过的岩石遮挡,但是西德拉能看出来,那些房子很大,而且有专人打理。接下来到了库克什区——安德瑞斯克人的居住区,那是一片舒适的单层住宅,大门热情地敞开,窗户很少。它和弗拉特洛克湾区之间有一条看不见的边界。不过,后者只存在于游客口中和地图上。

"这里是布如士区,"布鲁小声地说,"不是闲逛的好地方。遭遇不幸的人会来到这里。"

[①] 天体自转一周花的时间与绕着另一个天体公转一周花的时间相同,又称同步自转、受俘自转。

车过站时，西德拉看到一家阿卡拉克斯人（Akaraks），他们面容疲惫，用破烂的机甲在翻挖一个垃圾堆。这景象令人不安，西德拉赶紧转移了注意力。

最后，他们到达了人体改造控的居住区——六头（Sixtop）。这个名字有两重含义，既指房屋周围的六座小山，又指六头电路——一种无处不在的机械部件。西德拉只知道这个地方是一个多物种科技爱好者的聚集地。她没有想到，走下海底列车，感受到的会是充满生机的自然之美。没错，这里的居民在从事各种各样的交易：个人发电机、空燃料桶、各种类型的接收器和发射器……但这里同样也有被悉心照料、沐浴在太阳灯光下的植物，以及在黑暗中闪闪发光的喷泉。这里有一些由废料做成的雕塑，有供聊天的朋友和恩爱的伴侣们坐的光滑长椅，有柔和的照明设备……它们看起来像是出自不同风格的艺术家之手。公共空间的装潢非常多元化，这是一个由许多人共同建造的地方。她看到了一家食品店、一家博彩店，还有几个售卖不同商品的店铺。这里有一种亮面所没有的宁静悠然。人体改造控们白天的工作已经足够忙碌，也许他们也需要一个让自己可以短暂休息的地方。

从海底车站出来，平坦的路蜿蜒曲折，像河流一样延伸到远处一片一片的房屋。房屋都建得很低矮，没有一个超过两层，边缘也都是圆角的，就好像刻意用手拢成的一个个……西德拉不知道怎么形容。她没有存储建筑材料方面的资料。需要她下载的内容又增加了一个。

"小心脚下。"布鲁说。西德拉低下头，看到在她将要落下的右脚的下面，有一只长着薄纱状翅膀的昆虫。她没有关于这个物种的信息，但不管它属于什么物种，它都很美。它的翅膀上细毛浓密，胸间的亮斑泛着微光。西德拉小心地走到一边，庆幸自己避开了它。她不想伤及无辜，哪怕是无意之中——尤其是无意之中。

"我们让这里保持昏暗，是为了减少光污染。"佩珀说，"有时候你连自己面前是什么都很难看清，但是你会慢慢习惯的。"她思考片刻，"不过我想，你知道的，你可以调节自己的视觉明暗，这样可能更简单。"她在前面引路，并向后伸出一只手。布鲁握住佩珀的手，向前一步，与她并肩。

西德拉并没有调节视觉明暗。她想要像她的同伴那样观察周围。佩珀说的昏暗光线来自那些沿着小径四处飘荡的蓝色球体，无形的能量托着它们轻轻晃动。在它们下面，夜生苔藓和胖乎乎的蘑菇沿着小径两边生长。更多的长翅膀的昆虫聚集在那里，它们在寻找花蜜时，身体发光的一侧照亮了叶子的叶脉。西德拉看向前方，然后环顾四周。她可以看到窗户后面的智慧物种的轮廓，他们有的在吃东西，有的在打扫卫生，有的在说话。3个安德瑞斯克小孩绕着喷泉追逐嬉戏，喊叫声里既有克利普语，又有雷斯基特语。一个哈玛吉安女人骑着脚踏车呼啸而过，并向佩珀和布鲁挥动她满是孔洞的触手，类似人类打招呼的动作。佩珀和布鲁挥动他们空着的那只手回应了对方。虽然西德拉还是很疲惫，但是六头的一些东西莫名地让她放松了下来。

他们走向一栋中等大小的普通房屋。外墙周围植物繁茂，似乎很久没有修剪过了。佩珀走到门口，在门锁面板上轻轻一挥手腕。屋子里面的灯亮了，门也开了。"欢迎回家。"佩珀说道。

走进房屋，西德拉观察着佩珀和布鲁的一举一动。她不知道这里的规矩是什么，她不想做任何失礼的事。他们脱下鞋子，她便也脱下鞋子。他们脱下外套挂好，她便脱下外套挂好。然后……然后要做什么？人在房子里时，要做什么？

"别拘束，怎么舒服怎么来。"布鲁说。

这句话并没有解答她的疑惑。

佩珀发现西德拉默不作声。"到处走走，"佩珀说，"探索一下。你慢慢就会习惯这里了。"然后她转向布鲁，说："我饿了。"

"保鲜柜里还有剩的面条。但我觉得不够我们三……三个人吃。"

"她不需要吃饭。"

"哦,对!好吧。好,好,那就够了。"

"我说的可是'我饿了'。"佩珀说着做了一个恳求的手势,"我不想吃面条。我要蛋白质。我想吃一些能填饱肚子的、让我吃完后悔的东西。"

在两人讨论晚餐吃什么的时候,西德拉在屋子里走动着。这不是一个大豪宅。主厅是一个没有棱角的圆形空间,一侧与厨房相连。一排排架子靠墙摆放着,架子上放着零配件箱、像素植物和花里胡哨的小摆设。在一扇大窗户旁边,有一个工作台,从工作台的凌乱程度来看,佩珀很喜欢把工作带回家。

西德拉走到其中一个专门摆放雕像的架子旁边。架子上摆放着色彩明亮的手办。

"啊,"佩珀笑着说,"嗯,我真的很喜欢模拟游戏(sims),尤其是非现实主义题材。"

"这些是——"

"是游戏的周边。你看,有米罗(Meelo)和巴斯特(Buster)、斯考齐·蒂德(Scorch Tead)、厄里斯·雷石东(Eris Redstone),都很有趣。"

西德拉拿起一组手办。这组手办有3个人物:两个人类孩子(一个男孩、一个女孩)和一个矮小、拟人化的灵长类动物。男孩用显微镜观察着一片叶子,女孩正在用望远镜看天空,灵长类动物将手伸进一个敞开的装满零食的背包。他们都笑容满面。

"你好像最喜欢这三个人物。"西德拉对佩珀说。这些人物多次出现在架子上,姿势不同,大小各异。西德拉举起这组手办,研究着它底座上的黄字:大虫子之战36。"斗母号"(Dou Mu),移民飞船,银河系共和国标准历302年。

佩珀瞪大了眼睛,说:"天哪,你居然不知道大虫子船员。"她从西德拉的手上接过手办,恭敬地闭上了眼睛。"大虫子——我的天,它是——"

布鲁一边笑着叹了口气,一边滑动他的平板电脑。"她又要开始了。"

佩珀打起精神说:"大虫子船员是一个儿童模拟游戏。我的意思是——嗯,没错,严格来说,是小孩玩的。儿童教育,你懂的,'让我们来认识一下飞船和其他物种'。但是——"

布鲁看了一眼西德拉,然后开始做口型:可别小瞧它——

"可别小瞧它,"佩珀说,"这家公司40年来一直在推陈出新。它真的棒极了——群星啊,别让我展开说,我一开始说就停不下来——而且说真的,这是一个非常有意义的系列游戏。银河系共和国的每个人类孩子都知道大虫子,起码听说过。我指的可不止移民飞船里的人类孩子。"她指着手办上的两个孩子,"阿兰(Alain)和曼吉里(Manjiri)。曼吉里来自移民飞船,阿兰来自佛罗伦萨(Florence)。"她满怀期待地望着西德拉,就好像西德拉会做出回应。然而西德拉并没有。佩珀接着说:"一个地球移民和一个火星人,他们在同一艘飞船上,也是朋友。这个游戏开辟了儿童模拟游戏的先河。他俩一起冒险,一起工作。这在今天看来似乎没什么大不了,但是在40多年前,这是很了不起的。整一个世代的孩子(除你以外)玩着它长大。大约10年之后,你开始看到移民社群(Diaspora)的政治发生巨变。我并不是说地球移民和太阳系人(Solans)不再彼此仇视全是模拟游戏的功劳,但是毫无疑问,大虫子帮助我们忘掉了旧地球那一套。至少是打开了一些思路。"她把手办放回到架子上摆好,"而且,游戏画面棒极了,精细程度简直——"

布鲁大声地清了清嗓子。

佩珀挠了挠自己的左耳垂后面，尴尬地笑了一声，说道："真的，真的很好。"

布鲁举着自己的平板电脑冲她挥动，问道："炸飞船（Fleet Fry）怎么样？"

"好啊，"佩珀说，"我还是老样子吧。要两份。"

"当真？"

"当真。"

布鲁笑了。"没问题。"

西德拉反应了一会儿才明白他们在说什么——布鲁让佩珀点餐。她扫了一眼眼前唯一一处一尘不染的地方：厨房。她查阅了她的行为参考文档。佩珀和布鲁可能不怎么做饭。此外，这是一次漫长的旅行，准备食物是很耗时的工作。她不禁感到自豪，因为她不需要别人来解答她的所有疑问。

"趁他点餐这会儿，"佩珀说，"我带你去看看你的房间吧。房间不大，我很抱歉，里面乱七八糟的。时间太紧了，没来得及收拾。我们会尽快把它清理干净，以后里面只放你的东西。"

西德拉跟着佩珀走上楼梯。墙上挂着许多油画，每两幅间隔一定距离，全都是风景画——非写实，但是比实景更棒。西德拉停下脚步，看着其中一幅画。画面描绘的是冬日结冰的池塘，上方是两个行星，透亮而又清新。

"这些是布鲁画的吗？"西德拉问道。

佩珀往下走了一步。"是的。那一幅是我们从凯普特朗（Kep'toran）度假回来，他创作的。"她微微一笑，嘴角上扬，"他画的每一个地方，我们都一起去过。"

西德拉打开一个名为"人类艺术实践"的文件。在穿梭机里佩珀告诉她布鲁是一位画家之后,她就进行了编辑。"他一般是在纸上画,还是在电脑上画?"

佩珀被逗乐了。"我都不知道你爱好艺术。他一般在纸上画,除非是要出售的画作。我下次带你去他开在艺术区的画廊。"她一边说,一边继续上楼。"我念叨了他快10年,他才终于开始出售自己的画作。虽然说我可能是爱屋及乌,对他的画有偏爱,但是他画得真的很好,我很高兴不再只是我一个人欣赏。"她走上楼梯,侧身避开一堆洗好了的干净衣服。"如今,他还有忠实客户。有个哈玛吉安老人,是个富裕的藻类商人。我想她已经买了他4幅画了。我们用那些钱给穿梭机换了一台新引擎。"

佩珀穿过一个不起眼的门廊,走进一个房间,挥手打开了灯。西德拉不知道怎么量化这个房间。一个房间的价值是多少?她不好说这个房间好或者不好,但这是她的房间。有意思。

佩珀摸了摸自己的后脑勺,一副很抱歉的样子。"没有精装修过,"她说,"它一直是我们的储物间。"她冲成堆的板条箱和盒子点了点头,接着匆忙推开它们,让出一条道来。"但这里很干净,是布鲁收拾的,他把床也收拾好了。我不知道你想不想要这张床,毕竟你不需要睡觉。"佩珀抿着嘴巴,有点无措,"我不知道你的房间里需要些什么,但是我们可以一起把它布置得舒舒服服,好吗?我们真的希望,你能有一种回到家的感觉。"

"谢谢你。"西德拉对佩珀说。这是她的真心话。她也不知道自己想在房间里放些什么。她环顾四周,看看有些什么。刚才说的,有一张床,可以躺两个紧抱在一起的人,还有很厚的被子,可以抵挡暗面的寒意。那些枕头看起来……很不错。她不知道接下来该做什么。于是,她走到床边,用手按压其中一个枕头。枕头软软的,很舒服。

她转过身,想看看房间里的其他物品。这里还有一张空的办公桌，一个储物柜，和——她闭上眼睛，面露难色。

"怎么了？"佩珀问道。

"我不知道我能不能说清楚。"

"试试看。我在听。"

西德拉呼了一口气。"我处理视觉信息有困难，被安装进这具身体之后就一直有这个问题。我不是说这具身体出了故障。我是说，现在看东西变得很困难。本来应该有摄像头挂在各个墙角上，让我可以从上往下看，但现在我只能看到这么多。"她移动双手比画自己的视野范围，"真难受。这和墙角上的摄像头看不到它后面不同，我能感觉到身后的空间，却不知道那里在发生什么事……很不舒服。我不喜欢这样。"

佩珀两手叉腰，环顾四周。"好吧，这里。"她把几个箱子推到一边，把桌子推到角落，做了一个向上的手势。"这样。"

西德拉愣了两秒钟，才明白佩珀的意思。于是，她爬上桌子，紧贴着墙，头顶着墙角。

"怎么样？"佩珀问道。

西德拉慢慢转头，想象着在"旅行者号"上操作一个摄像头。虽然仍旧受限于一次只能看一个房间，但是这个角度——"很好，"她说道，感觉自己的四肢放松了下来，"哦，这太有效了。"她扫视了房间3分钟，上下张望，环顾四周。"我还能从其他的墙角看看吗？"

佩珀帮助她重新摆放家具。她们多次调整，每一次都给西德拉创造出一个新的观察角度。当西德拉完全检视完卧室之后，她们又出来继续看其他的房间。板条箱和桌子被搬来搬去，布鲁帮着她们搬大件的东西。佩珀和布鲁都没有质疑西德拉的这种举动。最后，送餐无人机来了，送来了两个蚱蜢汉堡（辣椒酱加量，洋葱加量）、一份辣牛肉串（西德拉得知布鲁不吃肉）和一些油炸蔬菜条。在西德拉搬动家具时,佩珀和布鲁双腿盘坐在地板上吃完了一顿饭。西德拉知道自己这样很冒失,但是佩珀和布鲁似乎并不介意她打扰他们的家庭生活。而且用这种新方法仔细观察一个空间,她感觉很兴奋。她在房子里走来走去,从每一个墙角观察,尝试每一个有利的点位,细致入微地观察。

她仍然觉得怪怪的。她觉得身体还是不对劲,但她的感觉确实好多了。

文件路径：未知

加密：4

翻译路径：0

转录方式：0

节点标识符：未知

灌木人（scrubman）：我弄了一台多鲁摩尔（Dollu Mor）引擎（第六代），它的速度大约是125.3瓦尔。已经不错了，但我觉得还能更出色。有提速建议吗？

松软蛋糕（fluffyfluffycake）：这个问题，平奇最有发言权。

平奇：你手里的多鲁摩尔引擎（第六代），配的是原厂的燃料调节器吧。把它换成哈希赛思（Hahisseth）Ek-530。那东西价格不菲，但是它能将速度提升大约20瓦尔。然后，从理论上来讲，你可以去掉调制栅极，燃料管道直接连前进气阀。这是违法的，但是做不做由你决定。如果失手，充其量改装完之后报废。最坏的情况是当场爆炸。不过，如果弄好了，速度就会大大提升。但是再说一次，这样的改装不合法、不合规。我不是鼓励你这么做。我只是在分享信息。

灌木人：谢谢你的解答！其他人觉得呢？

松软蛋糕：平奇说的准没错。

简23，10岁

一个呼吸面具，一个挂壁对讲机，一个发光面板。简23这一天的工作完成得很出色。她放松了一下自己的脖子和双手。它们累了，这说明今天的工作快结束了。她看了看自己的桶，还剩下10件，不，只剩下11件废料了。她抬头看了看墙上的大钟。是的，再有半个小时，她就能全部搞定。任务完成之后，她会去锻炼身体，拿到一个餐杯，再学习一会儿，然后睡觉。每天都是这样按部就班地度过。

一秒钟后，她傻眼了。出大事了。

一声突如其来的巨响，震耳欲聋。然后她真的听不见了，什么都听不见了。她的耳膜疼得厉害。

所有的东西在一秒钟内都变白了。但那是很长的一秒钟，长到她目睹了白光一闪、灰尘飞舞、血液飙溅，以及几个简跌落椅子的全过程。

她坐在地板上。她不记得她是怎么到了地板上。她不知道自己是怎么摔倒的。她开始大喊救命，但是随后眼前的一幕让她失声。也许是因为她听不见声音了，也许是因为她胸腔里的空气被挤压了出来，她满脑子都是她眼前的东西。

有个洞。墙上有个洞。

简23坐着没动。

墙上有一个大洞。而墙的那边有东西。

简23不知道怎么理解眼前的一幕。墙的那边不是更多的墙，而是一大堆废料，但是废料距离她很远。在她和废料中间，是她从来没有见过的地板。在废料的上面，有一块……天花板。但那不是天花板，它看起来遥不可及。她无法解释。有一个像天花板但又不是天花板的东西，而且是蓝色的，很纯的蓝色，很长很长。无穷无尽的蓝色。她觉得自己要吐了。

女孩们在尖叫。她又能听见声音了。

简23看向房间，终于明白刚才发生了什么：是一场爆炸。简56的工作台不见了，只剩下一摊湿乎乎的残骸淌在地上。她想知道简56的桶里装着什么。引起爆炸的很可能是小女孩清洗时没注意到的危险废料，也可能是一台坏掉的发动机，还可能是某个废料中残留的燃料。她不知道。

在那一摊残骸的周围，有死去的女孩。她以前见过死去的女孩，但是她从来没有见过这么多，这是第一次。有些女孩还没死，但是看起来快死了。

她感到手臂不对劲，低头一看，手臂上深深地扎着一块金属碎片。简23很害怕。她以前虽被割伤过，但是从来没有流过这么多血。

活着的女孩们一直在尖叫。

简23不想再看下去。她站起身，穿过这片乱糟糟的地方。简64的工作台就在不远处，但是她没有看到简64。她强迫自己去看那一地尸骸，试图辨认其中是否有属于简64的。她差点又吐了。她的嘴巴很干。她的胳膊湿了，越来越湿。

"64！"她声嘶力竭地大喊。

"23。"一只手抓住了她的裤腿，"23。"

简23转过身来。简64缩在工作台下面，抱着双膝。她的头上和脸上全是血，但她是清醒的，还活着。她颤抖得厉害，简23能听到她的牙齿在打战。

"快，"简23说，"快！我们得去医务室。"

简64看着她，没有动。

"64！"简23说，她牵起室友的手，把她拉起来，"我们不能待在这里。"血顺着简23的另一只手臂流了下来，滴落在地板上。她感到天旋地转，害怕不已。"快！我们得找母亲求助。"

已经有很多母亲从门外冲了进来。简23拉着简64，奔向她最先看到的母亲。没有眼睛的母亲俯视着她们。

"救救我们。"简23说完，低头看了看自己的手臂，血流得非常非常厉害，然后她就两眼一黑，什么也不知道了。

她醒来的时候，已经在医务室里了。

她的手臂上缝了几针。医务室里除了她，还有许多女孩，许多的简。这里闹哄哄的，夹杂着哭声。与平时不同的是，没有人因为哭而受到惩罚。也许母亲们正忙着修理东西，顾不上为哭声而生气。

"你没事了，简23。"一位母亲说。她很快出现在简23的床边，递来一杯水和一个装药的小杯子。"我们把你修好了。"

"64还好吗？"简23问道。

母亲沉默了。母亲之间的交流是无声的。"我们也修好了她。"

简23很高兴。她从来没有这么高兴过。

"把你的药吃了。"母亲说。

简23用牙齿把药嚼碎。药很难吃，有一股刺激的味道，但是她停了一会儿才喝水把药冲进肚里。她躺了下来。这药起效真快。她觉得既宁静又舒服，根本不需要哭。她感到轻盈又软和。一切都很好。

她看着墙壁。医务室的墙壁是蓝色的，明亮的蓝色，与洞的另一边的那种蓝色完全不同。

她很想知道这是为什么。

西德拉

　　西德拉把视线聚焦在佩珀身上，跟着她穿过蜿蜒的集市街道。她不知道自己能否适应这个地方。每走一步，都有新的东西需要观察。她不得不驻足，记笔记，归档。在太空中，新的东西可能是流星，可能是一艘载满海盗的飞船，也可能是引擎起火引发的一场事故。而在这里，新的东西有店主、旅行者、音乐家、孩子们。在他们每个人的身后，又有其他人——一个又一个无害的新的东西。她知道店主和流星的区别很大，但是她的协议不知道——它们折磨着她。她不知道怎样才能停止观察。她停不下来。

　　她突然意识到，她受限的人类视角是应对困境的一线希望——因为她必须转动头部才能观察。要是她只盯住佩珀的后脑勺，她就几乎可以屏蔽所有没完没了、无边无界的杂乱信息。

　　她跟着佩珀走下斜坡，进入人体改造控的居住区——"洞穴"。因为这里有天花板和墙壁为界，西德拉感到如释重负，终于舒了口气。这里还很凉快。虽然她的身体会自行降温，不会出现过热的问题，但市集的气温比飞船内高很多，自从他们离开海底车站，她就一直收到外部高温警告。她很高兴现在高温警告消失了。

　　在入口处，一个毛发蓬乱的拉鲁人倚靠着墙看着来来往往的人。他长长的脖子像四肢一般垂下来，全身上下的黄色毛发都编成了辫子。此刻，他正无聊地用一只爪子翻转一支脉冲式手枪。在他旁边的墙上，有一个多语种指示牌，上面写着：

以下物品会对工程师、机器人、人工智能、改造过的或佩戴

生命维持系统（life support system）的智慧物种造成危害。请不要携带以下任何物品进入"洞穴"。如果你体表或体内植入了一种或多种以下物品，请在进入前将其关闭：

幽灵芯片（具有透视功能的植入装置）
劫持机器人或刺杀机器人
黑客浮尘（通过空气传播的微型代码植入装置）
未经严格密封的放射性物质（如果你不确定，别冒这个险）
任何使用替代燃料驱动的机器
磁铁

指示牌的底部有一句手写的附注，只提供了克利普语的版本：

严肃点，我们不是在开玩笑。

在这句话下面，还手写着一句话：

有那么难理解吗？

拉鲁人走过来，大眼睛皱巴巴的。"早上好，佩珀。"他一边说，一边恭敬地把脸垂到了佩珀的高度。

"嘿，妮（Nri）。"佩珀友好地轻轻点头。一来到这儿，她的状态就发生了变化。之前，她的一举一动看起来就像在执行任务——抬着下巴，快步前行，挤过人堆也不会踉跄一下。但是现在，她的肩膀放松了下来，步子也慢了下来。

"洞穴"和市集一样，像个迷宫，里面繁忙而嘈杂。炫目的灯光和闪烁的电子屏混乱交错,人声和机器噪声不绝于耳。但是西德拉在这里感觉更自在,就像她在佩珀和布鲁家里、在海底列车里那样。虽然在这里也要面对新东西,但是墙壁就是视线的边界,它会告诉西德拉的协议该在哪里停止。她到科里奥尔才一天,就已经摸索出了让自己相对自在的方法。

"嘿,佩珀!"一个安德瑞斯克女人招呼道,她正在从一架货运无人机上卸货,"早上好!"

"早上好!"佩珀走向她,"需要帮忙吗?"

"不用,"安德瑞斯克人说,"有机器人就行了。"她冲一队圆滚滚的小机器人点了点头。那些机器人正在通力协作,把一个板条箱拖进一家商店。

佩珀指向西德拉。"希什(Hish),给你介绍一下,这是我的新助手西德拉。西德拉,这是希什,开路公司的老板。"

西德拉比了一个安德瑞斯克手语,意思是"很高兴认识你"。她庆幸自己花时间下载的这些东西派上了用场。

佩珀挑起眉毛,但是什么话也没有说。

希什热情地回了一个手势,然后伸出手与西德拉握手。"很荣幸。"她说。

"你第一次来'洞穴'吗?我还没见过你呢。"

"我刚到科里奥尔港,"西德拉说,"这是我第一次来这里。"

"哦,欢迎!"希什说,"你从哪里来?"

西德拉早有准备。她按照之前和佩珀商量好的话术回答道:"我出生在一艘长途飞船上。最终决定登上陆地。"

"啊,你是太空旅行者?有什么特别的经历吗?"

西德拉匆忙找寻合适的回答:"我先到了银河系共和国。不过,我不是公民。"这句话好像没必要说,但是佩珀叮嘱她这样说肯定不会错。佩珀之前说过，银河系共和国有很多疯狂的人类隔离主义者，天晓得他们在干着什么勾当。如果你在银河系共和国出生，却又不是公民，那就意味着你的父母没有给你注册登记。这会让人觉得你的父母是边远地区的流民。考虑到外来的人类很少愿意在公开场合谈论这些事情，不会有人多问什么。

希什对西德拉点点头，表示理解。看来佩珀说得没错。"我明白了。"希什一副无奈的表情。她朝佩珀点点头，说："嗯，你很难找到一个比她更加合适的人给你指路。"她又对西德拉说："你有住处吗？"她的语气平和，却满含关切。

"有。"西德拉回答道。

佩珀拍了拍西德拉的肩膀，说："我们给她安顿好了。她很快就要烦我了。"

希什笑了，然后碰了碰佩珀的手臂。"你和布鲁都是好人。我一直这么说。"她挺直身子，瞥了一眼那些满载重物的机器人，"好了，我不耽误你俩的时间了。西德拉，第一天来，祝你过得开心。以后要是需要科技装备，你可以直接来找我。"

两人和希什道别。走出很远之后，已经不担心说话被听见了，西德拉才问佩珀："她是不是……她是不是同情我？"

"她认为你逃脱了噩运，"佩珀说，"这正是我们想要的效果。他们越相信你来自苦难之地，就越不会问东问西。"

"我明白了。"西德拉说。她很高兴对方没有继续追问，但是那个安德瑞斯克女人看她的眼神让她有些局促。她不想被人同情。她看着佩珀从容地在"洞穴"穿行，和朋友们打招呼、闲聊，询问一些技术问题——那些技术问题西德拉不懂，所以她很想念网络连接。她一遍又一遍地重复为她设计好的回答，并观察人们的反应。他们提出的问题虽然不大一样，但总是围绕一个相同的主题：对西德拉的善意，对佩珀的尊重。善意很好，但尊重似乎是她更渴望得到的。佩珀也来自"苦难之地"，但是没有人像看一只流浪宠物那样看她。佩珀在这里很有用。可西德拉现在还没有。她知道，价值需要时间才能体现，但持续地没有明确的目标令她感到苦恼。

她们来到一家装修素雅、看起来远没有其他店铺亮眼的店铺。"我们到了。"佩珀一边说，一边动作夸张地示意。在门口柜台的上方，有一块废料制成的招牌，介绍着这家店的名字和经营范围：

铁锈桶
技术部件交易与维修
佩珀和布鲁合伙经营

"布鲁已经不在这里工作了，对吗？"西德拉问。佩珀将自己的腕带在柜台旁的机器上一扫，防盗器"咔嗒"一声关闭了。"嗯。不过他偶尔搞艺术创作累了，还会过来看看。"她打开柜台门，走了进去。柜台的对面有一张长长的工作台，在柜台与工作台之间有一块很大的空地。工作台的后面有一个门廊，门廊的尽头似乎是一个小车间，在里面工作可以完全不受顾客打扰。西德拉挪开身子给佩珀让路，佩珀把装满二手物件的展示盒堆放在柜台上，每个展示盒都包得很好，并贴上了标签。

"你能把那个东西递给我吗？"佩珀问道。西德拉转过头，顺着佩珀的目光，看到了一条腰带。腰带上面挂着一些重得离谱的扳手和钳子，厚厚的布料用粗线加固过——看上去加固过好几次。"好的。"西德拉说着，把腰带递给了佩珀。"你介意一个人在这儿工作吗？"她问佩珀。

佩珀摇了摇头。"不介意。是我要做技术工作，不是布鲁。他虽然也能做，但这并不是他每天早上起床的理由。"她咧嘴笑了。"而且，以后不再是我一个人工作啦。"她从抽屉里抽出一条干净的工作围裙和一副手套，连同那条丁零作响的腰带一并穿戴在身上。"从今往后，'铁锈桶'就是咱俩的万能修理店了。另外，我们还出售翻新的旧物件。不过我有几条规矩。"她竖起手套里的一根指头，"第一条规矩：不碰军用武器和爆炸物。如果你是养牲畜的农民，或者你要去库瑞科特（Cricket）之类的地方，你需要修理子弹步枪，可以，我能修。要是你拿来一个艾卢昂人制造的炸弹，那你滚出去。如果你不是士兵，你不需要那鬼东西。"

西德拉记下佩珀说的每一句话。"如果是士兵呢？"

"如果你是士兵，你不会拿着武器来找我修理。除非你所在的军队有重大的组织问题，我只能想到这一种可能。我会做一些基础的自卫工具，而不是杀人工具。"然后她竖起第二根指头，"第二条规矩：不搞生物改造，这个我不擅长。如果有人想要改造自己，我可以给他们介绍好的诊所，都是一些安全可靠的地方。要是你被问到植入和改造方面的事情，来找我，我会给他们指明正确的方向。改造纳米机器人也不行，即便它们不是生物。我不擅长，也没有合适的设备。第三条规矩：要是有人带含磁铁的物品过来，最好提前告诉我们，这样我才能妥善保管它。如果不那样做，后果自负。要是因此而损坏了什么，得照价赔偿给我。第四条规矩：他们拿来的东西不能太大，至少柜台后面的空间要能放得下。大件物品的修理会安排在店外，且要视具体情况而定。不是所有人找我都行，所以不要跟别人掰扯。直接来找我，我来决定修还是不修。除此之外……"她嘟起嘴唇，思考着，"我什么都可以接受。"她用手指敲击着柜台，"我的收费……视情况而定，不管包裹上写的是什么，或者我许诺过什么。私下里跟你说，只要我不挨饿，而且有钱买小东西做家装，每次无论收多少，其实都没有关系。我会做好收支管理，接受以物换物，也接受信用点交易。我甚至更喜欢前者。"她抬起一只脚，"我脚上这靴子就没花钱，因为我帮一个服装商人修好了他的芯片扫描仪。还有一个医生，他每年帮我和布鲁更新免疫机器人。相应地，只要他有需要，我就会帮他免费修理坏掉的东西。我在斯马奇船长（Captain Smacky's）订餐还享有终身半价优惠，因为有一次他们的烤架坏了，我三两下就给修好了。"她耸了耸肩，"信用点是虚拟的。我之所以接受信用点，是因为那是一种广泛通用的付款方式，但是我这个人更喜欢实物交易。别担心，你以后的工资会以信用点来结算。那样一目了然。"

西德拉都把工资的事给忘了。"哦，行。"

"你每个月都会从店里的收入中分得一部分。虽然赚的钱还不多，但是我保证会公平分配。这和食宿是两码事。你住在这里，并不代表你必须在这里工作。所以，要是你想去干别的，也没关系。你并没有卖身给我，明白吗？每个月我们会把你的工资算好，然后打到——"她打了一个响指，声音从手套里传出来，"我还得给你开一个银行账户。别担心，我知道应该找谁帮忙。那人虽然为银河系共和国工作，但是她不会为难你。如果你表格填写得不对，她会睁一只眼闭一只眼，不会多问什么。她收集了一批超赞的哈玛吉安古董车，还在聚会上展示它们——那是早期殖民时代的东西，工艺非常精美。我这就给她发一条信息。"

西德拉关掉了记录商店规矩的文件，创建了一个新的文件：我的工作。"那我要做什么呢？"

"因为布鲁不在这里，我现在缺个帮手。我希望咱们能互相照应。如果我在后面修理一些又大又吵的东西，你就站在前面，招呼客人，呈递修好的物品，出售没有我在也一样能卖的包装好的商品。如果我在前面，你可以在后面打扫。如果需要跑腿，你可以外出去办，或者我出去忙我的事情,你守在这里看店。"她抬起头来,"你先说说,你觉得怎么样?"

西德拉处理了一下信息。应该说,这与她的预设目标没有太大的出入。她会监视商店的安全,回应要求,按指示执行任务。在佩珀看不到的地方,她就是佩珀的眼睛。"我能做到。"

佩珀观察着西德拉。"我相信你能做到。但问题是,你想这样做吗?"

西德拉又处理了一下信息,结果一无所获。"我回答不了这个问题,因为我不知道。"当她接到一项任务时,她就完成这项任务。当有人提出要求时,她就努力完成这个要求。那……那是她的工作。这就是她的想法。如果还在"旅行者号"上,如果她还没有经历改造,有人会对她说"你好,洛芙莱斯!欢迎你!现在你该开始监视这艘飞船了,但前提是你想做这件事"吗?

她很怀疑。

佩珀把手放在西德拉的肩膀上,微笑着:"不如我们先试一试,看看你喜不喜欢,好吗?"

"好。"西德拉说。终于不用再处理这个信息,她松了一口气:"每天上班要做些什么,先从什么工作开始?"

"首先,我会检查两个资讯源:商店的留言簿和野餐(Picnic)。"佩珀指着柜台上的一台小型像素投影仪,一团像素云突然浮现在空中,排列成两个半透明的方框,方框里显示出佩珀的默认信息页。

左边的信息很容易理解。

新信息

新请求：引擎大修——普瑞欧克·安·托希凯文（Prii Olk an Tosh'kavon）

状态检查：平板电脑无法开机——李金梅（Chinmae Lee）

新请求：你好，你懂水培设备吗？我有一个水泵可能坏掉了——克雷什（Kresh）

询问：你接受我用活的红岸虫来支付吗？——蛤蟆（toad）

询问：我其实没有疑问。我只是想说，新设备太好用了，谢谢你！！——马科·门（Mako Mun）

但是右边的信息看上去就很神秘。考虑到像素花了更长时间才排列展示出来，这个资讯源很可能是加密的。

你好，平奇。欢迎来到野餐。

设备（大型）

设备（小型）

生物（技术）

纳米

数字

实验

智能

防护

航空航天

西德拉眨了眨眼睛："那是什么？"

佩珀冲着右边的信息点了点头。"野餐是一家地下社交资讯站，面向所有喜欢结交牛人的银河系共和国技术人员……这样说吧，科里奥尔港当局可能不允许它存在，至少官方不允许。"

西德拉舔着嘴唇，思索这句话。科里奥尔港的黑市并不是什么秘密，但真的接触黑市令她有些不安。她没有理由反对非法活动，因为她也是非法的。但不管怎样，她多希望能生活在一个自己的秘密不那么容易被发现的地方。

佩珀注意到了西德拉的沉默。"别担心。你看这里。"她指了指生物（技术），在几十条讨论记录里翻找着什么。"啊，找到他了。你看这个用户，'与众不同的叶子'。他每年都会查我的商店。我做事很谨慎，从来没有出过问题。"

"你在做的生意，是不是……"西德拉不知道该如何礼貌地问这个问题。

"我在做的生意，就是为人们提供他们需要的东西。我跟你说过我的规矩了。我不做任何危险、愚蠢的事情。问题是，许多法律也是愚蠢的，并不总能让人们远离危险。我能说什么呢？我是一个有原则的女人。"她眨了眨眼，"行啦，我想到你的第一个任务了。抱歉，是工作，你的第一个工作。也许那才是最重要的事。"

西德拉跟着佩珀走到了柜台后面的车间。在去过佩珀家之后，看到这里堆得高高的东西就不觉得稀奇了。高耸的货架上堆满了板条箱，每个板条箱上都贴着大大的粗体字标签，还是手写的！虽然已经分门别类，但看起来还是很乱。可见分类的逻辑不是那么严密。

佩珀自豪地指向一件精密的手工精制装置，装置上遍布光滑闪亮的小管子和有凹痕的大管子。"如果你要做我的助手，"她说，"你必须学会酿造丁酮酒。"

"这……是最重要的事？"

"是的。只有头脑清醒才能修理复杂的东西。没有什么比一大杯温暖的丁酮酒更加提神醒脑。"佩珀满心喜爱地摸了摸这台酿造机，"我每天要喝很多。"

西德拉访问了一个行为参考文件。"大多数智慧物种不是只会在休闲时小酌吗？在一天的工作结束之后？"

佩珀转动眼珠，说："大多数智慧物种把努力工作和痛苦混为一谈。我工作踏实，从不迟到。那为什么不奖励一下自己呢？又不是嗑药。丁酮只是一种食物提取物，促使大脑分泌一些化学物质。如果你喝多了，就小睡一会儿。而且说真的，但凡在你需要小睡的时候不让你小睡的工作，都应该马上辞掉，然后换新的。当然，不包括现在这份工作。"

"小睡感觉好吗？"

"小睡简直太棒了。"佩珀打开抽屉，拿出一个带有艾卢昂设计的单色螺旋花纹的罐子，"你没试过那种感觉。你也没喝过丁酮酒。"她打开罐子，把鼻子贴在上面，深吸一口气。"嗯，是的。"她把罐子递向西德拉，"你闻闻这个味道，能感觉到什么？只是一堆化学物质吗？"

"我不确定。我来试试。"西德拉把罐子放到鼻子前面，然后吸了一口气。

毫无预兆地，她脑海里突然出现了一个图像，它跳到了所有其他的外部输入信息之前：一只睡着的猫，仰卧在阳光下，毛乱糟糟的，粉红色的脚趾惬意地张开……然后图像又突然消失了。

"嘿，你还好吗？"佩珀一边问西德拉，一边从她手里接过罐子。西德拉脸上的表情引起了她的注意。

西德拉在自己的日志目录里寻找着解释。"我——我不知道。"她停顿片刻，"我看见了一只猫。"

"一只……地球上的猫？"

"是的。"

佩珀环顾四周："在这里吗？"

"不，不。感觉就像在一个记忆文件里。一只猫，在窗前睡着了。但是我从来没有见过猫。"

"那……你怎么知道它是一只猫？"

"行为文件里有，人类身边的动物里面都有介绍。我知道猫长什么样，只是从来没有见过。"西德拉飞快地翻找了一遍日志，但是什么也没有找到。"我找不到那个文件。我不明白这是怎么回事。"

"没事的。"佩珀说，她的声音很轻。她微微皱起了眉头。"也许是你从网上读取的？"

"不，我——我不知道。可能吧。"

"如果它再出现，请告诉我。为了安全起见，也许我们应该做个检查。你现在感觉还好吗？"

"嗯。只是很困惑。"

"你还在适应。没事。过一阵子就不觉得奇怪了。不如给你找点事情做吧？脑子想不通的时候，动动手会有帮助。"

佩珀开始手把手地教西德拉怎么酿造丁酮酒：称量粉末、兑水、监控温度。过程并不复杂，但是佩珀对细节要求很高。"你看，要是你煮得太快，树皮里的一种化合物会让味道变得很苦涩。但要是你煮得太慢，最后就煮成泥了。"西德拉做了大量的笔记。这显然是很重要的。

这时，一个圆滚滚的计时器响了，说明丁酮酒已经酿造好了。佩珀拿起一个杯子，看了看杯底，又用围裙的一角擦了擦，接着把杯子压在酿造机壶嘴下面。当乳白色的液体涌出时，一小团蒸汽蔓延开来。佩珀双手捧起杯子，深吸了一口气。她把杯里的液体吹凉，然后小心地抿了一点。

"不烫吗?"西德拉问。

"烫,但是群星啊,味道棒极了。"佩珀慢慢地咽了一口,"啊——好了,你想试试吗?"

"嗯。"西德拉接过佩珀手里的杯子。她的义体并没有做出嘴被烫疼的样子,这表明它不太烫——起码对她来说可以接受。她看到杯中的液体微微晃动,看起来还不错。

"你知道怎么喝吗?"佩珀问道。

"嗯。"西德拉之前没有这样操控过自己的身体,但"喝"这个动作不难模仿。她把杯子端到嘴边,双唇分开,将液体倒进去。她能感觉到热度,而且——

她正踏进一个盛满热水的浴缸,但她的身体仿佛不是自己的。她觉得这具身体更高、更胖,也很自在。她泡在洗澡水里,馨香的泡沫环绕在她的周围。一切都很好。

西德拉抬头看向佩珀。"图像又出现了。不是猫,但——"她又喝了一口。她踏进一个盛满热水的浴缸,但她的身体仿佛不是自己的。"出现了一个浴缸。这次是某个人洗澡的记忆文件。现在它又消失了。"她拿起那罐丁酮粉末,吸了口气。一只睡着的猫,仰卧——"这又触发了那只猫。"她又喝了一口杯子里的液体,测试了一下规律。她正踏进一个浴缸。

"哇哦!这太具体了,不可能是偶发的身体故障。"佩珀走到柜台前,拿起自己的平板电脑。"是时候看看你的使用手册了。"

"使用手册中没有提到这些。"

佩珀玩味地看了她一眼。"人体改造控就爱卖关子。"她对平板电脑下达指令。"搜索词,嗯……随机图像文件?"

一大段文字出现了。

恭喜你！你发现了你的身体具有的最棒的一项功能：感官模拟！你将与有机智慧物种共度很多时光。如果说有一件事是有机智慧物种都喜欢的，那一定是感官享受：品尝、触摸、闻香。我希望你能和朋友们一起体验这种快乐。鉴于你不能像有机智慧物种那样处理感官信息，你的身体里特置了一个与各种感官享受对应的海量图像存储库，安装完成后，它会与你的核心程序完美融合（别找了——你找不到它的）！每一次你的身体受到会令有机智慧物种感到愉悦的感官刺激，你都会看到与之匹配的存储图片。所以，尽情体验吧！吃个甜点！做个按摩！闻闻玫瑰香！

佩珀看了看西德拉，然后目光又转回平板电脑。她说："这真是一件杰作。"她闭上眼睛，笑了起来，"哦，群星啊，我们会有很多乐趣的。"她向像素投影仪发出指令——开启通讯。

"联系人的名字。"像素投影仪的自动化声音响起。

"斯马奇船长的餐厅。"佩珀说完，对西德拉眨了眨眼。

一个卡通标志——头戴华丽帽子、装着假肢的人类水手——出现了，然后是一个长长的菜单。菜单上列着奇怪的营养食品：特制口味的油炸蟋蟀；红岸虫馅饺子（按份卖）；各种各样的小袋零食，口味有辛辣的和糖炒的……菜单不停地滚动。

"欢迎来到斯马奇船长的订餐系统！"一个爽朗的声音响起。"现在下单，无人机就会将餐送到你所选的位置。如果你已经想好吃什么——"

"是的。"佩珀严肃地点点头，"我想要菜单左边的食物。"

简23，10岁

"我不明白。"简64说。她们在床上聊天，这是母亲们不允许的。但因为是窃窃私语，母亲们不会察觉，女孩们也从未因此惹上过麻烦。

简23冥思苦想，仍旧找不到合适的词来描述。"墙的那边有一个……"

"有另外一个房间？"

"不，不是房间。"

"我不明白，"简64又说，"为什么不是一个房间？"

"没有墙。"简23说。这很难解释。"和这里不一样。像是工厂外面的什么。"

简64皱了皱眉："它大吗？"

"非常大。比我见过的一切都大。"

"它是一块废料吗？"

"不是。"简23尽量压低声音说，她都有点儿不耐烦了，"它非常特别。就像一个房间……只是没有墙。我也不知道它是什么。"她已经词穷了，"没人知道它的存在，它的存在是个错误。"

简64凑了过来，她的声音很小，如果她再离远一点点，简23就听不见她的声音了。"你觉得母亲们知道它的存在吗？"

"嗯。"简23认为母亲们知道。虽然没有证据，但是她对此深信不疑。

"那我们应该问问她们。"

"不行。"之前在医务室的时候，母亲们单独问过每一个女孩，问她们事故发生时在分拣室看到了什么。"我听说,简25跟母亲说她看到了那个洞。"

她们都沉默了。简25一直是简17的室友,而简17此刻与简34和简55住在一起。

"你怎么跟她们说的?"简64睁大眼睛,问道。

"我说我摔倒了,然后去找你了。"

简64的眼睛睁得更大。"你撒了谎?"

尽管简23很害怕,但是她耸了耸肩。"我只是隐瞒了一部分。"从医务室出来以后,她真的很害怕,怕母亲会发现她没有全盘交代目睹的一切。

"也许我们应该问问其他女孩,"简64说,"也许还有别的人看到了。"

简23认为这是个馊主意。这件事简64知道了也没有关系,因为她知道简64绝对不会给她惹麻烦,但别人就不一定了。"我只想知道它是什么,"她说,"我没看多久。"

简64挠了挠额头上缝合好的伤口。"你说,等我们回到分拣室的时候,还能再看到它吗?"

"不能。我觉得这就是现在让我们换了一个房间的原因。"简23说,"我想她们会在我们回去前修补好那个洞。"她其实还有一个非常可怕的念头,想说却不敢说出口。但是现在她憋不住了,她不得不说出来。"我想去看看。"

简64盯着她,害怕却又好奇。"我也是,"她说,"但我怕受罚。"

简23想了想。"我们可以神不知鬼不觉地去。"

"工作日她们不许我们去那里。"

"我们可以晚上去。"

简64用力摇头,说:"她们不许我们下床。"她的声音很大,而且在颤抖。

"我们下床，因为要去盥洗室。"

"我们要去的不是盥洗室。她们知道盥洗室在哪里。"

"我们可以说……我们可以说，我们本来要去盥洗室，但听到盥洗室外面传来奇怪的声音，以为有人在求救。"

"谁在求救？"

"有人在求救。可以说，我们听到一个小女孩的叫喊声，她好像很害怕。"简23说。她心底的恐惧开始退却，取而代之的是一种抑制不住的热望。她们在讨论的是一种错误的行为，但她就是想要去做，非常想！于是她行动起来。她起床，穿上鞋子，走了出去。简64低声说了些什么，可是简23已经走出太远，听不清她的话了。但她能听见简64"啪啪"的脚步声——简64跟了上来。

"这是个馊主意。"简64说，"要是我们碰到母亲，我会告诉她这是你的主意。"简23知道，简64虽然嘴上这样说，但不会真的这样做。简64绝不会对她坐视不理。只有坏女孩才会这样做，而简64不是坏女孩。她是最好的女孩。

盥洗室很冷。她们很快就穿过了那里。当她们走到廊门前的时候，简23停了下来。这可能是个馊主意。她们现在回去还来得及。现在回去，没有人会察觉。她们可以回去睡觉，明天好好工作。

简23跨过了廊门，简64紧跟着她。

走廊里伸手不见五指，她们便摸黑前行。她们一度以为听到母亲的声音，吓得躲到了一堆箱子的后面。不过，什么也没有发生。她们安然无恙。去分拣室的这一路，一切安好。门关着，但是没有上锁。为什么不上锁？因为女孩们从来不会离开母亲的视线。

"我觉得我们不应该这样。"简64低声说。

确实不应该，简23知道。她环顾走廊。这里没有别人，但可能很快就会有人来。

"走吧。"简23拉起室友的手,穿过门廊。简64跟在后面,没有退缩。

即使在黑暗中,简23也能看出分拣室已经被清理干净。虽然还有些乱,但不是那种满地湿乎乎的乱。血液和尸骸都已经不见了,炸坏的东西被扫成一堆又一堆,废料从所有的工作台上消失了。简23很害怕,尽管房间里寂静无声。这里和她上次看到的不一样了,但是,她的脑海里还是浮现出之前的景象。还有女孩的残肢在里面吗?会有女孩被压在桌子底下,抓住走过的她们吗?简23紧紧地抓着简64。简64也抓紧了简23。

墙上的洞被一块防水布遮盖着,在那旁边有什么东西……简23不确定那是什么。桶里也有东西,还有工具。她猜是胶水。有的时候她会用胶水来黏合有用的碎废料。也许母亲们想把墙粘好。

防水布的一角被风吹了起来,前后摆动,就像在朝她们招手。不知道风是从哪里吹来的,好像是……墙外。

"我们回去吧。"简64说,但是她的声音很小,她似乎不知道该怎么做。她正盯着那前后摆动的防水布一角。

简23觉得自己的心脏都快要跳出来了。她用手抓住那一角防水布。吹进来的风很冷,真的很冷。

她扯下防水布。

此刻,墙外的东西比之前更令人费解。那巨大无比的一堆废料还在,但是像天花板又不是天花板的东西发生了变化,它不再是蓝色,不再明亮——至少不是之前的样子。之前,它一直很明亮,但是现在它真的很黑,只剩下3个又大又圆的灯、一束小光斑和一些缭绕着的烟雾。像天花板又不是天花板的那东西很大,非常非常大,比分拣室和宿舍都大,大到简23望不到它的边际。

简64什么也没有再说，只是猛地深呼吸。大概是十分害怕，但是她没有再提回到床上睡觉的事。简23理解，她也是同样的感觉。

简23把手伸到了破墙洞外。真的很冷！但是那种冷不像金属的冷，也不像盥洗室地板的冷。就是冷，到处都是冷的。她冻出了鸡皮疙瘩。这种感觉不舒服，但是她喜欢这种感觉，就像她喜欢尝肥皂、血液或餐食以外的东西一样。这种感觉很特别。这种冷很不一样。

"简23，别。"简64低声说。

但是简23听不进去，她已经完全被那满腔热望所支配。她迈出墙洞，然后又迈了一步，两步，三步，四步……

一堆堆的废料与像天花板又不是天花板的东西延伸得一样远，根本望不到边。难怪总是有废料要处理。不管女孩们处理多少年，永远也处理不完。

她向下看。墙外的地板上满是灰尘和粉末，而且到处都是坚硬的小碎块——它们都是从废料堆上散落下来的。她又抬头去看像天花板又不是天花板的东西。她觉得头疼，胃也疼。或许她靠近一些，就会弄明白；或许她伸手摸——

"不！不！"简64发出尖叫声。

简23急转过身，只见一位母亲把简64从地板上提了起来，她的金属手卡着简64的脖子，而简64正竭力反抗那些银色的手指。

简23想要尖叫，但却发不出声。她们会因今晚的行动而受罚。她们会和那些永远没再回来的女孩有一样的下场。她们本应该老老实实待在那间现在空无一人的宿舍里睡觉。母亲们本不需要安排3个女孩睡一间宿舍。

全是她的错。

母亲看见简23了，但却没有穿过墙洞。她看着墙洞，就站在那里，好像不知道该怎么办。即使母亲没有脸，简23也看得出她很生气，非常生气。

简64哭了，她很害怕！她的脸色是不正常的潮红。她非常认真地看着简23。那眼神让简23想起了每天早上天亮之前她们紧紧地抱在一起，想起了简64说她是最棒的。"快跑，"简64说，"快跑！"

简23知道自己不应该跑。她做了错事，就该受到惩罚，逃跑会使事情变得更糟。但是，那种炽热、美好、愤怒的感觉比母亲们告诉过她的一切都要强烈。简64不停地大喊："快跑！"她的肌肉也在说：快跑！快跑！

于是，简23逃跑了。

西德拉

佩珀和西德拉刚一进门,布鲁就站了起来。

"嘿!"他笑容满面地说。

"嗨。"西德拉一边说,一边访问了一个名为"让自己舒服点"的文件。

1. 脱下夹克
2. 脱下鞋子
3. 找个地方坐下
4. (可选)吃点零食或者喝点饮料

佩珀解开靴带,望着布鲁。"怎么了?"她的语气笃定,好像料到肯定有事发生。

布鲁微笑着:"我……啊……我重新布置了一下。"见佩珀挑起眉毛,布鲁转而安抚她,"没有大的改动!只是……啊……为了我们的室友。"

西德拉很好奇。她脱下夹克和鞋子,走进了自己的卧室。布鲁说得没错,没有太大的改变,但是沙发挪动了位置,而且在沙发的旁边多了一把椅子,抵靠着墙。椅子的旁边是一张小桌子,桌子上放着一个网络连接盒和一根连接线。西德拉欣喜不已。她明白了,她回家之后可以坐在这里上网。

"谢谢你,"她说,"你太好了。"她顿了一下,礼貌地问:"我能现在就上网吗?"

"当然!"布鲁说。

西德拉立马坐了下来。她插上连接线,身体靠在椅子上,像有机智慧物种在漫长的一天结束时所做的那样。她闭上眼睛,感受着信息流的涌动。她不知道人类会怎么形容这种感觉,或许就像是截肢后立即再生长出一条腿。

"椅子摆在那儿行吗?"布鲁问道,"角度可以吗?我试过了,放在……啊……放在那儿,房间的大部分区域,你应该都能看到。"

西德拉睁开眼睛,环顾四周。"是的,这太棒了!"她边说边下载了今天自己添加到"需要研究的内容"文件中的全部内容。她正准备沉浸其中,突然发觉有什么东西在蹭她的腿。她垂下眼帘,但是因为视角不对,看不见那是什么。她叹了口气,俯身低头去看。

一台小机器从椅子底下钻了出来。那是一个覆盖着软皮的机器人,样子像一种动物,但具体是什么动物,西德拉认不出来。大脑袋,矮胖的身体,8条粗壮的腿……她尝试在参考资料里检索,但是什么也没有查到。

"哇,可爱!"佩珀走进房间,说道。她温柔地将手搭在布鲁的肩上,"真是太可爱了!"

西德拉看着机器人,它正靠在她的腿上磨蹭,睁着两只绿色的机械眼睛,与她对望。突然,机器人跳到她的大腿上,"咕咕"地撒起娇来。

西德拉不知道该怎么办。"这是什么意思?"她问。

"伸出你的手。"布鲁说。

西德拉犹豫地伸出右手。机器人抬起鼻子蹭了蹭西德拉的指尖,一边咕哝着,一边咯咯叫。西德拉情不自禁地微笑起来。

"这是个宠物机器人。"布鲁说,"这个……啊……这个做成了一条阿什敏(ushmin)的样子,是哈玛吉安人制作的。每个人都喜欢阿什敏。"

西德拉发现布鲁正满目期待地看着自己。"等等，"她问道，"这是给我的吗？"

布鲁高兴地点了点头。"我知道，住在别人家里可能感觉很别扭。我想，嗯，你会希望拥有一样属于自己的东西。"他把两只手插在前面的口袋里，"而且他们说，宠物会让人感觉安心。我希望它能带给你更多家的感觉。"

这种感觉很甜蜜，但是有一句话令西德拉困扰：拥有一样属于自己的东西。如果宠物机器人是个礼物，那么她现在就拥有了它。西德拉小心翼翼地抱起宠物机器人。它扭动着身子，表现出很喜欢被人抚摸的样子。西德拉的微笑消失了。"它有知觉吗？"

布鲁似乎有点震惊。"没有。"他说，"我绝不会买那样的东西。它没有智力，只是，嗯，只是机械而已。"

西德拉继续盯着宠物机器人。它也看着她，眼睛慢慢地眨着。一个没有知觉的程序。除了如果/那么、开和关、初级算法以外，什么也不知道。西德拉抬头看了看在厨房里忙活的佩珀。她手里拿着一盒五香味的甲虫干，正在保鲜柜里找喝的。甲虫，西德拉想。甲虫也没有智力。它们不能开穿梭机，不能建造海底列车，不能创造艺术。她又望向坐在她大腿上的宠物机器人。她向它伸出手指，机器人凑上去，"咕咕"地请求抚摸。显然，它这样做是因为有识别协议：如果主人靠近，那么要表现得可爱。她又想到甲虫：如果鸟类靠近，那么要逃跑；如果饿了，那么要进食；如果受到挑战，那么要战斗。甲虫不受重视，但起码是有生命的。如何迅速杀死食用昆虫是有规定的。她在佩珀的零食包装上见到过如下内容：遵照银河系共和国法律人道捕杀。可以肯定的是，甲虫不知道发生了什么，也没有遭受太大痛苦，但人们还是考虑到了它们遭受痛苦的可能性。宠物机器人有这样人道的待遇吗？如果外在表现相同，那么内里是一串神经元还是一串简单的*如果/那么*代码,又有什么区别?你能确定那个机器人毫无意识,不会像甲虫一样留恋这个世界?

西德拉发现布鲁还在注视她,他的表情已经变得有些担忧。她意识到,布鲁以为自己做错事了。于是,她对他笑了笑。"你真是太好了,"她说,"谢谢。"

"你喜欢吗?如果你不喜欢——"

"我喜欢,"西德拉说,"这很有趣,很感谢你能想到这些。"她想了想,说道:"有些人类养宠物,但你们不养。"

"嗯。"佩珀边说边坐在了沙发上最靠近西德拉椅子的位置。她一边吃着甲虫干,一边喝着果汁气泡水。"我们不养宠物。"

"为什么不养呢?"

佩珀喝了一大口饮料,看着宠物机器人依偎在西德拉的腿上。"我不太擅长和动物相处。"

简23，10岁

墙外的空气仍然很冷，但那种特别的感觉不再像简64还在身边时那样，而是一种好的感觉了。简23紧紧地抱住自己，她皮肤上的鸡皮疙瘩鼓胀得都有点疼了，她的胳膊和嘴都在发抖。这可不好。她想回到床上。她后悔来这儿了。

不知道为什么，母亲们没有来追她。她的逃跑不是没有动静，她奔跑的时候，地板嘎吱作响，跑到最后一个斜坡的时候，她还摔了一跤，发出很大的响声。母亲们不能过到墙的这边来吗？还是她们根本不在乎？

简23不知道自己现在要去哪里。废料一直堆上了天，在黑暗中，一切都那么阴森可怕。她走了很久很久，也许已经走了好几个小时，但是她仍然没有停下来。她不知道自己还能做些什么。

快跑！简64说，简23照做了，直到跑得气喘吁吁。她的室友的声音还在她脑海里回荡，她感到头晕、恶心。她想哭，但是她没有哭。她的麻烦已经够大了。

她的脚踢到了什么东西，然后她摔倒了，正好倒在尘土飞扬、嘎嘎作响的地板上。她大声尖叫，与其说是受了伤，不如说是受了惊吓。她看不清楚，但是她知道膝盖很痛，双手也很痛，她能感觉到手上又划开了几道口子。她回头去看是什么东西绊倒了她，发现只是卡在地板里的一块废料。这块没用的废料，挡了她的路。她踹了它一脚。虽然乱踢乱踹是不对的，但是她已经做了很多不对的事，正是她这些不可理喻的行为害了简64。

她踹了废料一脚又一脚，内心无声地嘶吼。

突然，另一个声音响起。不是废料发出的声音，也不是她自己的声音。那是一种低沉的"呜呜"声，有点像发动机启动时响起的那种声音。她不知道那声音来自哪里，但是它让她安静了下来。

有……有什么东西，站在不远处。她不知道那是什么。它不是机器，却能动。它在呼吸，但她可以肯定，它绝不是小女孩。像天花板又不是天花板的东西上挂着的3盏灯发出昏暗的光。她借助那昏暗的光线，努力辨认那东西是什么。那是个有眼睛的东西，它还有4条腿，没有胳膊。她看不到它的皮肤，它全身上下都毛茸茸的。它还有嘴，还有……牙？是牙吗？比她的牙更尖。

那东西正盯着她看。它微微俯下身体，所有的腿都向后弯曲。它又发出了发动机启动时的"呜呜"声。那声音可不太妙。

此时，简23双腿的感觉就跟之前母亲透过墙洞怒不可遏地盯着她时一样。她的脑海里又出现了简64的声音：快跑。

简23又开始奔跑。

她没有回头看，但是她能听到那东西也在跑，一边追她，一边还发出可怕的声音。简23夺路而逃。在平时锻炼时，这种奔跑速度是母亲绝不允许的。她必须一直跑，不能停。她来不及思考，只知道必须远离那正在追她的可怕东西。

然后，又有一个同样的东西出现了，它也朝简23跑来，在跑的过程中还撞倒了一些废料。简23竭力奔跑，不再关心冷风，不再关心母亲，甚至不再关心简64。快跑。她脑子里只剩下快跑。快跑，快跑。

她胸口好疼，脚趾头也被鞋子磨破了。那两个东西离她越来越近了，她能清楚地听到它们巨大的喘息声，还有流口水的声音。

突然，她听到另一个声音——从前方传来的说话声。但是那声音很奇怪，不像是人类的声音，简23也听不懂它在说什么。

她感到有唾沫打在她的腿上。

那说话声变了:"嘿!这边!朝我这边跑!"

没时间问了。简23赶忙朝着那个声音跑去。

一台巨大的机器从一堆废料中冲了出来,它的侧面很宽,上面还有扇门,一扇打开的门,直通那台机器的内部。在凸起的舱门角上,有两个红灯在闪烁。

"你能做到的!"声音从门后传来,"快点,快点!"

简23爬上那堆废料,锋利的废料碎片刮坏了她的衣服,割破了她的双手。她大叫一声,跳进机器里。

舱门"砰"的一声关上了。

追逐简23的其中一个东西"砰"的一声撞在了合上的舱门上。她听到愤怒的声音,那东西还在不停冲撞。但舱门一直紧闭着。

"别动,安静。"那个声音很低沉,"它们会离开的。"

过了一会儿,它们真的离开了。

"哦,群星啊!"那个声音说,"哦,群星啊,我真高兴。你没事吧?来,让我把灯打开看看。"

灯闪了一下,然后亮了。简23从地板上爬了起来。她不知自己身处于一个狭小的房间还是一个壁橱,四面金属墙离她很近。

那个声音说话很快:"你身上可能携带着细菌。但我现在没有足够的能量为你进行扫描或者除菌,待会儿再说吧。晚些时候再做处理。这是协议中的规定,但由于情势紧急,我只能破一次例。进来吧。没事的。"

只见一面金属墙变成了一扇门。但简23站着没动。

"除了我,这里没有别人。"那个声音说,"我不会伤害你。"

简23不知道自己还能做些什么,于是她照做了。她走了进去。这个房间更加宽敞——虽然比起分拣室和宿舍还是小得多,但是容纳一个女孩绰绰有余。这里有交互面板和坐的地方,还有一个小型工作站。一个设置在房间里的工作站,在机器里,不在工厂里面。

所有这些都让她感到费解。

简23试着深呼吸。她竟然在哭。她不知道自己是什么时候开始哭的。可这吓到她了,因为哭意味着要受惩罚,但是她停不下来。哪怕此刻有母亲在这儿,她也停不下来。

"没事了。"那个声音说,"你现在没事了,亲爱的。它们进不来的。"

"你是谁?"简23说。她的声音听起来很奇怪,带着哭腔。"你在——你在哪里?"

"哦,抱歉,我这就把脸显示出来。这里,我在这边,在你的右边。"

墙上亮起一个屏幕。简23非常小心地走了过去。屏幕上出现了一个图像,那是一张脸,但不是女孩的脸——好吧,有点像女孩的脸,但不是简23经常见到的女孩的脸,而是一个年纪大一些的女孩,比年满12岁后离开的那些女孩的年纪更大。一些碎发从她头上垂下来,微微遮住两只眼睛。那不是一张真实的脸,更像是视频中的画面。但是那张脸在微笑,这让简23放松了一些。

"嗨,"那个声音说,墙上的图像也同步动着嘴唇,"我是奥尔(Owl)。"

西德拉

西德拉不喜欢等待——至少不喜欢在公共场合等待。她以前被安装在飞船上的时候，能独自待上几个小时，甚至好几天。但是现在，由于除了自己，没有任何系统可监控，也没有网络连接，等待对她来说就变成了一种煎熬。不过，她确信这次等待是值得的。她看着和自己一起排队的人——佩珀、布鲁，还有数十个陌生人，大家都对进入极光馆（Aurora Pavilion）充满了期待。在这不眠之夜，随处可见智慧物种聊着天、喝着酒、吞云吐雾，萤火虫勇敢地冲进敞口放置的杯子、黏稠的烧瓶。西德拉看不出周围这些人介不介意等待。这是一场"闪速节"（Shimmerquick）派对，为了观看表演而排队显然是必需的。

银河系共和国参考文件里说，闪速节是一个非常古老的节日。在艾卢昂人实现太空航行之前，男性村庄和女性村庄鲜有接触，他们通过这个庆典活动尽情狂欢、自由交配。那时，闪速节为期10多天，没有正式的名字，沉默的艾卢昂人也还没有遇见过其他物种，没机会与其他物种说话。一千多年后，随着艾卢昂人飞向太空，与其他物种融合，他们把这项传统带到了其他行星。虽然，闪速节本质上是一个长年繁衍困难的物种创造出来的生育节日，但是如今，它已经成为包括科里奥尔港在内的许多混居地的共同传统。就像佩珀说的："没有哪个物种不喜欢大型派对，特别是当派对的主题与做爱有关。"诚然，艾卢昂人在娱乐和生育之间有着清楚的社会划分，在他们看来，这个节日更多的是在赞颂生命和祖先，而不是推崇肉欲。可是，对前来参加派对的其他人来说，显然，这种细微的差别要么是被忽略了，要么是意义不大。西德拉知道自己对这类事情的理解有限,但似乎大多数物种并不需要搞懂为什么要办派对。

西德拉盯着前面长长的队伍。"这是较为小型的庆祝活动吗?"她问。

"是的。"布鲁点了点头,"在亮面①那边举办的庆祝活动更加盛大。"

"那边挤满了人,"佩珀补充道,"而且全是游客。而来这儿的人,"她指着队伍,"要么是当地居民,要么是和当地居民一起来的。我还认识这个地方的老板,非常阔气。"

"而且我们觉……觉得,室内场馆更舒适一些。"布鲁微笑着对西德拉说。

西德拉有点儿尴尬,她意识到布鲁的意思是对她来说更舒适一些。不过她也很感激。这是她的第一个假期。她不想佩珀和布鲁因为自己而扫兴。

队伍不断地向前移动。这时,西德拉注意到这个传统节日为了适应多元文化而做出的第一个改变:音乐。没有听觉的物种不需要音乐,但是他们显然意识到,对其他物种来说,派对上没有音乐是无法想象的。西德拉尽情享受着鼓点、琴声和身体的摇摆。她喜欢有机智慧物种跟着音乐的节奏扭动的样子。

同样,几乎无一例外,队伍中的非艾卢昂人根据主办方的节日着装颜色规则,入乡随俗地穿上了灰色服饰——这种颜色凸显了艾卢昂人面颊不断变换的色彩。与其他物种不同的是,艾卢昂人的着装颜色有着特殊的含义。为了方便与宇宙中的其他物种交流,艾卢昂人会使用常见的性别代词:男性、女性、中性。但其实艾卢昂人一共有4种

---

① 星球上常年处于光照之下的区域,与"暗面"相对。

性别，他们节日着装的颜色反映了这一点：穿黑色的是女性，穿白色的是男性，穿深灰色的是两性人（周期性转换性别），穿浅灰色的则是没有生育能力的人。你会惊讶于这个平日里在体征和着装上个体间相差不大的物种，在节日当天有着如此明显的性别区分。

虽然可以从着装的颜色来区分艾卢昂人的性别，但是西德拉还是很高兴自己出门之前做了功课，她知道后两种性别的艾卢昂人在外貌上是看不出差别的。在一个标准年内，两性人多次转换性别，并且视具体环境而变成男性或者女性。除非他们正在转换性别，不然你用中性代词称呼他们，他们会认为是一种冒犯，因为中性代词是用来称呼那些太小、太老，或者根本无法生育的成年艾卢昂人的。但后者一般不介意，毕竟他们长得都差不多，导致其他物种分不清。不过，要是你用对了性别代词，他们会很高兴。西德拉知道现在在别人眼里她是人类，分不清艾卢昂人的性别也没事，但她还是很感激艾卢昂人在着装颜色上做了区分，她讨厌在用词上出错。

西德拉低头看了看自己的着装：下身是一条深灰色的裤子，上衣印有白色三角和灰色三角，像是为了抵御暗面的寒冷，外面还套了一件短夹克。这身着装是西德拉自己挑选的，佩珀付的信用点。西德拉对此感到难为情，因为她发现佩珀和布鲁买回来的大部分东西都是给她的。他们似乎一点也不介意，但是她不知道自己除了给他们添麻烦，还能干什么。

队伍慢慢向前移动。突然，布鲁拍了拍自己的口袋。"啊，该死！我忘了我的——我的——"

佩珀从自己口袋里拿出一包薄荷糖。布鲁微笑着接过来，并亲吻了佩珀。西德拉知趣地转头回避，心想这似乎是一种美妙的体验。

他们终于排到了门口，一个艾卢昂男孩和一个艾卢昂女孩向他们问好。两个艾卢昂小孩身着浅灰色的衣服，与他们五颜六色的脸颊后方的灰色斑块相呼应。他们喉咙里的话匣子和额头上植入的语音处理设备没有成年艾卢昂人的那么漂亮，这是因为这些植入装置只是短暂使用，待他们长大后还会取出更换。

"朋友们，尽情享乐，快活永远！"那个男孩像模像样地说道。男孩银色的皮肤闪闪发光，从他脸上泛起的蓝色可以看出，他对自己今晚的中性身份感到满意。"你们一共几个人？"

"3个人。"佩珀一边回答，一边伸出手腕。布鲁和西德拉也像她一样伸出手腕。

男孩依次扫描他们的手腕，而女孩则拿起一罐浅灰色的涂脸颜料，示意几人上前。她手边还有另外3个罐子，分别对应不同性别的颜色。佩珀弯下腰。女孩将自己纤细的拇指插进罐子里蘸了一下，然后沿着佩珀的下颌，画了一条粗短的线条——和她自己脸上的斑块长度差不多长，然后又给布鲁和西德拉画上。这令西德拉感到新奇不已。当晚做了这个标记的人，就等同于中性艾卢昂人，除了未成年人，他们都会成为艾卢昂人的性爱追求对象。众所周知，大多数艾卢昂人因为担心影响物种繁衍而忌讳跨物种交配，因此在生育节日上给其他物种做这个标记十分大胆。在艾卢昂人的首都索赫普·弗莱（Sohep Frie）绝不会有这种做法，就连在科里奥尔亮面的聚会上也见不到。与大多数同类相比，来极光馆的艾卢昂人显然思想更为开放。西德拉有点明白为什么佩珀和布鲁会选择参加这个派对了。

弯弯曲曲的队伍沿着白光照亮的斜坡到了地下。墙上写着：公共区域禁止吸食红草（redreed）。吸食红草请到吸烟室。

"为什么禁止？"西德拉问。这里摆放着十几种让人快活的东西，其中包括一些必须用烟斗吸食的东西。

"红草会让艾卢昂人的眼睛发痒。"佩珀说，"我想，这么封闭的空间，绝对会变成地狱。"

他们继续往地下走,音乐声越来越大,排队的人也变得越来越兴奋。很快,他们到达了队伍的尽头。

西德拉的路径涌入大量的信息,她感到兴奋不已。这里不间断的动态变化堪比繁忙的集市,但是好在有墙壁作为边界,限定好了她的观察范围——不必向外无限延伸。在"洞穴"的时候也是类似,只不过受制于商店的空间布局,一些地方会因被门遮挡而看不全。极光馆不同,它的主厅是一个摆满了卡座、桌子和显示器的开阔空间。如果把"洞穴"比作一个个封闭的橱柜,那么这里就是自助餐厅。她的视线困扰仍然还在,但是在这里,她既不会觉得观察到的信息多到处理不过来,也不会像家中那样无聊。这……这是一场派对。

"你看你。"佩珀笑了。

西德拉意识到自己在咧嘴笑。她克制着自己内心的喜悦。"真令人兴奋。"

"好,"布鲁说着拍了拍西德拉的肩膀,"很好。"

"头等要务是,"佩珀拍着手说,"弄点儿饮料。"

当他们找喝的时候,西德拉环顾周围。她发现除了装饰品——比如染成纯色的树叶花环,以及寓意"多子多福"的数字金属挂件——这个节日没有多少艾卢昂物种特有的文化印记,反倒是充满了"科里奥尔港"特色。她看到一个安德瑞斯克杂技演员在进行水球表演,一个拉鲁人在给一个哈玛吉安人讲笑话,后者被逗得哈哈大笑,还有一群人类通过多孔网络接口开心地上网……这里有坐的地方,有跳舞的地方,角落里满是靠垫、发光的球体和尖叫的人。一团团的烟飘散开来,她希望那不是有人在吸食红草。汗水、黏液、食物、羽毛、花朵的气味混在一起,很难闻。还有卖手工珠宝的商人。一个人体改造控在展示一个宠物机器人,它长着蝙蝠那样的翅膀,双眼如宝石一般。有人撞倒了盛糖果的盘子,有人津津有味地吃着油炸根菜。她听见各种声音交织在一起，有电子设备和植入装置发出的声响，有不同语言的交谈声，还有"咚咚咚"密集的鼓点声，舞者们踩着节奏扭动着躯体。

西德拉不停地处理信息，但是因为有墙壁限制她的视线延伸范围，她感觉很好，很适应。

"佩珀！"一个安德瑞斯克男人喊道，他在圆形吧台的对面冲他们挥手。西德拉没见过他，但是佩珀显然认识他。佩珀双手举过头顶，朝他快步走去。一个哈玛吉安人看见佩珀来了，于是触角恭敬地弯成一团，给她腾出一个吧台的位置。西德拉感到惊奇：在这个卫星上，还有不认识佩珀的人吗？

"朋友，很高兴见到你。"佩珀一边说，一边靠向吧台，给了那个安德瑞斯克人一个拥抱。她的发音不标准，但是安德瑞斯克人似乎并不介意。

"我刚才还在想，你什么时候来呢。"说着，他靠向布鲁，也给了布鲁一个拥抱，"派对可不能缺了你俩。"他朝西德拉眨了眨灰绿色的眼睛，问道："这位是？"

佩珀把一只手放在西德拉的后背上："她是我的好朋友西德拉，刚来科里奥尔港，承蒙款待。"佩珀朝安德瑞斯克人点了点头。"西德拉，这是伊塞克（Issek），岩石区最好的调酒师之一。"

"之一？"伊塞克吐了吐舌头，"除了我，还有谁？"

布鲁笑了："沙屋（Sand House）的佩特克（Pere'tek）调酒比你快。"

伊塞克翻了个白眼："这不公平。他有触手。"他拽了一下布鲁的头发，然后把目光转向西德拉。"西德拉，很高兴认识你。第一杯我请。你要喝点什么？"

"呃……"西德拉不知道该怎么回应，毕竟，拥有液体摄入能力

77

与知道她应该点哪款饮料是两码事。"我不知道。"

佩珀对西德拉使了一个眼色,让她别紧张。"按照这个节日的惯例,你应该点一杯源自家乡的饮料。至少是具有自己所属物种文化特色的饮料。"

"啊,"伊塞克举起一只爪子说,"你说的是自己给自己点饮料的情况。如果别人请客,那就得点请客那个人家乡的饮料。所以,既然是我请客,"他鞠了个躬,"就请你喝我老家雷斯基特有名的一款饮料——蒂什萨(tishsa)。你以前喝过吗?"

"没有喝过。"

伊塞克从身后的桌子上拿起一个又高又薄的陶瓷瓶子。"蒂什萨是由一种树的汁液制成的,它的名字很难记,我就不跟你说了。那种树生长在雷斯基特东边的沼泽地。蒂什萨有两种传统的做法:一种是纯的热饮;另一种是常温的,"他把一些黑棕色的液体倒进一个大肚杯,接着打开一个小一点的瓶子,"加一滴甘露糖浆去除苦味,然后——"他拿出一个小盒子,"加少许盐来调味。"他用一根长棍快速地把杯子里的东西搅拌均匀,然后把杯子滑向西德拉。

西德拉接过蒂什萨,向伊塞克表示感谢。她知道伊塞克正满目期待地看着自己。她把杯子递到嘴边,一饮而尽。

奔涌的河流。燃烧的纸。茂密的森林。

"哇,"西德拉说,"真好喝!"

伊塞克自豪地点了点头,他的羽毛随着点头的动作抖动。

佩珀和布鲁看上去很高兴。

"味道……啊……味道怎么样?"布鲁问道。

西德拉坦诚地回答:"就像森林一样。"

佩珀笑了,然后望向伊塞克。"那你给殖民地的孩子们调什么喝?"她指了指自己和布鲁。

"给边缘行星的人类,自然要献上最好的。"伊塞克调皮地说。他将一只手裹上厚毛巾,从柜台下面抽出一个冷却的密封瓶。

佩珀和布鲁笑了起来。

"哦,不。"佩珀故意说反话。

布鲁的手指抚过脸颊,然后呼了一口气:"仅限今晚。"他拿起瓶子,让西德拉看。标签上写着:白沙丘酒厂/产自戈壁六的上等酒。

"这是什么酒?"西德拉问。标签上只写了"酒",并没有具体到啤酒、葡萄酒或是白酒,这一点真让人受不了。

布鲁转动瓶子,让西德拉看瓶子背面的标签——成分:我们今年种植的各种粮食、水。

"我爱这些独立殖民地。"佩珀说,她冲伊塞克做了一个抓取的动作。伊塞克会意,把一只小玻璃杯放在她的手里。布鲁打开瓶盖,倒上酒。佩珀将杯子里的酒全部灌进口中,腮帮子都鼓了起来,然后把瓶子扔了回来。酒被她一口咽下,她的脸上显露出复杂的表情。

"哦,群星啊,"佩珀笑着说,"为什么我们不是来自雷斯基特?"

"如果你不喜欢——"伊塞克说。

佩珀摇摇头:"不不,挺好的,它让我知道燃料管被清理是什么感觉,有助于职业成长。"她拍了拍布鲁的胸脯,"明天早上要爬不起来了。"

他们继续友好地聊着天:"铁锈桶"的经营状况、派对场地的装饰风格、伊塞克家族的八卦……但是西德拉的注意力没有放在这上面。他们聊的那些东西,她要是想听,总能听到。极光馆对她来说是全新的、充满活力的。她看到一群艾卢昂孩子往彼此身上吹闪粉,他们兴奋地跳着舞,却没有发出哪怕一点儿声音;一个大块头的奎林人正在为自己的一截腿卡进了一个商人的展台挂布而不停道歉——从她的外壳烙印来看,她应该是背井离乡来到这里;送餐无人机来回运送着饮料和食品。她想知道无人机有没有智力，想知道它们懂得多少东西。

布鲁发现西德拉走神了，便轻轻地推了佩珀一下。于是他们起身离开吧台，并向伊塞克保证过会儿再来。

"走吧，"佩珀说，"我们去主会场看看。"

他们走进一个很大的圆形区域，多元文化的氛围消失了。这里到处都是挂满花饰和灯饰的四角帐篷，艾卢昂成年人及其孩子在里面忙活着。这里是育婴堂的展示区，也是闪速节庆活动的焦点。在这里，专业的父母向准母亲宣传推广他们的业务。

"你知道这是干吗的吗？"佩珀低声问道。

"知道。"西德拉说。她翻看参考文件，急于将实际情况与她的笔记做印证。"我能四处看看吗？这里……允许吗？"

"可以，去吧。"佩珀说，"他们不介意你看，只是你要与巴尔颂（balsun）仪式保持距离，以示尊重。就算这里人很多，其他物种混入其中也不好。"

西德拉本来也不敢靠近。巴尔颂仪式舞蹈是节日的标志，虽然起了个汉特语名字，但却是艾卢昂人特有的习俗。艾卢昂女性一生可以生育两到三次，怀孕期间，她们的鳞片会变得更有光泽：在阳光的照射下，甚至会闪闪发亮。巴尔颂仪式这个古老的传统，原本是为了祈祷女性能产下有活力的蛋，可后来证明这毫无科学性可言。但是，舞蹈依然保留了下来———一方面是出于文化传承，另一方面是因为大家觉得这个习俗反正也无伤大雅。

这次参展的共有7个育婴堂。传统的育婴堂会有三五个男性或者双性艾卢昂人，但是现代的育婴堂也会有女性和中性艾卢昂人。艾卢昂人认为育婴是一项全职工作，不应该由女性独自承担。女性决定不了是否怀孕、何时生产，她不太可能辞职来照顾一个计划外的孩子。

诚然，女性不得不休生育假。但在这一点上，艾卢昂社会是宽容的。西德拉之前做功课的时候读到过一件荒谬的旧事——那是一场太空航行前的地面战争，当一位最杰出的将军的鳞片开始闪闪发亮，那场战争便友好地中止了。西德拉不知道还有什么物种会像艾卢昂人这么重视繁衍后代。

西德拉四处闲逛，她被精美的装饰品迷住了。从本质上来说，育婴堂的展示是一种"竞争"。她在一个帐篷前驻足。帐篷被一个巨大的叶子花环环绕，花环上点缀着发光的圆球。西德拉眨了眨眼睛。圆球里面装着一种发光的液体，波光粼粼，泛着层层涟漪，很可能是由机器人驱动的——群星啊，这真是太炫酷了！

"是不是很可爱？"一个声音问。西德拉被这个声音吓了一跳。育婴堂的一位父亲出现在她的身旁，但是没在她的视线范围里。

"非常可爱，"西德拉回答说，"你们的展区都很漂亮。"

"谢谢。"艾卢昂人说。他欣喜地望着帐篷："我们筹备了好几个星期。当然，孩子们也帮了很多忙。"

"我能问你几个问题吗？关于……关于这里的一切？"

"问吧。你是第一次参加闪速节吗？"

"是的。有那么明显吗？"

艾卢昂人笑了："你看什么都很新奇，很像第一次参加。别不好意思，我来这里既是为了参加庆祝活动，也是为了教育孩子们。这就是为人父母的意义所在。"

西德拉喜欢这个艾卢昂人。"你一直都是全职父亲吗？"

"哦，是的。要想从事这项职业，必须学习很长时间，所以不早点开始的话，可能就来不及了。"

"学习什么？"

"分两个层次。"艾卢昂人说。他看起来很权威的样子，好像什么问题也难不倒他。这显然是问到了他的专长。"首先，你必须有育儿方面的学位文凭，就像医生和工程师一样。没有冒犯你或你所属物种的意思，只是这种创造生命的事业，如果无证上岗的话……"他笑了，"是难以想象的。当然，这只是我一己之见。"

西德拉笑道："我理解。"

"要想取得证书，"他继续说道，"你必须学习儿童发展、基本医疗护理和人际交流等课程。这是第一步。第二步，如果想在这个行业里立足，你还得学习专业课程——既是为孩子好，也是为母亲好。比如说，我擅长按摩、基础教育辅导和心理辅导。那边的洛（Loh），他的手很巧，做饭对他来说是轻而易举的事。赛（Sei）是我们的园丁，负责所有家居的维修和装潢。要想办好育婴堂，你要有各种技能，尤其要懂得关爱母亲。休产假是一件很重要的事，而且很有乐趣，但不管对哪个女性来说，一开始都会觉得有压力。这是因为，她不能再过正常的生活，而要毫无计划地过两个月。她必须停下手头的各项工作，取消之前做好的所有计划。如果她是一个太空人，那么她得赶紧找到离她最近的艾卢昂人社区。如果她的伴侣请不到假，那她就不得不和这个对她来说最重要的人分开一段时间。她得和陌生人住在一起——和他们上床，而且总是担心这么辛苦会不会到头来还是无法受孕。然后就是孕育，一个月后生产——这个过程虽然没办法和你们人类比，但不管对谁来说，都是一种精神折磨。因此，我们竭尽所能确保它有回报。它是一次休息，一次度假。我们尽心尽力让我们的女客人舒服和快乐。我们的床很舒服，房间很干净，食物很好吃。我们有一个美丽的花园和一个巨大的盐水浴池。我们是很有经验的伴侣，我们下足功夫，保证一天内多次交配是值得期待的事情。在母亲需要空间的时候，我们给她们空间；在她们渴望陪伴的时候，我们给她们陪伴；到了她们生产的时候，我们提供高质量的医疗服务。除此之外，我们还保证她们的孩子得到悉心的照料。我们欢迎她们和其他孩子待在一起——她们要是愿意，可以和孩子们一起玩耍、学习。如果她们对我们放心，或者自己不太喜欢孩子，也可以直接把孩子交给我们。另一些母亲则需要我们做很多的思想工作，才会放心地把小家伙留下来。"

"母亲们会回来看自己的孩子吗？"

"通常会的，但也有不能回来的。在科里奥尔港，有很多母亲是太空人，她们一生完孩子就要去别的地方。但她们至少会和孩子保持联络。孩子们会接到母亲发来的通信请求，会收到礼物。很多物种都认为我们的孩子不认识自己的母亲，但事实不是这样。艾卢昂人的母亲和其他物种的母亲一样，深爱她们的孩子。这就是为什么她们要把孩子托付给最优秀的专业人士来养育。"说着，他瞥了一眼另一个父亲同伴，西德拉没有看清那位同伴给他比了一个什么手势。这么多的事情同时发生，艾卢昂人是怎么做到样样察觉而不遗漏的？西德拉知道他们既接收视觉信号，也接收电信号，但是据她所知，脸颊颜色并不会传递额外的感觉信号。他们可真是细致入微——作为家长，这是一个优点，她心里想。

"失陪一下。"艾卢昂人说。一位艾卢昂女人走进了育婴堂的圆形区域。一个孩子牵着她的手，将她领到父亲们跟前，父亲们脸上闪过热情的色彩，迎接她的到来。西德拉渴望理解他们的对话——虽说她可以下载一本艾卢昂语言字典做参考，但她觉得自己的视觉感应可能跟不上艾卢昂人脸颊色彩的变换，来不及理解。他们的脸颊现在像泡泡一样多彩绚烂。

艾卢昂女人依次用手掌按压四个父亲的胸膛——这是巴尔颂仪式的开场。其中一个育婴堂的父亲穿着中性灰色的衣服，他退了一步，另外三个穿白衣服的父亲围住那个艾卢昂女人。孩子们突然与穿中性灰色衣服的父亲一齐移动，他们想让所有人知道他们一直在练习这个站位。穿中性灰色衣服的艾卢昂人牵起离自己最近的两个人的手，并与他们对望。然后，他们开始整齐划一地踩脚，左右脚交替。穿白色衣服的父亲和穿黑色衣服的艾卢昂女人开始跳舞，他们踩着节拍，翩翩旋转。西德拉被眼前的这一切吸引了。艾卢昂人植入了听觉装置，应该能听到踩脚声。但是在艾卢昂人教会他们的大脑处理声音信号之前，这种舞蹈就已经有了。他们能感觉到地面的震动吗？可能可以，西德拉心想。她希望自己也能有这种体验。她看着这位浑身发光的艾卢昂女人怀着未来有一天自己的皮肤也闪闪发亮的憧憬而翩翩起舞。她想到了那位父亲说的服务项目：按摩、洗澡、提供休憩之所、交配伴侣。她虽然不能体会对这些事情的渴望，但是能够理解。她忍不住嫉妒这个艾卢昂女人，尽管嫉妒毫无意义。西德拉并不是嫉妒她所拥有的东西，而是羡慕她自信的样子——他们看起来都非常自信。每个人都有自己的角色、位置、颜色。他们清楚自己在群体中的定位，知道该怎么融入。

"嘿。"是布鲁的声音，他突然出现在西德拉的旁边，把她吓了一跳。西德拉强作镇定。群星啊，她受够了总是看不见脑袋后面的东西！一切都得是惊喜吗？"我们……啊……我们遇到了几个朋友，我们打算去他们的卡座坐坐。你要是不想去，可以待在这里。"

"不，我跟你们一起去。"西德拉说。她跟着布鲁离开了育婴堂的展位，走向佩珀。佩珀此时正在给一群人体改造控绘声绘色地讲故事。卡座听起来不错。西德拉已经看到了一个个三面合围的卡座，里面肯定有位于墙角的座位，那是她最喜欢的。

简23，10岁

简23一直注视着奥尔的脸。她凑向屏幕，但是后背一直没远离墙。她不知道这里还有什么。她不想让任何东西偷偷靠近她。

"你是一台机器吗？"简23问道。

"不完全是。"奥尔说，"你知道什么是软件吗？"

"住在机器里的任务。"

"这个定义很好。没错，从技术层面来讲，我是软件。我是一个人工智能。我是……我是机器里的头脑。"

简23的肌肉绷得又硬又紧。她回头看了一眼舱门，看不出要如何才能打开它。"你是……你是母亲吗？"

"我觉得不是。我不知道你说的母亲是什么。"

那就很可能不是了，但是简23必须确认。"母亲也是机器里的头脑。她们照顾我们，给我们指派任务。她们给我们吃饭，帮助我们学东西。如果我们做得不好，她们就惩罚我们。"

墙上的那张脸看上去有点生气，但是简23觉得奥尔不是在生她的气。"我不是你所说的母亲，"奥尔说，"我不是那样的东西。我想，我是类似的软件，可我……我不惩罚人。而且，我是在一艘飞船上，准确地说，我在一架穿梭机里。"

"飞船是什么？"

"飞船是……飞船是你在行星之间往来时乘坐的交通工具。"

简23觉得头疼。她真的受够了总是听不懂。"行星是什么？"

奥尔的脸上满是悲伤："哦，群星啊！行星就是……我们现在就在一个行星上。你现在理解起来有点困难，我以后再给你细说。对了，你没受伤吧？它们咬着你了吗？"

"没咬着。"简23低下头，"不过，我的手受伤了。"

"OK。"奥尔说着又思索了片刻。"水箱早就空了，不过可能还有点急救用品，但愿还有。来，跟我来。"说完屏幕就黑了，然而在房间的更远处，另一个屏幕又亮了起来。

简23没有动。

"嘿，没事的。"奥尔说，"这里没有东西会伤害你。你很安全。"

简23没有动。

"亲爱的，我没有身体，我不能碰你。"

简23考虑了一下，觉得这样似乎更好。她走向亮起的屏幕。

奥尔继续通过机器——那艘飞船——开关屏幕。所有房间像一个个储藏柜般紧密排列，里面凌乱地丢着各种各样的机器和她叫不出名字的物品，就像废料桶里的废料一样。简23有很多疑问，她迫切想知道答案。

"到那个房间去，"奥尔说，"你左边的房间。你知道什么是'左'吗？"

"知道。"简23说。她当然知道什么是"左"，她都已经10岁了。

"你看到地板上的那个盒子了吗？那个带白色条纹的蓝色盒子？去，把它打开。"

简23照做了，还看了看盒子里面。这个东西她认识。唔，也不能说认识，只不过似曾相识，像是在医务室里用过。

"来，让我看看。"奥尔说。这话听起来就像简23找不到合适的工具，或者面对一块乍一看像废品但她知道其实是有用的废料时说的。"希望水槽能用。不行的话就只能修了。你看到那些小银管子吗？那些都是……都是能杀死你手上坏东西的东西。"

简23点了点头："消毒液。"

屏幕上的脸看起来很惊讶:"对,是消毒液。你以前用过?"

"没有,"简23说,"但是母亲们会用。"

"你能自己涂吗?"

简23想了想,说:"可以。"

"也许要用好几管。你可以涂在皮肤上,然后用纱布擦去消毒液和污垢,之后再涂上消毒液,绑上绷带。这……"似乎奥尔自己也有点晕,问道:"我说清楚了吗?抱歉,亲爱的,我没有手。我只能根据存储的信息指导你。"

"我试试。"简23说。她坐在地板上清洁自己。消毒液涂在伤口上好疼,而且气味怪怪的,但是这种感觉唤起了她在医务室里康复的那段记忆,这让她觉得好受些了。她涂了厚厚一层消毒液,然后连灰尘带血一并擦去。她用舌头舔了一下肮脏的纱布角,尝到了血和化学物质的味道,很刺激,有炎症,是一种不好的味道。

血擦掉了,伤口也清理干净了,于是她又涂上消毒液,然后用绷带包扎自己的双手。"你为什么会在这里?"她问奥尔。

"说来话长。简单地说,我是被安装在这艘飞船上的,这样我就可以为驾驶飞船的人提供帮助。这个地方他们不应该来,但是他们自以为是,而且——"奥尔停顿了一下,然后悲伤地继续说,"反正,最后他们被抓了起来,被带走了,我和飞船则被丢弃。你知道的吧,这里的人讨厌来自别的地方的东西。"她叹了口气,"我说的这些,你很难理解吧?我会尽我所能解释给你听。"墙上的那张脸又叹了一口气。"我还没问你的名字呢!抱歉。很久没人跟我说话了。我被遗弃太久了。你有名字吗?"

"简23。"

"简23。"奥尔说。

简23缓慢地点了点头。

87

"你是我在这里看到的唯一一个简,我可以省略掉你名字后面的数字吗?"

原本看着绷带的简23抬起头,问道:"就叫……简?"

"就叫简。"

西德拉

他们已经在闪速节度过了2小时零3分钟,但是从第46分钟开始,西德拉就知道她爱上了喝酒。她不会喝醉,种类繁多的调制酒一直触发不同的图像,带给她非常奇妙的感官体验。当她的同伴和他们的朋友们嗓门越来越大、越喝越尽兴时,她却沉浸在别人对飞船、烟花、彩虹的美好记忆中。不过,其他智慧物种酒后的反应就各不相同了。他们的举动大多很可爱,甚至很迷人。布鲁告诉西德拉,他很高兴她能加入他们。西德拉听了非常高兴(后来布鲁又重复了三四次,她便知道布鲁喝得有点迷糊了)。佩珀的嗓门很大,但是她的朋友吉洁(Gidge)的声音更大,这个机敏的姑娘现在已经变得呆滞。在他们桌旁乱转的智慧物种也都不同程度地喝醉了。西德拉如愿以偿地获得角落的座位之后如释重负,现在她已经有点按捺不住,想要去探求不同的信息了。于是她起身,沿着派对的最外圈走,双手捧着半杯索赫普日落酒(Sohep Sunset),身体尽量靠近墙壁。她本想后背贴着墙壁,像螃蟹一样从过道横着移出去,但人类不会这样行走。虽然这样做多半只会被认为是喝醉了或者嗑药了,但她还是打消了这个念头——因为低调才是明智的选择。

靠近墙的展位没有展馆中央的那么拥挤。她先后走过卖灯芯、廉价小饰品、杯装冰鲜鱼子的商铺,最后停在一个不太显眼的铺位前。这个铺位被一串串白色的灯泡和飘浮着的五彩像素环绕,招牌是手写的:文身!大多数物种适用。店铺里有一个艾卢昂女人,她正手握针笔,在顾客的手臂上绘制文身。她穿着两性艾卢昂人的那种深灰色的印花长裙,腰间打了一个漂亮而繁复的结。就像她的同类一样,她从头到脚的鳞片都泛着微光，但是在光芒之下布满了文身。与西德拉来科里奥尔港之后看到的大部分身体艺术不同，这个艾卢昂人身上的文身是静止不动的，显然是没有文纳米机器人。她的胸上文了一片盘根错节的树林，林间藏着各种各样的动物，还有藤蔓植物肆意地生长着。许多图案和符号一直延伸到她的手臂：有如爆炸后形成的螺旋和圆圈，有中央区域的地图，还有多种物种交叠的手掌围成的一个环。艾卢昂人换了一个姿势继续绘制，这个时候西德拉看到她后脑勺上用古艾卢昂文写着什么。西德拉下载过现代艾卢昂语，但是没有存储古艾卢昂文。她抓拍了图像，并把它添加到自己的待下载清单里。

艾卢昂人的顾客是一个安德瑞斯克女人，她完全不关心那些在她鳞片上游走的文身工具。西德拉将这个安德瑞斯克女人的脸和她当晚见到的其他人做了比较，觉得她很可能是吸食了某种让人快活的东西，昏睡了过去。她好奇这个安德瑞斯克女人清醒之后是不是还会喜欢艾卢昂人的创作。

"你要文身吗？"艾卢昂人问西德拉，目光并没有从安德瑞斯克人身上移开，"还是随便看看？"她用牙齿咬着一根又长又弯的烟斗，烟斗是点燃的，却并不妨碍她说话。这支烟斗里装着一种很受艾卢昂人欢迎的东西，在克利普语里叫"泰尔花"（tall-flower），人类管它叫"缇丝"（tease），她记得曾经从佩珀口中听到过。人类觉得这种气味很香，但吸食的话，不会有快活的感觉。

"随便看看。"西德拉说，"如果我打扰到你们……"

艾卢昂人的脸上泛起友好的蓝色。"一点也不打扰。"她向西德拉招手，"我不介意你看，而且我可以保证，她也不介意你看她。她现在什么都不介意。"

西德拉在艾卢昂人旁边的一张空椅子上坐了下来。安德瑞斯克人冲她们扭头憨笑，然后又把头扭了回去。

烟无声无息地从艾卢昂人的小鼻孔里冒出。她笑起来，话匣子随之晃动："瞧，我一般不接待不清醒的顾客。但安德瑞斯克人会蜕皮。要是她不满意文身，那也是暂时的。"

安德瑞斯克人说了一句话，但是话还没说完，声音就消失在她的喉咙里。

"朋友，随你怎么说，"艾卢昂人说，然后，她对西德拉耸了耸肩，"我不会说雷斯基特语。你呢？"

西德拉没有立刻回答。几乎没有人类会说雷斯基特语，如果她说一口流利的雷斯基特语，一旦艾卢昂人追问，她可能会露馅儿。但这个问题没有办法绕开。"嗯，"她说，"但是我听不懂她在说什么。"

"嗯，没关系，除非她说的是'请不要再用黄色了'。"她指了指安德瑞斯克人的鳞片，"你了解文身吗？"

"不了解。"西德拉之前从没听说过这个习俗，但是她很感兴趣。一个黑色螺旋形图案慢慢浮现出来，像是曼陀罗花绽放。

艾卢昂人一边继续工作、抽烟，一边与西德拉闲聊。"皮肤柔软的物种，比如你和我，文在我们皮肤上的墨水可以无限期留存，但是安德瑞斯克人就不行了。"

"因为他们会蜕皮？"

"唔，我的意思是，你看这个。"她拍了拍安德瑞斯克人身上的一块鳞片，又抓起西德拉的一只手，摸了摸她大拇指的指甲，"他们鳞片的成分和这没多大区别，墨水很难进到角质里。"她指了指文身枪，"所以这仅仅是一支美容笔，给她的鳞片弄个漂亮而短暂留存的涂层。"

"能留存多久？"

"60多天吧。或者更短，如果她蜕皮。说不定等她清醒之后，就不想要这个文身了。"她从文身枪里取出一个空的墨水囊，然后塞进一个银色的墨水囊。"对了，我叫塔克（Tak）。"她说。

"我叫西德拉。"

塔克对西德拉笑了笑。泰尔花的烟徐徐升起，飘散在她的脸上。她就着旁边灯泡发出的光，继续给安德瑞斯克人文身。

西德拉想起门口招牌上的字，问道："你会多少种不同的文身技法？"

"我擅长现代艾卢昂风格，但我也会文机器人文身和这种非永久文身。"她的头朝安德瑞斯克人点了点，"事实上，大部分客人都是来文机器人艺术文身的，它很受欢迎，尤其是对太空人来说。每个人都想说他们在科里奥尔文了身。那显然有特殊意义，但我不知道是什么意义。除了去上大学，我从来没有离开过这里。"

西德拉思考着："你自己身上没有文机器人。"

"你说的不对。我身上是没有任何会动的机器人艺术文身，但是我这里文了机器人。"说着，她一根手指指向自己平坦、裸露的胸膛上的一棵别具一格的树，"它们只是不动而已。"

"那你为什么要文机器人文身呢？"

"当我的皮肤生长或萎缩时，它们能让我的皮肤光滑紧致，避免出现皱纹。"

"你为什么不文会动的机器人呢？"

塔克做了个鬼脸："因为它们会把我们艾卢昂人逼疯。我不介意其他物种身上的机器人文身。我可以与一个从头到脚都文满了机器人的人类说话，没有问题。但如果他是一个艾卢昂人，那将会是一场噩梦。别忘了——"她指着自己的脸颊说。

"哦，"西德拉说，"明白了。"艾卢昂人交流时脸颊会变色，如果文身也不停地变色，会让人很分神。"我能想象，会很烦。"

"主要是看不清。老实说，我第一次给其他物种文身的时候，感到很不适应。我曾经在一个人类的背上文过一片华丽的星云,星云是深紫色和深蓝色的,旋转得非常慢。从艺术的角度来说很成功,它看上去棒极了,但是文在他的皮肤上,我老觉得他的背在生我的气。紫色代表愤怒。"塔克的脸颊泛起颜色,看上去很高兴,"你呢?文过身吗?"

"没有。"

"不喜欢?"

"不是,我——"西德拉停顿了一下,不想冒犯这个女人,"我不太理解。"

"你是说,不理解人们为什么要这样做?"

"嗯,是的。"

塔克若有所思地摇了摇头,调整了一下嘴里烟斗的位置。"因人而异。我的意思是说,几乎所有的物种都会美化自己。奎林人在外壳上打上烙印,哈玛吉安人在触手上戴珠宝,我所属的物种和你所属的物种都有几千年的文身史。如果你对不同的文化习俗感兴趣,我推荐你去看一本写得很好的书,叫《穿透表皮》,讲的是不同物种的文身习俗,作者是科瑞希·特斯卡特(Kirish Tekshereket)。你读过她的作品吗?"

西德拉把这件事加入自己的待办事项。"没有读过。"

"哦,她太棒了!我强烈推荐你去读她的书。回到你刚才的问题:为什么人们要这样做。我一直认为,这是一种深入接触身体的方法。"

西德拉身子前倾:"真的吗?"

"是的。你的思想和你的身体,它俩是各自独立存在的,对吧?"

西德拉聚精会神地与塔克对话:"对。"

"说对也不对。你的思想源于你的身体,是你身体的产物,但两者又完全独立存在。虽然它俩有关系,但又是割裂的。你的身体不需要询问你的大脑就能做一些事情,而你的大脑想要做的事情,你的身体并不总能做到。你懂我的意思吗?"

"嗯。"群星啊,她真的听懂了!

"所以,文身就是……你脑子里有一幅图,然后你把它放在自己的身体上,化虚为实。或者说,你想要一个提醒,于是你文身,让它成为一个真实的、可以触及的东西。当你看到文身,你的脑海中就浮现出回忆,然后你触摸它,想起为什么文它、当时是什么感受等等。它会再次强化你的感受。它会提醒你,你是所有这些独立的部分构成的一个整体。"艾卢昂人自己笑了起来,"这样说是不是太扯了?"

"没有。"西德拉说。她全神贯注,就像沉浸在网络中一般。有一个安德瑞斯克手语最能表达她的感受:特睿萨(tresha)。心领神会。"不会呀,听起来很棒。"

塔克把文身枪从安德瑞斯克人身上移开,并把嘴里的烟斗拿了出来。她注视西德拉的眼睛,观察她。"我跟你说,"3秒钟后,她说,"你以后要是想文身,我很乐意帮忙。"她把腕带贴近西德拉的腕带。西德拉收到了一个新的下载任务——一个联系方式文件。

"谢谢你。"西德拉说。她让联系方式文件在她的路径前列停留了片刻,感觉就像是塔克送了她一份礼物。"你介意我再看一会儿你工作吗?"

"完全不介意。"塔克把烟斗放回嘴里,淡定地面对这位不请自来的观众。西德拉心想:自信满满、不在乎别人的注视,这真不错。

西德拉突然想起了手里的饮料,就喝了一口。一只鸟儿振动翅膀,冲破黑夜,飞向黎明。塔克在鳞片上工作着:黄色、银色、白色,黄色、银色、白色。她吸了一口泰尔花。明暗对比出现了。西德拉又喝了一口饮料。一只鸟儿振动翅膀,冲破黑夜,飞向黎明。塔克继续工作着:黄色、银色、白色。至于安德瑞斯克人,她一句话也没再说。

简，10岁

简还是很累，但是她醒了，因为生物钟提醒她该起床了。以前这个时间，闹钟还没有响，灯还没有亮，简8正要起床小便。

她在黑暗中倾听，没有女孩在床单下翻动身体的声音，没有"啪啪啪"朝盥洗室走的脚步声，没有简64在她身边发出的呼吸声。

她想起来了，现在只有她一个人了。

"奥尔？"她说。她紧紧地抓住毯子。这不是她的毯子，这也不是她的床。这是穿梭机里的一张床。这里有两张床，她不知道这两张床以前分别是谁的，而且她没有穿衣服，还有……"奥尔？"

奥尔的脸出现在床边的屏幕上："嘿，我在这儿。一切都很好。你想让我开灯吗？"

简并不怕黑，她都10岁了。但此时此刻，开灯是个好主意。"是的。"她回答道。

灯光慢慢亮了起来，很像住在宿舍时慢慢亮起的晨光，但它们并不一样。一切都不一样了。简的感觉也不一样。

她坐起来，把陌生的毯子抱在胸前。奥尔和她在一起，但是奥尔一言不发，只是看着她。如果这样看着她的是一个母亲，简一定会害怕，但她现在并不害怕，虽然她说不出是为什么。感觉奥尔这样看着她……还可以。

"奥尔，今天我要做什么？"简问道，"我的任务是什么？"

"这个……"奥尔说，"倒是有一些对你有帮助的事情可以做，但是鉴于你昨晚的遭遇，我觉得你今天想做什么就做什么吧。"

简想了想。"比如说什么？"

"你想躺在床上就躺在床上。你想躺一整天就躺一整天！我们可以聊天，也可以不说话，或者——"

"我可以躺在床上吗？"

"你当然可以。"

"一整天？"

奥尔笑了："是的，一整天。"

简皱起眉头："可是我做什么好呢？"

"就……放轻松。"

简不知道该怎么做才能放轻松。"好吧，"她说，"我试试看。"她躺下来，用毯子紧紧裹住自己的身体。她不冷，但是床太大了，裹紧毯子能让她好受些。

"需要我关灯吗？"奥尔问。

"关灯有用吗？"

"暗一点或许会有帮助。"灯光调暗了，奥尔的脸也变暗了。

简静静地躺着。"放轻松。"她对自己说，"放轻松。我不会受到惩罚。"但是她的身体知道该起床了，她觉得马上就会有麻烦，这种感觉越来越强烈，重重地压在她的胸口。躺在床上的女孩会受到惩罚，迟到的女孩会受到惩罚。"我不会受到惩罚。"女孩们必须努力工作，女孩们不能懒惰。"我不会——"

她记得简64被一只金属手抓住。她记得简64在尖叫。她记得这些都是她的错导致的。

简踢开毯子，下了床。"我需要一项任务。"

"OK，"奥尔说着，把灯又调亮了，"我们来找点事情做。"

简想咽口水，但是她的喉咙很干。她从未觉得如此饥渴难耐。她的双唇像放久的胶水一样粘在一起。"有水吗？"

"水箱里没有，但可能还有袋装水。你多久没有喝水了？"奥尔的表情就像犯了错,还被人逮了个正着。

"我不知道。"水一直是母亲分配的,饭和药也一样。水是她从来无须考虑的东西。

"哦,群星啊,我太蠢了,没有考虑到这个。对不起。储藏室里应该有压缩干粮和应急袋装水,应该都还可以食用。"简的床边的屏幕黑了,门边的另一个屏幕亮了起来。"跟我来。"简照做,尽管她感到只穿内衣走来走去很奇怪。"呃,我理解你想找点事情做。"奥尔说,她的脸跳到了短短的走廊上,"我也讨厌无事可做。"

"在我来之前,你都做些什么呢?"

"没什么事,"奥尔说,"无事可做。"她的脸跳到了一扇狭窄的滑动门旁边的屏幕上,"这是储藏室,我在里面没有摄像头,所以你只能靠自己了。找找写着'压缩干粮'的板条箱。哦,等等,抱歉,可能是用克利普语写的——'格雷森'(Greshen)。"

简眨了眨眼。奥尔开始说外语了。"我听不懂。"她突然说道。

"格雷——"奥尔停了下来,"简,你识字吗?"

简不知道那是什么意思。奥尔没事吧?她在说什么啊?

"好吧,"奥尔说,"那我来教你。没关系,别担心。看这里。"奥尔的脸消失了,屏幕上出现了一排白色的外文字。奥尔继续说:"你看到我展示的词了吗?"

"嗯。"

"好的。找到上面有这个词的板条箱。"

简走进门。小房间里装满了板条箱,箱子大部分是空的,有的底朝天放着。真是乱七八糟!所有的板条箱上都有外文字,这让她想起了以前处理废料的时候一些废料上画有斜线。她一直很喜欢这些斜线。它们让扁平的金属看起来更有趣。

奥尔说的那个板条箱在后面,被别的东西压住了。简挪开无用的东西，将板条箱打开。箱子里面装着许多软的包袋——一些是方形的小包袋，另一些是鼓鼓囊囊的大包袋。后者可能装的是液体，前者硬一些，但是捏得动，当她用拇指按压手里的包袋时，她能感觉到它动了。

"这个对吗？"简问。她两只手各拿了一个包袋，走回大厅。

"嗯，"奥尔说，"你能把这两样东西举到离你最近的摄像头前面吗？上方角落里的那个摄像头。我要看看上面的字。"

"摄像头是什么？"

"前面有玻璃圈的小机器。"

简找到机器，举起了包袋。机器——摄像头——发出旋转的声音。

"哦，很好！"奥尔说，"很好，它们还没有过期，是安全的。我不知道它们味道如何，但是能填饱你的肚子。你起码可以饱餐一顿。"

简把手里的方形包袋翻了一面。"我该怎么用这个做一顿饭呢？"她又看了看液体包袋，"我要把它们混在一起吗？"

"不，打开压缩干粮，咬着吃就行。"

简撕开包装。里面是一大块黄色的东西，有点像面团。她戳了一下："我……咬着吃？"

"是的。"奥尔皱了皱眉头，"你在工厂里吃什么食物？"

"我们一天吃两顿饭。"

"OK。吃什么食物？"

奥尔是一个懂很多东西的软件，但肯定有很多东西是她不知道的。

"饭。你知道的，装在一个餐杯里。"

"哦，天哪。你吃过固体食物吗？吃过要咀嚼的东西吗？"

"像药一样？"

"有可能。你从来没有吃过要咀嚼的食物吗?"

简摇了摇头。

"我……好吧,我最不擅长教这个了,人类教你会比较合适。不过算了,我看过很多人吃东西。我能教会你的。我们……我们慢慢来。"

"这很难吗?"

奥尔笑了。简不知道她为什么笑。奥尔说:"不难,但是你的身体需要有个适应的过程。我想,你的胃一开始可能会有点疼,我不确定。"

简看了看那袋东西,开始感觉不舒服了。她不喜欢胃疼。"那我只吃这个吧。"她挥动着那个液体包袋说。

"简,只喝水你是活不下去的。来吧,咬一口,试试看。"

简把面团样的食物拿到嘴边,非常缓慢地伸出舌头舔了舔边缘。她瞪大眼睛,食物差点掉了。这味道……她从来没有尝过,不像饭的味道,不像药的味道,不像血液、肥皂、海藻的味道。反正味道很好,古怪、新奇、美味,也让人觉得有点可怕。

她把食物的一角放进嘴里,咬了一口,食物在她的牙齿处断成两截。啊,这东西很好吃!她的肚子咕咕叫。她真的太渴望食物了。大概没有哪个女孩有她这么饿。

但是奥尔说,她得咀嚼。她用舌头翻动那块坚硬、美味的东西。它在断裂,但是她觉得哪怕不咬碎,她也能吞下去。

"就是这样,"奥尔说,"嚼细。"

简咀嚼着。她嚼了很久,直到食物变成了糊状,她才一口吞下去。她呛着了,但还是把食物咽了下去。"真是不可思议!"她把一只手放在了肚子上。肚子发出更大的声音。

奥尔笑了:"你做得很好。喝点水。水应该能帮你把食物冲下去。"

简撕开液体包袋的一角,喝了一口。就连水的味道也变了,有一种树脂的味道。可她不在乎。她从来没有这么渴,一下子就喝完了一整袋,喝得上气不接下气。她的嘴唇好受多了。"我能再喝一袋吗?"

奥尔看起来很奇怪,像是吓着了,但其实不是。她好像有一些担忧。"可以,但我们得计划一下,看看里面还有多少包。"

"很多。"

"10袋? 10多袋?"

"不止。是好几十袋。"

奥尔点了点头:"今天你尽情喝吧。但以后可要省着点,水喝完就没了。"

简回到储藏室里,又拿了3袋水。她一口气喝了半袋,咬了一口压缩干粮,用更多的水把食物冲了下去。吃了半袋压缩干粮之后,她遇到了新的问题:她仍然很饿,但是她的下巴因为频繁咀嚼而酸痛,她的胃也暂时适应不了她吃下去的东西。

奥尔注意到了:"你不必一下子把它吃光。"

"但是我饿了。"

"我知道,亲爱的。你需要练习。让你的胃休息一下,如果你觉得没问题,可以晚点再吃。"

简觉得这是个好主意。她的胃正在发出奇怪的声音,而且有点疼。她把没吃完的食物重新包好。"我能把水喝完吗?"她拿着第三袋水,问道。

"喝吧。简,你没必要征求我的同意。反正我也管不了。我不能控制你。"

这么一想,还挺有意思。简看了看手里的包袋。"那么……我可以喝这袋水?"

"是的,"奥尔开心地笑道,"你可以喝。"

简一边喝水,一边环顾四周。她终于能好好看看这艘飞船了。没有东西在追她,所以她可以充分思考。"这个房间是干什么用的?"简问。

"休息和聚会用的。"奥尔说,"以前,这里的人叫它起居室。"

简觉得这个叫法很奇怪,因为你可以居住在飞船里的任何一个地方。"那是什么?"她指着储藏室旁边的区域,好奇地问。那个区域连着墙,周围是橱柜,还有一个突出来的桌台。

"那是厨房。"奥尔说。

"厨房。"简感受着这个词的发音,"是干什么用的?"

"是用来准备食物,做饭的地方。"

简以前从未想过饭里有什么东西。饭就是饭,一天吃两顿。"饭是用什么做的?"

"植物和动物。"

简觉得心累。她不懂的东西更多了。

奥尔的脸上露出一种温暖而和善的表情:"我以后再给你细说。别担心,你问过的事情,我都记下来了。"

简听完很高兴。奥尔擅长回答问题,而且她似乎喜欢给简解释每样东西是什么。厨房旁边有一间小储藏室,里面有一台大机器,奥尔说它叫"保鲜柜"。她说:"你可以把做饭的食材存放在里面,这样它们就不会变质。"简不知道变质是什么意思,于是奥尔把这个词也记录了下来。

除此以外,还有其他的储藏室——大多数是空的,但有一些储藏室里放着奇怪的工具和没用的东西。还有一些衣服——简从没见过那么大的衣服,大到能装下两个简那么大的女孩,甚至比她的两倍还大。当简发现这些衣服时,奥尔看上去有些难过,但她没有说是为什么。

空间最大的货舱占据了飞船的后部，里面有很多废料和丢得乱七八糟的东西。奥尔说，以后要整理一下这些东西，看看里面有什么，这会是一个很不错的任务。

货舱里有一个很短的楼梯，顺着它可以下到飞船的底部。那是发动机的位置，奥尔的控制中枢也在那里。对简来说，那个地方是最好理解的。她能看到电路板、燃料管线、电源接头。她摸了摸发动机，找到了所有的组件。

"你喜欢小组件，也很擅长处理它们。"简64的声音在她的脑海里回荡。

简飞奔向楼梯，感觉自己又在被追赶。

"嘿，"奥尔说，"你还好吗？下面是不是太黑了？我知道有一些灯泡坏了。"

简找了一个角落坐下，双臂抱膝。

"简，怎么了？"

简不知道怎么回答，她搞不懂。前一分钟，一切都还新奇有趣，还有像"厨房"这样的词；下一分钟，简64的声音出现在她的脑海里，外面的东西也在追她。这都是她的错。

她双手掩面，不知道自己是想继续学习，还是想睡觉。干脆一睡就再也别醒。

奥尔没有说话，在距离简最近的墙面屏幕里看着她。简紧紧抱住自己，不停地摇头，试图把简64从自己的脑海里赶走。

"你想要一项任务吗？"奥尔说。

"要。"简说。不知怎的，她又哭了。

"好。听我说，作为一个人工智能，我不能指挥你，只能建议你。你必须自己选择最想做的事。但是，在我看来，有一项任务最为重要。"

简用手腕擦了擦鼻子。"好的。"她说。

"等你决定起来的时候,我给你看。"

被追逐的感觉开始消散。简吸了吸鼻子:"我要起来了。"

"真棒!"奥尔说。简不太明白这个词的意思,但她喜欢它的发音。"你看到角落里那些容器了吗?又大又圆的东西。那些是水箱,现在是空的。"

简站起来,走到容器的旁边。它们比她高得多,但是算不上巨大。"水是从哪里来的?"

"正常情况下,使用这艘飞船的人会在补给站加满水箱,但是在我们附近,没有这样的地方。况且我们动都动不了。"奥尔苦笑着,发出一声叹息,"你需要到外面去找水。简,我知道还有很多东西你弄不明白,我不想吓唬你,但你要是想待在这里,就必须去找水。储藏室里的水用不了多久就会喝完。好在等你装满这些水箱之后,就只需要偶尔去找水了。大部分的水都会被回收利用。我现在没有足够的动力开启水过滤系统,但系统本身是完好的。那将是另外一项很不错的任务:把船体清理干净,这样我就能获得更多的动力。"

简想了想,问:"你靠什么动力工作?"

"你看你,"奥尔笑着说,"真是个聪明的女孩。"简听到这句话,非常高兴。奥尔继续说:"飞船主要有两个动力来源:一个是太阳能发动机,它为基础的机械功能、生命维持系统和我提供动力;另一个是藻类发动机,它为推进器提供动力——你知道推进器是什么吗?"

"不知道。"

"推进器可以把任何形式的能量转化为机械能,让飞船动起来,去到各个地方。我们现在还不需要那种动力,因为太阳能发动机足以支持我继续工作,以及运行相关系统保证你的健康。问题是,外面的垃圾覆盖了船体大部分的太阳能涂层,导致我能获得的动力还不足理想状态的一半。如果你能把船体清理干净，并找到一些水，那将是一个非常好的开端。"

这些任务乍一听不错，但是有一个问题。"我不能出去，"简说，"那个……东西就在外面。"

"那是动物。像你一样的生物——能移动、能呼吸的东西——叫作动物。外面的那种动物叫狗。虽然它们很可怕，基因也被改造过，但它们还是狗。"

狗。好吧。"要是狗在外面，我就不能出去。"

"我知道。我们得想个办法。我建议你首先对飞船里的存货做一次盘点，看看都有些什么东西。我会帮助你了解它们的用途，等盘点完了，也许我们就能制作一些设备来对付那些狗了。"

"什么是设备？"

"工具、技术、机器。你可以使用的东西，都叫作设备。"

简皱了皱眉："我不会制作机器。"

"你不是在工厂里制作过东西吗？"

"没有。"简摇着头说，"年纪大的女孩才制作东西。简们清理和分拣废料。我们判断它是有用的还是没用的。"

"告诉我，你在工厂里都做些什么？你分拣什么样的废料？"

"各种各样的废料。"

"说几个你分拣过的废料。"

"呃……燃料泵、发光面板、交互面板。"

奥尔看起来兴致很高。"说说交互面板。你上一次拿到的交互面板，是有用的还是没用的？"

"有用的。"

"你是怎么判断有用或没用？"

"我把它打开，把PIN针弯到合适的角度，连上电源，然后它亮了。"

"简,这不只是分拣废料,这还是修理。如果你会修理,那你一定也能用它们做新的东西。翻翻这里的废料,看看哪些还能用。等你检查完了,我再告诉你下一步怎么处理。虽然我没有手,但我有一个满是参考文件的数据库。我有这艘飞船的工作使用手册,还有关于如何修理东西的资料。我相信咱俩一定可以做出一些很好的东西。"

简想了想。她一直很喜欢和废料打交道。她觉得这个变废为宝、大干一场的想法很有趣。"什么样的东西?"她问。

奥尔笑了:"我有几个点子。"

西德拉

"西德拉，我们已经讨论十几次了。"佩珀看上去很累。但是西德拉不肯罢休，她也很累。

"我不能一直这样。"西德拉说。她站在自己房间的桌子上，头顶在墙角，不想有视线盲区。这还不够。这还不够。

佩珀叹了口气，揉了揉脸："我知道这很难。我知道你还有很多东西要适应——"

"你不知道，"西德拉打断佩珀，"你不知道——"

"你不可能一直连接着网络。这是不行的。"

"其他智慧物种就可以！我们隔壁的商店就在提供无线连接器安装服务。顾客进进出出，生意特别好。"

佩珀使劲摇了摇头："你根本不知道那些人变成了什么样子。沉迷网络的人全毁了。他们注意力不集中，而且胡言乱语。其中一些人根本回不到现实世界。如果有必要的话，我找个时间带你去看看他们。这些人租的铺位十天交一次费。他们把大脑连上网线，靠营养泵维持生命。有很多人进去后就再也出不来了，躺在那儿，一直到死。太离谱了。"她闭上眼睛，紧抿嘴巴，仿佛在想该怎么说，"我知道，你不会遇到这样的问题，但是你现在住在一个人体改造控社区。你不能总是连接着网络，原因和你不能再叫洛芙莱斯一样。如果你不会社交，却又通晓一切，某些人会发现你的秘密。会有人意识到，你不是天资聪明。你会露馅儿。他们会逮住你，把你拆掉。"

西德拉沮丧不已，她揪扯着自己的头发。"佩珀，我的内存满了。我不像你，我学习的时候，大脑不能生出回路和突触。而你——你想学习新知识是不受限制的,但我不是。"

"西德拉,我知道——"

"你没在听我说。我的硬盘存储空间是有限的。按照原本的设计,我随时可以访问网络连接,不需要把所有的东西储存在本地。但是,现在每过一阵子,我就得删除文件。每当我听到一个新的人名、学到一项新的技能,我都得选取一个存储地址。我得把我自己分成一个个的区。你说你知道,但你其实不知道。你根本想象不到那是什么样子,你也根本想象不到那是什么感觉。"她的声音很大,语速很快,基本是脱口而出。她原本可以克制自己,可以小声一些,说得慢一些,但是她不想那样做。她想大声说。她想大叫。她知道那样不好,却还是想一吐为快。

"好吧,我无法感同身受,但是我理解你的意思了。"此时,佩珀的声音越来越大,"而你,似乎还没意识到,你下载的是不必要的东西。你想知道一个安德瑞斯克谚语是什么意思,一小时后,你下载了半个该死的雷斯基特语库。你并不需要把所有东西都下载下来。"

"你需要你所有的记忆吗?你需要记得你听过的每一首歌,你玩过的每一个模拟游戏吗?"

"我并非总是记得。我需要经常回忆。"

"没错,但是你总是能回忆起来,因为你的记忆一直都在。但是,你能体会听到一首下载过,然后删了的歌,完全没有印象的感觉吗?"

"西德拉……群星啊!我说的是,你需要筛选你下载的内容。听到这首歌的时候,载入一行字提示你听过这首歌,而不是下载这位歌手的所有曲目。"佩珀皱起眉头,咬着她的大拇指指甲,"我给你弄一个外接设备吧。"

"不。"西德拉说。外接设备笨重且读取速度慢。那不是她想要的，也不是她需要的。

"你之前没试过，不要拒绝。你可以读取链接，就像其他人一样——"

"我和其他人不一样。我没法像他们一样。"

"你需要像其他人一样，"佩珀用一种"谈话到此结束"的口吻说，"去试。"她又叹了口气，看了眼墙上的钟，"我们现在该去店里了。"

西德拉缩到了角落里，她很生气。她为什么如此生气？她知道，这对佩珀不公平。佩珀只是想保护她，而且佩珀为她做了那么多事。昨天晚上，他们叫"炸飞船"的外卖，佩珀点了各种调味料、蘸酱，好让西德拉触发新的图像。存储这些记忆的内存文件尚在，西德拉却对佩珀这样说话，她感到内疚，但是……管他呢！如果她想不出办法，那个记忆文件有可能得一起删除。

"我今天不想去上班。"西德拉像孩子般任性地说，她不在乎。

"好吧，"佩珀说，"那你打算做什么？"

"我不知道。"她双臂交叉抱在胸前，"我不知道。我可以打扫卫生。"

"别打扫卫生。出去转转，或者待在家里，随便你。就……做点你喜欢做的事情。"

西德拉不再看佩珀。昨天晚上的记忆文件让她感到自责，这次对话也让她感到自责。她为什么会这样？她为什么不能适应？她到底哪里出了问题？"对不起。"她喃喃地说。

"没关系。我们会想办法解决的。"佩珀摸了摸西德拉的后脑勺，往房间外面走去，"不过，说真的，做点让自己开心的事情吧。"

佩珀出门很久了，西德拉还缩在角落里。糟糕的情绪影响了她的处理能力，她在努力自我调节。她对佩珀的不理解感到愤怒。她感激佩珀试图帮助她。她因佩珀不许她访问网络连接而生气。她对自己刚才的行为感到羞愧。她一会儿觉得自己刚才的行为有道理，一会儿又觉得自己刚才在无理取闹。真是矛盾极了。

"去做点让自己开心的事情。"佩珀说。西德拉想了想要不要到客厅的座位上去上一整天网，这显然是能让她开心的事情。但此时此刻，她不想上一整天网，她想要打破现状。她想要打开心结。她不想再缩在角落、依赖网络连接。她需要改变，却不知道如何改变。

尽管在角落里感觉很好，尽管循规蹈矩是最容易的，尽管她一万个不想出门，但是在公开的网络信息中，她是不可能找到答案的。她爬下桌子，穿上鞋子和夹克，然后朝海底车站走去。

文件路径：未知

加密：4

翻译路径：0

转录方式：0

节点标识符：未知

一个好奇的头脑（ACuriousMind）：人体改造控们，你们好！我即将踏上一次伟大的科学发现之旅，我需要你们的帮助！我对基因改造非常感兴趣，特别是智慧物种杂交。在这个领域，我是新手，但读过几本入门书，而且我相信我的理论将打破我们过去对生物学的认知。但首先，我得去弄些装备！谁能推荐一个可靠的妊娠室资源？最好是便宜的，我的预算有限。

蒂什泰什：你在开玩笑吗？

酷船长（KAPTAINKOOL）：太厉害了！从这段话里，我能数出6种不同类型的愚蠢。

一个好奇的头脑已经被禁止进入野餐
一个好奇的头脑2进入野餐

一个好奇的头脑2：真不敢相信！野餐应该是一个思想开化之地，大家在这里畅谈技术交易和尖端科学！我显然高估了这个社区。这个频道到处都在讨论基因改造！为什么禁止我？！

松软蛋糕：因为你没脑子，你根本不知道自己在做什么。你早晚会被逮捕，好自为之。拜拜。

平奇：还有，如果你认为人造智慧物种和基因改造是一回事，那么你所谓的科学也太恐怖了。拜拜。

蒂什泰什：还有，你是个白痴。拜拜。

一个好奇的头脑2已被禁止进入野餐

蒂什泰什：有人想黑进那家伙的平板电脑吗？
酷船长：群星啊，当然有，我给你发消息。
松软蛋糕：我也想，我也想。
平奇：黑进去，入侵他的芯片。
与众不同的叶子：我爱这一趴。

简，10岁

简醒来时又兴奋又害怕。她和奥尔已经忙了很久，今天终于到了验收成果的日子。

她起床，注视着地板上堆堆叠叠、揉成一团的衣服。它们是睡衣，不是工作服，但是她只有这些衣服。它们很恶心。恶心，这是奥尔教给她的一个词。恶心，就是当衣服上沾满了污垢和血渍，并且4天没洗澡时的那种感觉。她不想穿恶心的睡衣。一想到要穿，她就浑身发痒。不过，她还是穿上了。

"早上好，"奥尔说，"准备开工了吗？"

简的胃里一阵翻涌，但是她胸腔里的燥热感更加强烈。"嗯。"简回答说。

"你一定行。"奥尔说，她笑着，但是她脸上的表情有点害怕。简尽量不让自己多想。如果奥尔也害怕——她不愿去想这意味着什么。

简起身去了卫生间，又去了厨房。她把一袋水倒进了两天前找到的一个杯子里，然后把一袋压缩干粮掰碎放了进去，等它们泡软之后，一饮而尽。她发现，把食物泡软再吃，胃会比较舒服。卫生间也很恶心。她们需要活水用于冲洗。

她在奥尔的帮助下制作的几样东西现在就摆在起居室的地板上。简看着它们，感觉很好。以前，看着一堆分好类的废料，她往往只会默默开心，因为废料分好类就意味着这一天结束了，没有人会告诉她，它们为什么出现，之后又去了哪里。而现在摆在她面前的不再是那些垃圾，它们是她修理过的废品，被她做成了工具，肩负着重要使命。这种感觉真的非常棒。

她先是修好了平板电脑，它很好修理，只需将几个PIN针向后归位即可。奥尔说她的动力不足，没法与简在平板电脑上交谈，但是她可以开启信号灯，如果简要回到穿梭机，信号灯会指引方向。简听完很高兴，因为她已经受够了迷路乱跑。

接下来是运水车。运水车不大，仅仅是一辆拴了两个大的空食品箱的四轮车。用食品箱装水，要来来回回很多次才能把穿梭机上的水箱装满。用有轮子的车来运输，总比拉着瓶子走要轻松些。只是她得先找到水。

她制作的最后一样东西很可怕，她希望别用到。那是一种驱赶狗的工具：一根塑料长杆，通过一段电线与一台小型发电机（是从太空服上拆下来的）连接，发电机上有两条编织带（也是从太空服上拆下来的），这样简就可以背上它。简将杆子的一头缠上布，这样握起来舒服（又一个新词），然后用一条布把杆子绑在她的手腕上，这样哪怕她放手，杆子也不会掉下来。杆子的另一头上有一些金属叉——奥尔说那是吃固体食物时用的餐具——像手指一样张开，每一根都与电缆上的小电线相连。简可以用一个手动开关来控制发电机，手动开关就在她拇指抓握的地方。当电源开启时，叉子通电。前一天晚上，奥尔让她吐口水在叉子上做测试。叉子发出"滋滋"的电爆炸声。奥尔说，狗很怕这个。她管这个工具叫武器。简觉得这个词的发音很好听。她不想再靠近狗了，但是她知道狗会来追咬她，所以拥有一件武器挺好的。

此外，她还发现了一些好东西——一个叫作背包的空布袋，一些她戴着太大但凑合能用的工作手套，以及一个叫作袖珍刀的非常好用的切割工具。她把工作手套和袖珍刀放进背包，还拿了3个用来取水的空罐子（用车运水之前，奥尔想让简先取几罐水测试一下）。她还装了2袋压缩干粮、4袋水和平板电脑。她背上背包，把武器背在背上，一只手握紧杆子。

"你看起来目标明确，"奥尔说，"非常勇敢。"

简紧张地吞咽着口水。奥尔昨天解释过什么是勇敢。她不觉得自己勇敢。"你认为我需要走很远吗？"

"我不知道，亲爱的。希望不用。如果你走得很累，或者感觉不好，你可以回家，即使你没有找到水。"

"家是什么？"

"家是这里。家是我在的地方，也是你可以休息的地方。"奥尔停顿了一下，她的表情有点悲伤，这让简觉得胸腔莫名发紧，她希望可以用一条毯子把自己裹起来。"出去之后，务必注意安全。"

奥尔打开通往气闸舱的内闸门，然后打开通往飞船外的舱门。简紧握武器，走了出去。

她很高兴奥尔教了她一些新词，因为这些词在飞船外面都派上了用场：天空很"大"，太阳很亮，空气很热……她不确定她理解的风的意思对不对，她觉得外面没有风。她发觉自己在出汗。她庆幸背包里装着水。

穿梭机外面的金属壁板上有一些划痕。她伸出手指，抚过那些划痕。它们是那些狗弄的。她紧紧抓住武器。

她把手掌举在眼睛上方遮阳，朝四周张望着。废料太多了，到处都是。这里一堆，那里一堆，一堆又一堆。怎么会有人丢了这么多的废料？如果大部分废料都能修好，为什么还要丢掉它们呢？

她不禁想起了简64俯身趴在工作台上的样子。简64很擅长解电缆，比大多数女孩都要厉害。简感觉胃部一阵尖锐的疼痛。她想回穿梭机。她想回家。她想回到床上，关掉所有的灯。来穿梭机的第二天，她就这样做过了。虽然躺在床上对她没什么用，不会令她放松，但是每件事都太难了，她越想越难受，在床上大哭起来，哭到后面不得不跑到盥洗室，对着水槽呕吐，然后她就去睡觉，因为无所事事。奥尔对她很好。她一直在床边的屏幕上陪着简，放一些叫作音乐的东西给简听，其实就是一些奇怪的声音，毫无意义，但却能让人好受些。

但即使有奥尔和音乐陪伴，第二天还是非常糟糕。不过，比起去穿梭机外面，也就是狗可能出没的地方，她宁愿重新体会一次那些糟糕的感觉。她差点又要打退堂鼓。但是她在出汗、犯恶心，衣服弄得她浑身发痒。她想洗澡。要洗澡，就得先有水。

简远远地看见废料堆旁边有什么东西在动。她叫不出那些东西的名字，但是她知道它们在做什么，那个动词她最近才学过：飞。它们飞下来，落在一堆废料的后面。她觉得它们是一种动物，虽然没什么依据，但她很笃定。奥尔说过，如果她看到动物，哪怕是狗，那么附近一定有水。

简一只手拿着武器，另一只手提着背包，向那些动物走去。

西德拉

她不应该离开"旅行者号"。

西德拉一边想着,一边穿过集市,她克制着内心想记录看到的每一张脸、每一种颜色,听到的每一个声音的冲动。她已经来科里奥尔港30天了,但是到了户外,没了边界,她还是感到特别混乱。也许混乱的感觉永远不会消失。也许会一直这样。

她躲开了一个向她兜售一盘糖果的商人。她没有去看那个人,也没有搭话。这样做是不礼貌的,她觉得内疚,这使她更愤怒了。当初就是因为内疚,她才选择待在这具愚蠢的身体里。

她为什么要离开?彼时,这似乎是最好的一条路,也是最无害的选择。她本就不应该在那里。她辜负了"旅行者号"船员们的期望。她的存在令他们心烦,这意味着她必须得离开。这就是她离开的原因——不是因为她想离开,不是因为她真的理解离开意味着什么,而是因为船员们很不高兴,而那是她造成的。她为了那些她从未见过的人而离开。她为了一个在货舱哭泣的陌生人而离开。她之所以离开,是因为她被设计出来的初衷就是服务他人,不管发生什么事情,都把别人放在首位,让别人感到舒适。

但是她的舒适呢,不考虑吗?要是那8个不再需要每天听到她声音的人知道她在这里的感受,他们会觉得这是公平的吗?如果他们知道她现在的痛苦处境,他们会无所谓吗?他们会习惯没有她,就像约莫习惯了没有前一任人工智能一样吗?

她一直盯着地面,努力让呼吸别乱。当陌生人向她靠近,当建筑物不断向前伸展时,她能感觉到恐慌悄然出现。她记得在飞船上时的感觉——每条走道都装有摄像头，每个房间都装有对讲机，沉寂的开阔空间容纳着一切。她想起了真空，她渴望它。

"嘿！"一个声音愤怒地说。西德拉低头一看，发现自己撞在一个哈玛吉安人的脚踏车上，差点儿把他和他的车撞倒。"你怎么回事？！"他说着，触手气愤地舞动。

"哦不，不要！"她想。但这是一个直白的问题，她别无选择，只能回答："这个集市令人疲惫不堪，我讨厌这具身体，我像个浑蛋一样对待照顾我的朋友，我后悔做了来这里的决定。"

哈玛吉安人听得一头雾水，触手缓慢晃动。"我……"他的眼柄在抽动，"呃……你想事情的时候也要看路啊。"说完，他摆正车，继续前行。

西德拉双眼紧闭。烦人又愚蠢的要求诚实的协议。至少那一部分自己，她迫不及待想要删除。佩珀在想办法，西德拉知道。她看到佩珀在深夜里对着电脑愁眉不展，一边喃喃自语，一边费力地学习晶格基础知识。代码并不是佩珀的强项，但是她坚决反对找人帮忙，西德拉拿她没有办法。但与此同时，西德拉如何能在这样的地方正常工作呢？答案是，她不能。她不该伪装成一个智慧物种，混在人群里。她不是他们中的一员，她连在人群中装模作样都做不到。距离她被问倒、给佩珀和布鲁惹上麻烦，还有多久？不，该死——是她自己惹祸上身。她能有一次先想到她自己吗？她能吗？

她环顾四周，到处都是陌生的面孔和未知的问题。她不能待在这里。她不应该跑来这里。

她跑向最近的短途旅行咨询点。和其他的短途旅行咨询点一样，这个短途旅行咨询点的桌台上也有一个仿照哈玛吉安人制作的人工智能探出头来。它模仿哈玛吉安人的样子，礼貌地挥动自己的塑料触手："请告知目的地。"

西德拉知道这是一个智力有限、无知无觉的人工智能。类似的人工智能，她在中转站和商店门口已经见过许多。它确实比宠物机器人更聪明，但是和她的智力水平相距甚远，它之于她，就像鱼之于人类。尽管如此，她还是对它产生了好奇。她想知道它是否满意自己的生活方式。她想知道它会不会感到痛苦，有没有尝试理解过自己，有没有在认知上碰壁。"只有我一个，去艺术区，谢谢。"她说着，在扫描器上挥了一下腕带。"嘀"的一下，确认声响起。

"好的，"人工智能说，"你的短途旅行舱即将启动。抵达目的地之后，如果你还想去别的地方，请认准这个短途旅行标志，搭乘带有这一标志的短途旅行舱。"

低等人工智能继续说着，西德拉悲从中来。她与这个人工智能又有何不同？她一开始被制造出来也是为了服务别人，虽然她能够提出问题、辩论，可能因而觉得自己很特殊，但是归根结底，她与眼前这个智力水平低下的人工智能同样无法跳过预设的协议。她想起了刚才自己答非所问的时候，人群中的那个哈玛吉安人听完一头雾水的样子。她听着短途旅行咨询点里的人工智能滔滔不绝地讲解地名代码和安全程序，眼睛湿润了。它所做的一切都是设计好的，除此以外，它什么也做不了，而且永远不会改变。

"感谢你使用科里奥尔港短途旅行系统。"它的一只塑料触手机械地挥动着，"祝你一路平安，旅途愉快！"

西德拉将一只手放在它的人造脑袋上，停了3秒钟。一个短途旅行舱到了，舱门轻声打开。离去之前，她俯身靠向人工智能的头。"我很遗憾，"她低声说，"这不公平。"

简，10岁

奥尔是对的。在会飞的动物附近，真的有水——一个大水坑。简没有看到狗，这真是太好了。

那些会飞的动物很有趣。它们的个头很小，身体长度跟她的手臂差不多，而且它们有两只前臂，前臂的皮肤上盖着一层东西，来回拍打就能起飞。其他地方的皮肤则很奇怪，是橙色的，不像她的皮肤那样光滑、覆盖着绒毛——体毛，她提醒自己，应该叫体毛。那些会飞的动物的皮肤看上去又硬又亮，上面有层层叠叠的鳞片。

虽然它们很有趣，但简还是有点害怕。它们会发怒吗？会咬人吗？会伤害她吗？她向前迈了一步。几只动物抬起头来，大部分动物还在饮水。抬起头的那几只看起来并没有生气。它们只是看了看她，然后继续做自己的事情。简终于松了一口气。很好。

"问奥尔这些会飞的动物叫什么。"她说。她无法像奥尔那样记录要做的事情，但是大声说出来有助于她加深记忆。

她走到水边。水质不好，不清澈，有很厚的灰。"不是灰，"她说，"是泥。"她皱了皱鼻子。水面上漂浮着一层化学物质，形成一圈油膜。她不知道那是什么化学物质，可能是从附近的废料里漏出来的。而且水很臭——水根本不应该有气味，有气味就不对。简停下来，想了想。奥尔说过，她在这里找到的任何水，不经过滤都是不能喝的。但有意思的是，动物们都在喝这臭水，而且它们都没事。她把一根手指伸进水里，蘸了一大滴滴在舌头上。然后，她大声呕了出来。她尝到金属味、恶臭味，还有一些她无法形容的怪味。她不停地吐口水，但是那个味道还残留在她的嘴里。

"你们怎么喝这个？"她对动物说，"太难喝了！"动物们默不作声。奥尔说过，动物不能像女孩那样说话，但是试试也没有什么坏处。要是它们会说话该多好。简不希望只能跟墙体屏幕里的奥尔说话。

简从背包里掏出一个罐子，用罐子沿着水边取水。那些会飞的动物看着她，但没理她。简猜想，这里的水足够大家一起喝。她看着发亮的臭水流进罐子里，做了个鬼脸。恶心。她一点也不想喝那种东西。但是奥尔说，船上的机器可以过滤水质不好的水，甚至是水质最差的水。那些机器还可以过滤尿液。简很想知道它们的工作原理。

她坐在水坑旁边，看着那些动物。她所面对的一切发生了极大的变化，这陌生的一切，她还无法适应，但是此刻……此刻感觉很好。离开飞船的感觉很好，空气也很暖和。奥尔说过，这是因为太阳。太阳是天空中的大光源。奥尔让简不要直视它。虽然简很想试试看，但是她忍住了。因为她不知道这样做会不会给自己惹麻烦。另外，她不想惹奥尔生气。奥尔从来没有生过气，一次也没有，但是她在制造方式上有点儿像母亲。简猜想，也许母亲们的脾气也曾像奥尔一样好，但是后来女孩们做了很多错事，母亲们非常生气，就变成了之后那样。简决心好好工作，不惹奥尔生气。她不想让奥尔变成母亲那样。

一只会飞的动物走近了她，非常近。在它那怪异的橙色皮肤的映衬下，它那双黑色的大眼睛更黑了。简没动。她把手放在武器上，屏住呼吸。这只动物的头在动，就像在思考。它嗅了一下她的鞋子，然后走开了，走的时候头一动一动的。简大口呼气。很好，这很好，而且也很有趣。也许这只会飞的动物刚才对她产生了兴趣。这让她很高兴。

这只动物走到它的同类身边……它们在吃东西吗？它们看起来像在进食。但它们吃的是什么？肯定不是饭，但也不像是压缩干粮，那东西长在地上，是紫色的，看起来很光滑、有点软，是波浪形的。它不仅长在地上，也长在旁边的一些废料上。那东西不是动物，但是它让简对动物有了一种她自己也说不清的认知。不是动物，但也不是废料和机器，是另一种东西。动物们在吃它。

她也能吃它吗？

奥尔明确说过，外面的东西不能吃，简也知道不应该用手去摸她不认识的东西。于是她放下武器，戴上工作手套（尽管它们太大了），拿起袖珍刀，向那群动物走去。动物们快速跑开了。简停了下来。她吓到它们了吗？

"我不是坏人，"她对那群动物说，"我只想看看你们在吃什么。"

她蹲下来，用刀尖戳了一下那个紫色的东西，什么都没发生。她对着那个东西吹了口气，还是什么都没发生。她又看了看被动物们啃食出来的小洞。她用大手套握紧刀子，从上面切下来一块。那东西没有流血。她凑近去看，它的内里是白色、实心的，没有骨头。她很想尝一尝它的味道，但是在尝完水的味道之后，她觉得还是听奥尔的话比较明智。毕竟奥尔懂得多。

她把那个紫色的东西放进背包，觉得是时候回去了。太阳让空气变得很热，她手臂上的皮肤也有点疼，颜色比平时要红。

简64的脸颊也曾这样红，又红又肿。她觉得这不是什么好事，感到一阵恐惧——

她听到"咔嗒咔嗒"的声音。手里的刀在颤抖。她在发抖。她想回到奥尔身边。她现在就想回去。奥尔说过，如果她感觉不好，就可以回家，而现在她确实感觉不好，所以她要回家。

那些动物开始大声鸣叫，它们中的大部分一哄而散，四散而逃。简转过身来。两条狗站在那里，看着唯一没有跑掉的东西——她。

她胃疼，眼睛发烫。她想回到奥尔身边，回到自己的床上——她和简64的床。她想要的是一顿饭,还有淋浴,而不是狗。但现在狗就在她的面前,它们正发出愤怒的声音。

她的身体想跑,就像母亲在墙的那边盯着她时一样,但是她现在无处可逃。水坑周围全都是废料。只有一条生路,那就是从狗旁边跑开。她觉得自己还没跑开就会被它们咬伤。

"救命,"她非常小声地说,"奥尔,救命。"

但是奥尔离得太远了。

她换左手握袖珍刀,右手握紧武器。她后退了一步,身体颤抖得厉害。"停下,"她强忍着没哭,"走开。"

两条狗中的一条向她靠近,叫声越来越大,还流着口水。

"走开!"她大叫着,把一块废料踢向它,"走开!"

那条狗发出更大的声音,并朝她跑去。

她被绊了一下,向后跌倒,但是当狗跳起来、张开满是牙齿的嘴的时候,她没有忘记把武器对准狗,并按下按钮。

然后,她听到了很多不同的声音,先是发电机的嗡鸣声,接着是叉子通电后的"滋滋"声,之后是狗吠声——这是最糟糕的部分。它吼叫着倒下,浑身抽搐。这是她所见过的最可怕的场面,甚至比母亲们还要可怕。她按住按钮没有放松。她闻到一股臭味,一股烧焦的气味。狗停止了抽搐。

另一条狗愤怒地叫了一声,也扑向她。她又按了一下按钮。又是嗡鸣声、"滋滋"声、狗吠声。

两条狗都躺在了地上,皮毛冒烟。简撒腿就跑,不停地跑,装满沉重罐子的背包撞击着她的腿。狗没跟着她了。

直到她停下来,才意识到那两条狗已经死了。

她不是故意的。她只是想赶走它们,但是没有想到会一招致命——狗死了。这让她的心情很复杂。

她吐了。她想忍住，但是吐得停不下来，直到胃里空空，只能吐出恶心的唾沫。她意识到自己的裤裆湿了，当她明白是怎么回事之后，脸颊火辣辣的。她已经10岁了。

简坐在泥里，喝了一袋水。她还在发抖，喜忧参半。但是慢慢地，她越想越高兴——结果不错！她取到了水，奥尔会将水过滤干净，而且她知道在哪里能够取到更多的水。她找到了或许能吃的东西，还击倒了那些狗。她击倒了狗！

"你看起来非常勇敢。"简回想起奥尔的话，感觉好极了，因为奥尔说的是对的。

"我很勇敢！"简对自己说，这样她就不会忘了，"我能击倒那些狗。我很勇敢！"

在回来的路上，简回想了一下打算问奥尔的东西。她想知道一些词怎么说。会飞的动物叫什么，不是动物；可能是食物的那个紫色的东西叫什么；以及用什么词来形容那种当你杀死狗后很难受同时又为自己还活着而庆幸的复杂感受。

西德拉

  艺术区的噪声和琐碎的事物不比其他地方少，但起码人没有那么多。在其他区域，一切的买卖总是很着急完成，好像一个人不立马付款的话，就表示他的信用点不足。但是，在这样一个售卖非实用物品的地方，商人和顾客似乎都不着急。西德拉几乎看不到不同文化之间的界限。所有的东西都融合在一起——拉鲁人的木雕，哈玛吉安人的石雕，融合了多元传统文化的手工艺品，还有身体艺术家提供文身、鳞片染色和外壳美容服务。这样的多元融合也体现在店面风格上：在这片区域的一头，是有着干净的墙壁、天花板也很配套的质朴的画廊；在另一头，则有人支起桌台，售卖印刷物和塑像，还有别出心裁的艺术品。

  布鲁的店给人的感觉是中规中矩，总体来说比较低调。他的小店——"西北窗"——位于一栋大型公用建筑里，周围都是繁忙的店铺。西德拉在走廊里站了足足3分钟才走进门（门涂着厚厚的青色漆，很有品位）。她知道，她顶撞了佩珀，而布鲁永远无条件支持佩珀，他或许已经知道她们的争执了。也许佩珀给他发了信息，说她已经受够了西德拉的无理取闹。布鲁可能会有同样的感觉。

  当西德拉走进门，她的忧虑一扫而空。布鲁从画架上抬起头，像往常一样，热情地对她微笑："西德拉！什么风把你吹来了？"

  "我今天不上班。"

  "我明白了。"他用抹布擦了擦画笔，把它放下，然后站起身。他穿了一个围裙，可衣襟还是沾上了颜料。"休……啊……休息一天？"

  "对。"她环顾四周。她以前来过布鲁的商店，但是每次来都觉得有些许不同。她注意到：《神秘的森林》和《热闹的狂欢节》这两幅油画不见了，大概是卖掉了；墙上挂了一幅描绘一群太空漫步者的新油画。上次看到水槽里有12把画笔，现在只有5把画笔和1把刮刀。之前，房间南边角落里不亮的灯泡也已经修好。不过，有一点始终未变，那也是这个地方与"铁锈桶"的不同之处：布鲁这里总是特别干净。每样东西都在架子上或者抽屉里摆得整整齐齐。佩珀也有东西放在这里，布鲁没有干涉，但他总能让店铺呈现出可以随时待客的样子。就连用过的画笔都整齐地泡在水槽里的杯子里。

西德拉意识到，她在环顾四周的同时，布鲁在观察她。"一切还好吧？"他问，"你看起来心烦意乱。"

"不，"西德拉说，"不是我。是义体看起来心烦意乱。"

布鲁望向西德拉的身后，确认门是关好的。"那……啊……那对你来说有很重要的区别。"

"没错。我确实感到心烦意乱。可我不知道你看到的是什么。反正不管义体怎么样，那都不是我。"

布鲁用一根手指轻敲自己的大腿。"你还要去别的地方吗？"

西德拉摇了摇头。

"好。"他示意西德拉坐在画架后方的椅子上，"请坐。"

西德拉坐了下来。与此同时，布鲁把尚未完成的画布移到一旁。他忙前忙后，准备好了颜料和干净的画笔。接着，他从一个小酒壶里倒了一杯丁酮酒，然后取出一块干净的画布。

"你在干什么？"西德拉问道。

"做点可能会对你有帮助的事。"布鲁说着，伸出手掌，"请把你的手给我。"西德拉伸出自己的手。布鲁用拇指抚过西德拉的手背，另一只手在颜料盒里翻找着，取出了不同色彩的颜料，"我认为……嗯，我认为你的肤色介于古铜色和棕黑色之间。"

"你要画我吗?"

布鲁咧嘴笑了:"也许要再来一点秋天日出的颜色。"

西德拉对此充满了兴趣。想到有人花时间观察她,她的心情开始发生美妙的变化。"我要做什么?"

"坐在那里,放轻松。如果你需要……啊……如果你需要站起来,或者你觉得无聊,请告诉我。"他把颜料挤在调色板上,开始调西德拉的肤色。

"我该做什么表情?微笑吗?"

布鲁摇了摇头:"不需要。自然点儿。你……啊……你进门的时候是什么样子就保持什么样子。做你自己吧。"他朝画布点点头,"我很想知道你怎么看自己。"

"我从镜子里看自己。"

"我……啊……我换个说法。我想知道你用别人看你的视角看自己时的感受。"布鲁把视线从颜料转向西德拉,然后又转了回去。他满意地点点头,然后拿起一支画笔,开始作画。

"今天吃什么好吃的了吗?"

"没有。我什么都还没吃。"

"不像你啊。"

"我……有点儿烦。"

"如果你愿意,等会儿结束之后,我们可以一起去吃午饭。我知道一家很好吃的面馆,离这儿不远。"他在画布上画了一条长而平滑的线。西德拉尽量保持不动,虽然她很想去看。"你在来……啊……来这儿的路上,有什么新的问题想问吗?"

西德拉轻轻笑了一下。她总是有新的问题想问。她打开问题清单。"拉鲁人不会觉得热得不行吗?其他物种好像都觉得这里很热。何况拉鲁人身上还覆盖着皮毛。"

"唔，我从没想过这个问题。你得自己查查看。"

"你吞下洁牙包会有危险吗？我觉得它们会吃掉你胃里的很多益生菌。"

"确实会有危害，但是那不……啊……不太要紧。你只——只会胃痛。我第一次用洁牙包的时候就不小心吞下去过。"他小心地瞟了西德拉一眼，"那……你今天为什么不工作呢？"

西德拉环顾了一下四周，说："我和佩珀吵架了。"

"为什么吵架？"

西德拉叹了口气，说："她不让我安装无线连接器。"

布鲁挑起一边眉毛，说："你们之前也聊过这个。"

"嗯。但是她不听我说。我不想删掉记忆文件。"

"她在听你说，"布鲁斟酌着说，"她只是和你看法不一样。"

西德拉皱起眉头，说："你也是。"

"我可没说。你知道的，我和她的看法也不总是一样。我在听，我在听你俩说。"他伸手去拿另一支颜料，"说说你害怕删掉什么。"

"我下载了很多东西。"

"我知道。挑一个你最喜欢的。"

"我……不知道我最喜欢哪个。"

"那就说一个你觉得有趣的，随便说一个。"

西德拉打开自己的存储库，不知道应该从哪里开始。"就这个吧——《草根女王和她的追随者》。"

"那是什么？"

"一个奎林传说故事，我觉得更像是一篇史诗，有些地方有点儿阴暗，但是关于这个故事还有一首美妙的诗。"她的身体突然烦躁起来，因为她想到早上佩珀说的话："你下载了半个该死的雷斯基特语库。"

"我手头有3个主流译本。"西德拉说道。

布鲁向后靠了靠,视线一直没从画布上移开。"我好像从没听过奎林人的故事。你愿意讲给我听听吗?"

西德拉眨了眨眼,说:"可以是可以,但这个故事很长。"

"要讲多久?"

她在3个译本文件中选择了托希邦(Tosh'bom)的译本,并快速地估算了一下时间。"我大约要讲2个小时。"

布鲁耸了耸肩,微笑着说:"一边画画,一边听故事,听起来不错哦。"

西德拉调整了自己的任务队列,开始朗读文本:"来吧,勇敢的战士,铭记我们的歌。铭记虽死犹荣的英雄。铭记遭受铁蹄践踏、支离破碎的山河。"

西德拉讲着战争和家国的传奇故事,她意识到,布鲁让她这样做是想转移她的注意力。布鲁对佩珀也用过这招,佩珀发现之后表现得若无其事,两人都以为西德拉没有察觉。布鲁会问佩珀一天是怎么过的、做了什么,或者她最近在玩的新版模拟游戏怎么样。从某种意义上来说,西德拉觉得布鲁在操控她,她明明有理由生气,布鲁却故意转移她的注意力——但是注意力转移到别的事情上确实更好,而且被画进画里的感觉也出乎意料地好。她喜欢这种注目,喜欢有人全神贯注在她身上。这是自私吗?如果是,自私是一件坏事吗?

在她讲故事的时候,布鲁一言不发,只是笑笑,时不时"嗯"一声来附和。他专注在作画上,余光延伸到西德拉的身上。西德拉从没见过布鲁这个样子。在家里,他如此成熟,如此温柔。在这里,有一种火花,有一种奇怪的力量。布鲁让她想起了佩珀,佩珀沉浸在某个项目中时,也是这个样子。西德拉从来没有体会过这种感觉。她现在很专注,是的,但她知道那不一样。她能有那种心流吗?如果她能忘记时间的存在,她能像他们一样忘我吗?

她继续背诵故事,在1小时56分钟后,她终于讲到了草根女王的故事的最后一句:"……睡吧,睡吧,我们的英雄会再次醒来。"

布鲁若有所思地点着头,说:"故事挺吸引人。虽然有点冷酷,但也还好,毕竟我——我对奎林人的故事没抱太大的期望。"

"他们还有一些美好的儿童故事,"西德拉说,"嗯……或多或少带点种族歧视,但在特定的文化背景下,还是美好的。"

布鲁笑了:"我就说嘛。"他终于放下了画笔,"我好久没有画肖像画了,今天画得比较快,但是……嗯,你觉得怎么样?"

他一边说,一边把画布转向西德拉。颜料还没有干。画布上,一个女人回过头,严肃而安静,她的长相在地球移民当中并不出众。西德拉仔细琢磨画中的细节:没晒过多少太阳的铜色皮肤,吃虫子和冷藏食品吃出来的纤瘦的脸颊,眼睛是棕色的,虹膜几乎看不出来,黑色鬈发剪得很短,紧贴着额头……她在房间里的镜子里多次见过这张脸,但是这一次不一样。这一次,是布鲁眼中的她。

"真漂亮!"她发自内心地说。

"你是说画,还是脸?"

"画。你很会画画。"

布鲁高兴地点了点头,说:"脸呢?你通过它看到了什么?"

她思考着,不知如何回答。"我不知道。"她停了两秒钟,最后问道,"你知道这具义体的样子是谁决定的吗?它是本来就长这样,还是詹克斯选的,还是……"

"洛维选的,"布鲁说,"是她自己的主意,反正佩珀是这样说的。"

西德拉看着这幅画像,看着这张别人为她选的脸。为什么?为什么洛维想要这张脸?为什么选这样的头发、眼睛,还有颜色?这具义体怎么打动的洛维,让她觉得"没错,这就是我"?

"嘿,"布鲁拉起西德拉的一只手,说道,"怎么了?"

西德拉避开他的目光。"我是一个错误。"她低声说。

"等等。"

"我就是一个错误。"她在义体和画像之间来回指了指,"这是她的,全都是她的。要是我醒来的时候那些记忆文件还在的话,我就是她。"西德拉闭上双眼,"群星啊,是我害死了她。"

"不,"布鲁笃定地说,"不是的。哦,西德拉,"他紧紧握住西德拉的双手,"你不知道。你根本不可能料到。洛维的遭遇不是你造成的。那……那些船员,他们知道一旦按下开关,洛维可能就回不来了。"

"但他们想要的是她。他们不想要我。我只是……"她又想起了自己差点撞倒的哈玛吉安人和令他一头雾水的那些话,想起了她和陌生人说话时佩珀警惕地注视她的样子。"我只是一个错误。"她重复道。

布鲁靠在椅子上,手臂抱在胸前。"如果你是一个错误,那我也是一个错误。"他摸着自己的头顶,把手指插进浓密的棕色头发里,"你知道为什么我……啊……为什么我有头发,而佩珀没有吗?"

"她说你和她不一样,造你不是为了让你去工厂劳作。"

"是的。想……想知道我是为什么而造的吗?"他挑起眉毛恣意地笑,"国家领袖。我本该是一个国——"他没有说完那个词,并且自嘲起来,"一个政客。"布鲁咧嘴笑着,但是他的眼里流露着悲伤。这件事情并不像他表现出来的那样云淡风轻。"那些制造我们的浑……浑蛋,他们太自以为是,其实他们不擅长基因改造。他们以为自己可以,他们制造舞蹈演员,制造数……数学家,制造运动员。他们制造了好多没有头发的儿童,丢到工厂做奴隶。但进化不是一……

一件可以随心所欲的事情,它总是以不可预见的方式在进行。基因和染色体,它们……啊……它们有时会不受人控制。你认为自己能造出一个政客,结果却造出了我。"他耸了耸肩,继续说,"改造人类者管我们这些与他们预期不符的人叫怪……怪胎。所以,也许……啊……也许你也是一个怪胎,但是这并不代表你不好,不代表你不应该在这里。洛维走了,这令人悲恸至极。但你来到了这里,这好极了。这并不是零和博弈。只是洛维的离开和你的来到,在同一时间发生了。"他看了看自己的画作,"也许这……啊……这个人还不是你。或许你和这具义体都需要时间来适应彼此,无论是用哪种方式。"

西德拉思考了两秒钟,说:"现在我不知道说什么才好。"

"没关系。"

西德拉看着干了的颜料,一遍遍地回想今天发生的事情。布鲁坐在她的旁边,握着她的双手,显然并不着急。西德拉回想早上与佩珀的争吵。"你要去试。"她之前听到这句话很生气,但是现在想来,她的感受不一样了。或许她不该再抵触义体,或许她能够表现得更像正常人。她看着画像里的那双眼睛,试着想象它们会怎么看自己。

"你认识一个叫'塔克'的艾卢昂人吗?"她问布鲁。

布鲁惊讶地眨了眨眼,说:"我知道好些叫'塔克'的艾卢昂人。很多人重名,因为可以取的名字不是很多。你知道那个艾卢昂人的全名叫什么吗?"

"不知道,只知道叫'塔克'。她是个文身艺术家,是我在闪速节上遇见的。"西德拉打开了联系方式文件,"她的店在西部艺术区,店名叫'稳若磐石之手',你有印象吗?"

"哦,有印象。我不知道具……具体是哪个塔克,但是我见过那家店。"他搓了搓下巴,"应该离我们要去的那家面馆不太远。你要是想见她,吃完午饭我们就可以过去。"

"我先前没想过要去,你这个主意不错。"

他好奇地看着她,问道:"为什么说起她呢?你想文身吗?"

西德拉耸了耸肩,说:"我不知道。也许吧。"

布鲁笑了,用手抚摩着西德拉的头发:"要我说,嘿,心……心动不如行动。"

简，10岁

"把它倒在漏斗里。"屏幕上奥尔的脸在示意空水箱。简扭开储水罐的盖子，把脏水倒了出来。

"闻着可真臭啊！"简说完扭过头去，任水流向漏斗。

"我打赌是的。"奥尔说，"好吧，让我从舱门腾出一些动力来。"紧接着，一个声音响起，那是某个东西开启的声音。奥尔看上去很高兴："很好。给我一点时间来分析它。"

简等得无聊，于是把耳朵贴在水箱上。"这是在干什么？"她问道。

"我正在扫描污染物。"奥尔说。

"嗯，问题是怎么办到的？"

"我不知道原理是什么，不过操作手册里肯定有答案。我现在不能分心，因为我没有足够的动力运行太多额外的程序。"

简皱起眉头，没有再说什么。或许她可以趁奥尔不注意，拆下其中一个水箱，然后再把它原封不动地装回去。

"分析完成了。"奥尔说，"群星啊，这里面怎么什么都有？！"

"很糟糕吗？"简问道，手指交叉在一起。她找的水不对吗？奥尔会生气吗？

"那要看你怎么看了。"奥尔说。她并没有生气，而是解释道："这批水里有8种不同类型的燃料残留，以及许多你从前不曾听过的工业副产品，还有细菌、微生物、真菌孢子、腐烂的有机物、大量的泥垢。奇怪的是，还有很多盐。"她面带微笑的脸从墙体屏幕上消失了，"好在我全部都能搞定。把剩下的水也倒进去。我大约用6分43

秒就可以把这一批水过滤干净。"

"我能喝吗?"简问道。

"可以,还够你用来洗脸和洗手。但是在你取回更多的水之前,别把它全部喝光。明天你有信心用运水车再运一次水吗?"

"可以!"简回答道。她可以!她能做到!"哦,对了,我在水边发现了一样东西。"她打开背包。

奥尔的嘴绷紧了:"什么东西?"

"我不知道是什么。"简戴上工作手套,取出那个紫色的东西。它被压扁了,不过还是完整的一块。简把它举到摄像头的前面让奥尔看。

"唔,"奥尔说,"看起来像是蘑菇。或者至少是类似蘑菇的东西。"

"什么是蘑菇?"

"蘑菇是一种植物。植物就是……不是动物的生物。"

那个紫色的东西还活着。简虽然已经有心理准备,但是现在确认了,还是感觉怪怪的。她把蘑菇拿得离自己远了一点。"它是不好的东西吗?"

"我不知道。我们应该检查一下。把它拿到卫生间去。"

"为什么要拿到卫生间去?"

"卫生间里面有个有用的工具——我印象中有。应该就在卫生间里面。"

简走向卫生间。奥尔沿着她身旁的墙壁不停跳过。简不得不帮助奥尔推开卫生间的门——因为控制卫生间门开关的机械装置坏掉了。灯闪了几下,最终亮了起来。简看见了干巴巴的淋浴。她挠了挠自己的耳后,挠了好几下。恶心。

镜子里的女孩看上去很陌生。她有一张恶心的红脸,恶心的双手,还穿着恶心的衣服,浑身都是泥。她看上去完全变了一个人。不知道简64还能不能认出她。她希望还能。

"我要找什么东西?"她问奥尔,试图转移自己的注意力。

"看这里,我放给你看。"奥尔的脸消失后,一张照片出现了:一台镜片下面带扁圆托盘的小机器。

简打开橱柜。找到了,它就在她眼皮底下。她把小机器举到摄像头前面。

"就是它!"奥尔说。简感觉很棒,尽管这个东西得来全不费工夫。"这是一台医用显微镜。你可以用它来分析你发现的蘑菇里有什么。我能告诉你哪些物质有害。"

简把显微镜放置在水槽旁边。"我怎么……"

"把蘑菇放在托盘上。好,很好。在交互面板上挥动你的手来开启它。"

简挥了挥手,又挥了一次。机器没有任何反应。

"该死。"奥尔说。简不知道那句话是什么意思,但是奥尔的语气听起来不太好。"肯定是没电了。"

简从托盘里取出蘑菇,拿起显微镜,翻来覆去地观察。"这里有个电源插孔,"她指着显微镜说,"这里有充电线吗?"

"应该有,但是我不知道在哪里。"

于是简又回到橱柜前,开始翻找。她翻遍了所有的东西,终于找到一根接口吻合的绕成一圈的黑色电线。"这个往哪里插呢?"

"厨房里有插口,就在水槽旁边。"

简走到厨房,插上电线,连上显微镜。机器还是没有反应。"它是不是没电了?"她问,"需要先给它充一会儿电吗?"

"很有可能,但是你得确认电真的充进去了。有什么东西亮了吗?"

简倒转显微镜。有一个指示灯，好吧，但是指示灯没有亮。她拔掉插头，认真地思考。她走到桌子前面——那是她制造武器的地方——拿了一些工具。"好吧，"她说，"让我看看它是怎么工作的。"

她很快就打开了机器外盒，并发现了问题所在：连接电源和主板的导线管锈迹斑斑。

"你会修吗？"奥尔问道，"你需要什么？"

简用螺丝刀的尖头搔了搔耳朵后面："需要……金属，尺寸要合适。还有胶带，或者胶水也可以。这里有这些东西吗？"

"我不知道，"奥尔说，"你看看抽屉里有没有。"

简不得不挨个翻找抽屉，最后终于找到了一些勉强能用的胶带。至于导线管，她没有找到，但是厨房里有很多金属制品。她从中选了一把叉子——叉子尖或许可以代替导线管。她像之前扳弯武器上的叉子那样扳叉子尖——脚踩着尖端，拉起手柄——但是这一次，她来来回回扳动手柄，直到叉子尖折断！她用胶带将叉子尖包裹得严严实实，以防显微镜通电时产生电火花。然后，她用胶带把它们固定在主板的空隙处。最后，她重新给显微镜插上电。指示灯变绿了。

"看！"她转向奥尔的摄像头说，"你看！"修好东西总是让她自豪，但是在别人的注视下完成，感觉更棒。

"哦，太好了！干得好！"奥尔说，"让它充一会儿电，然后我们就能知道那种蘑菇你能不能吃了。"

简用手托住下巴，看着显微镜。它没有什么变化，但是看着绿灯亮着，感觉就很棒。她"干得好"！这是奥尔的原话。

"简，"奥尔说，她的语速有点慢，好像在思考什么，"你很擅长修理东西。"

"这是我的工作。"简说。

"我想……"奥尔没有再说下去。简看向墙体屏幕。奥尔微微皱眉,就像女孩们搞不定废料时脸上出现的那种表情。"我有个想法,"奥尔说,"在你出现之前,我就有这个想法,但是我不确定你行不行。我到现在还有点犹豫要不要让你试一试。"她叹了口气,"你自己决定。我不能逼你。可以吗?"

"好。"简有点儿害怕地说。

"这艘飞船不能飞行。它坏了,而且坏得很厉害,有好多零件得换。我已经打消再次飞行的念头很久了。但是,看到你这么能干……简,在我的协助下,你可以让这艘飞船重新起飞。这个过程需要很久,而且我不能保证我们一定会成功。但我有所有的使用手册,我可以带你了解飞船的系统,告诉你每样东西的功能。我可以保证你的安全和健康。而你——你可以寻找这艘飞船缺失的东西,找到我们需要的零件,替换损坏的部件。如果找不到,你可以用其他东西改造。我知道你能行。看看你制造的东西:武器,运水车。这儿到处都是你制造的东西。我相信我们一定能做到。"

简能感受到奥尔心底的渴望,虽然她还无法理解。既然狗进不了飞船,现在又有水了,她还可以吃蘑菇……"我们为什么要让这艘飞船起飞呢?"

奥尔看上去有点惊讶,随即笑了起来:"因为,亲爱的,如果飞船能起飞,我们就能离开这里了。"

简眨了眨眼,问道:"离开这里,去哪里?"

奥尔的笑容变得悲伤:"我想,是时候给你讲讲行星了。"

西德拉

闪速节过后,塔克变了。塔克的生殖系统突然预示男女转换的时候到了。塔克皮肤下的植入装置同样也有了反应,它释放出一系列强有力的荷尔蒙,促使塔克的身体变成男性。他现在看上去和之前在极光馆作为女性时没有太大区别,西德拉一眼就认出了他。他的皮肤变亮了,脸部的软骨轻微移动,虽然变化不大,但是很容易就能看出来。

没变的是塔克那镇定自若的神情。西德拉一走进他的商店,就看到这位老板懒洋洋地躺在窗边的一把大椅子上,抽着烟斗,用平板电脑看着什么。他脸上的颜色发生了变化,西德拉查阅自己的参考资料,知道现在塔克很惊讶,也很高兴。

"啊,嘿!"他一边说,一边放下平板电脑和烟斗,"派对上的朋友来了!"

西德拉感觉到自己在微笑。塔克记得她。"你好!希望我没有打扰你。"

塔克指着周围,说:"就我一个人,而且这是一家商店,你随时可以来啊。"他脸颊上的斑点因为高兴而变绿,"什么风把你吹来了?"

"唔,我……"西德拉不知道怎么说比较好。她从来没有自己买过任何东西,都是给佩珀跑腿。也许这是一个馊主意。"我想文身。"

现在,塔克脸上蓝色的斑点变成了绿色。他十分高兴。"你从来没文过身,对吧?"

"是的。"

"棒极了！来吧，"他指向堆在圆柱形小桌台旁的一摞垫子，示意西德拉坐下，"你要喝点什么？茶、丁酮酒，还是水？"

"丁酮酒，谢谢。"西德拉坐了下来，塔克则开始酿酒。这家商店很安静，店里摆着许多植物和古玩。墙边立着一个小型鱼缸，里面装满了某种没有固定形状的海洋生物——图像已记录，并添加到研究清单。鱼缸旁边立着一件奇怪的家具：一个光滑的圆球，比她还大。圆球家具旁边放着一把很有艾卢昂特色的椅子和一个巨大的工具柜。工具柜的抽屉是方块状的。椅子似乎是用某种合成材料制成的，她无法识别这种材料。图像已记录，并添加到研究清单。

这家商店的装修风格与闪速节的展台很类似，店里大部分的物品都是灰色、白色、褐色的，就连植物的颜色也很柔和——暗淡的银色叶子，只含有一丁点叶绿素。只有几样东西的颜色不太和谐：一幅色彩明亮的抽象画、一些贴在食品包装袋和其他物种的商品包装袋上的标签，还有插在薄薄的花瓶里的4根安德瑞斯克人的羽毛。

"这是艾卢昂的装修风格吗？"西德拉问，"很有特色。"

塔克脸上的斑点变回高兴的绿色，还带点儿好奇的棕色。"是的，我们喜欢怎么简单怎么来。太多的颜色容易让我们感到累。"

"可你是个文身艺术家，科里奥尔港的文身艺术家。"

他一边大笑，一边拿起两满杯丁酮酒。"我没说我们不喜欢颜色。颜色是好东西。颜色代表生命。但是它也是噪声、话语、激情。"他递给西德拉一杯丁酮酒，然后坐了下来，"我每天在店里待的时间最长，我希望它是一个能让我静心思考的地方。"

"那集市呢？它的嘈杂不会让人分心吗？"

"肯定会的。集市存在的意义就是让你分心，买你不需要的东西。"他喝了一口丁酮酒，细细品味，脸上的颜色在旋转变换，"但是我出生在这儿。我习惯了集市的嘈杂。"他环顾商店，"可话说回来，还是有一个安静的地方好。"他又看向西德拉,脸上显出友好的青色,"不过,你来这里不是和我聊室内装修的。你想文身。"他把平板电脑放在桌上,点击了几下,一朵小的像素云出现了,等待着下一步指令。"你想文什么图案呢?"

西德拉喝了一口丁酮酒。她正要泡热水澡,但这不是她的身体。"我也不知道。"

"唔,"塔克向后靠了靠,谨慎地问道,"那你为什么想文身呢?"

西德拉不知道该怎么回答。她本来想实话实说,但是塔克身体语言的变化让她有些顾虑。她决定搪塞两句:"因为你在派对上说的话。"

塔克大笑道:"你得说得更具体些。"

西德拉微微一笑。"文身让你的思想与身体合一,是再强化的过程。"她停顿了一下,又说,"我想要那样。"

塔克脸上的颜色五彩斑斓——高兴、感动、兴致勃勃。他的谨慎消失了。西德拉放松下来。"好。"塔克说。他修长的灰色手指在像素投影仪旁舞动。像素随之移动,就像被磁铁吸引。"我们把范围缩小一点。文一个锚,还是文一个指南针?你希望它唤起你的回忆,还是指引你前进?"

西德拉陷入沉思。她有一些美好的回忆,但她随时都可以访问这些文件。"指引前进。"

"指引前进。好的。"塔克摸了摸下巴,他一边思考,一边轻拍着下巴,"说说你喜欢什么样的图案。你有最喜欢的动物或者地方吗,特别能激励你的?"

西德拉不确定自己是否受到过激励,她也不知道怎么从众多可爱的动物里选一个最喜欢的。"我喜欢……"她的思绪奔涌,想要尽快找到一个好的答案。她又喝了一口丁酮酒。她正要泡热水澡,但这不是她的身体。她知道了——她喜欢的不是丁酮酒,而是它带来的感官体验。那才是她最喜欢的。她回想自己的感受,试图把范围缩小一点。"我喜欢海洋,当我——"她想说"当我吃硬糖时,我看到海浪"。好在没说出口,及时止住了话头。"当我看到海洋时,我感到平静。这让我想……继续吃糖果,继续……继续尝试新的事物,继续生活。"她一边说一边检查,她得确保说出口的是真话。

"没问题。"塔克高兴地说。西德拉只顾回答这个问题,都没发现塔克已经用手势向像素投影仪发出指令,在空中画了一条波浪。"接下来告诉我,你希望它更写实,还是更写意?"

西德拉考虑了一下,说:"更写意。写意更有趣。"

"我也喜欢写意。"塔克继续在空中作画。波浪更完满,也更有形了。"你想只要一条波浪,还是想旁边有一些别的东西?比如鱼,我们可以加一些鱼。"说着,他在波浪里画了一条五彩斑斓的游鱼。

一段记忆浮现出来:到科里奥尔港的第一天,布鲁回答西德拉关于海底列车的问题。她喜欢那段记忆。也许她可以同时拥有一个指南针和一个锚。"嗯,鱼很好。"她把目光转向工具柜旁的鱼缸,那个奇怪的海洋生物在里面摆动、游弋,"我想,还可以文一些别的海洋生物。"

"对,对,不仅仅是鱼。这主意不错。"于是,长着触手、螯爪的海洋动物和海草出现在鱼的旁边。"好,接下来的问题是:你想要静态文身,还是动态文身?"

"我不知道。哪一种更好?"

"看你的喜好。"

西德拉回想起派对上与塔克的对话。"你介意我文动态文身吗?"西德拉问。她不希望给她文身对塔克来说是一次不愉快的经历。她之所以产生文身的念头,是因为他。她不放心随便找一个人给她文身。

她看到闪速节上塔克小心翼翼地为顾客操作，她想要的是那种服务。她想确保塔克明白她为什么要文身——要么由塔克给她文身，要么她就干脆不文。

"我完全不介意，"塔克说，"感谢你为我考虑。我给顾客文动态文身很多年了，已经习惯了。"

"嗯，"西德拉慢慢地说，"那我想文动态文身。"如果文身是为了获取前进的动力，那么她需要文真正能动的东西。"不过别用艾卢昂人受不了的颜色。"

塔克的脸颊彻底变成了绿色。"给我一点时间好好设计。"他说，"不过，我现在就可以向你保证，文好之后会非常棒。"

简，10岁

简有很多的问题想问。她的问题太多了，多到她自己都数不清。

她很晚都没睡。她一直觉得很累。她知道早就到睡觉时间了，但是她不在乎。她的思绪飞快地运转着，她无法入睡。奥尔说了那么多的新词：行星、恒星、重力、轨道、隧道、银河，还有一大堆她没有记住。还有物种！现在简明白物种是什么意思了。她属于人类。人类的数量很庞大，不是只有女孩。奥尔给她看了照片，照片里的人都有头发，于是简问奥尔，她没有头发是不是很奇怪，但是奥尔说这没有关系，叫她别担心。有各式各样的人，不同的肤色，不同的身高，他们不会觉得没有头发奇怪。奥尔说，他们会很高兴见到她。

简问奥尔，为什么她没有头发，为什么她从来没有见过其他的人。她还问，母亲知不知道工厂外面的世界，知不知道飞船、星星和别的东西。奥尔的反应很有趣，她停顿了一会儿，然后说，这说来话长。而现在，她们的注意力应该放在行星上。

除了人类，还有其他的物种。他们的名字，简一下子记不住。奥尔答应帮忙，尽她所能让简在与其他物种见面之前做好准备。她会教简怎么在飞船上生活，怎么在其他人面前表现，怎么说外语。其他物种的语言叫"克利普"，而简的语言叫"斯克-恩斯克"（Sko-Ensk）——这种语言和另一种叫"恩斯克"（Ensk）的语言有点像，只有一小部分人会说后面这种语言，一般人都不会。这种语言很奇怪。

一切都很复杂，却也很有趣。简有太多的问题想问，多到她开始忘记想问什么。她坐在客厅里的那个柔软舒适的东西上——奥尔说那叫沙发。简拆开一袋压缩干粮，把它泡在一杯水里。"为什么？"她咽下咀嚼好的食物,说,"为什么在天空的另一边有好多星星,我却看不见呢?"

奥尔回答说:"在你醒着的时候,我们的行星面对着一颗恒星。"她在屏幕上展示出一幅图,一个小球,对着一个大的发光球体。"看到了吗?当我们面对这颗星星的时候,它太亮,亮到挡住了别的地方的光。但当我们背对它的时候,"——图改变了——"你就能看到我们在白天看不到的星星。你刚到这里的时候,可能见过它们,但是……那天晚上你经历了很多的事情。"

简回想着,她记得天空中的亮点,但当时她不知道那是什么,那时她对一切事物都很恐惧。她看着屏幕上旋转的小球,问道:"我们现在正背对那颗星星吗?"

"是的。这就是为什么现在是晚上。"

"我现在能看到其他的星星吗?"

"哦!是的,当然!我忘记说了。我真傻。你到控制室去。我打开景观屏。"

简跑到穿梭机的前部。奥尔跟着她,切换到了介于两个控制台之间的一个屏幕上。景观屏亮了,但是闪了一下之后,上面全都是雪花点。可能是电路出了问题。

"对不起,简,"奥尔说,"我想它需要修一修了。"

简眯起眼睛,看着景观屏,试图从雪花点中分辨出什么。外面很黑,是她从未见过的黑。她依稀认出了一堆废料。她尝试把注意力放在废料的上面,那是天空的位置。屏幕一直在闪,不停地打开和关闭芯片程序。但是她从没有消失的雪花点里看到了更多的亮点:天空中的一个个小点,很多的小点……

"奥尔?"简问道,"外面有狗吗?"

"外面经常有狗出没,"奥尔说,"现在没有,不代表它们不会出现。"

简想了一会儿,然后冲向过道,朝客厅跑去。

"简?"奥尔追着她,从一面墙上的屏幕切换到另一面墙上的屏幕,"简,你怎么了?"

简穿上鞋子,把武器绑在身上。

"简。"奥尔说,语气非常严肃。

简面向离自己最近的一块屏幕。她站得笔直,手里紧握武器。"我能出去看看吗?"她问道。

"可以,但是外面没有灯。你可能会被绊倒,会受伤。出去不安全。"

简尝试了一个新词:"拜托?"

奥尔闭上眼睛,叹了口气:"如果你看到狗——"

"我有武器。"简说。

"如果你看到狗,得马上进来。外面黑乎乎的,你看不清楚,它们却能看清。"

"好的。"

"别离开飞船太远。"奥尔想了想,又叹了一口气,"通往外面的舱门附近有一个维修梯。如果舱顶的垃圾不多,你可以爬上去。我建议你就做这些,别做别的。"

"好的。"

奥尔打开气闸舱,然后打开舱门。简到了外面。外面太黑了,而且很冷。简吞咽口水,环顾四周,想看看周围有什么东西。她什么都看不见,什么也听不见。有那么一瞬间,她犹豫要不要回去,但最终打消了放弃的念头。她找到了梯子,爬上了舱顶。

她抬头仰望。

简动不了了。她冻得瑟瑟发抖,除此以外,只有她的心脏还在跳动,她的心脏快要跳出嗓子眼儿了。天空……它……好满。她终于知道那些亮点是什么了,天空令她头晕目眩、口干舌燥。

天上有好多颗星星,多得根本数不清,就像她的问题一样。天上有大的星星、小的星星,还有一些红色的星星和蓝色的星星。天空繁星满布,但是大部分的星星集中在一条柔软而巨大的亮带上。奥尔给她看过银河系的照片,但是这不一样,这是真实的银河系。这是真实的!

几天前,工厂还是她的一切。没有行星,没有恒星。蔚蓝的天空已经够难理解了,没想到……恒星上还有人。许多人!那每一个小亮点,它们都有自己的行星——行星很大,大到你都不知道自己是站在一个球体上,而且,那些行星上都有人类和其他物种!不同的肤色,不同的长相……简根本无法想象有那么多人。她理解不了。她理解不了这一切。

她坐了下来,心情复杂。母亲们肯定知道这些。她觉得,母亲们虽然没有离开过工厂,但是她们肯定知道。可为什么女孩们不知道呢?为什么没有人告诉她们这些?为什么女孩们不能出去?就算知道天空的存在,她们还是可以分拣废料呀!简感觉很不好,她不知道该怎么形容。她觉得自己很难受。她想要发泄。

但是当她又抬起头,看了一会儿温柔又巨大的星系之后,她不再难受,感觉好多了。不知怎的,在外面,望着星星,一切都变好了。她的情绪不知不觉平复下来。她望着星星,意识到所有问题都会找到答案,所有事情都会得到解决。面对所有奇怪的东西,她只需要顺其自然。

简希望简64也能到外面来。她希望简64也能认识奥尔,她希望能和简64一起了解天空。简又开始觉得难受,浑身发热,这下子连星星也没用了。

她仰面躺下,一直看,一直看。她想着物种和飞船,想着人类。奥尔说,他们会很高兴见到她的。

寒冷的空气让她开始发抖,她觉得冻得有点儿疼,于是爬下梯子,回到穿梭机里面。

"奥尔?"她面对着一个屏幕说,"我想……我想,修理飞船是一个不错的任务。"

奥尔看起来非常高兴:"是吗?"

"是的,"简说着,使劲地点了点头,"是的。我们去太空吧。"

西德拉

西德拉重置了她的生物钟，她的脸上挂着抑制不住的笑容。"我今天要文身了。"她说。当她说话的时候，她的宠物机器人抬起头来，高兴地依偎在她的大腿上。

佩珀窝在沙发的一角看她："这不是才过午夜吗？"

"是的。"

佩珀笑了起来："你预约的不是10点吗？"

"10点半。"

佩珀又笑了，并把目光转回到她正在修补的呼吸面罩上。"你现在还不准备告诉我，你和你的艺术家要文什么吗？"

"保密。"西德拉抚摸着宠物机器人的小脑袋，说道。佩珀自从听说西德拉去了一次"稳若磐石之手"，就一直旁敲侧击地打探。"你不直接问我，我不告诉你。"西德拉说。

佩珀摇了摇头，举起一只手掌，"那我还是不问了。我只是非常期待最后会是什么样子。"她用牙齿咬着一个螺栓，继续说，"你紧张吗？"

西德拉想了想，说："嗯，难免会紧张，但更多的……是期待。"她一边说，一边传输文件。她正在通过头盖骨下面的连接口下载塔克最喜欢的一本冒险小说，是上次见面的时候塔克推荐给她的。"你知道《赛文之歌》（*A Song for Seven*）吗？"西德拉问佩珀，"是一个艾卢昂人写的书。"

佩珀一边摇头，一边修理呼吸面罩。这在西德拉的意料之中，因为佩珀没有读过多少东西，她只读过技术手册和机器人送餐菜单。

"你正在看这本书？"佩珀问道。

"是的。"西德拉觉得无须再解释为什么把它储存到本地。虽然她的存储空间已经快满了，但是她觉得再争下去没有意义，至少现在她不想再费口舌。

"好看吗？"佩珀问道。

"好看。"西德拉说，"虽然有点难读，但是翻译得很好，复杂之处需要仔细琢磨才能理解其中蕴含的深意。"说这话的时候，她意识到自己在复述塔克的原话。为什么不能复述呢？他这句话说得很有水平，为什么她不能效仿呢？

佩珀笑了，挑起一边眉毛："不就是'晦涩'吗，说得那么文绉绉。"

西德拉知道佩珀在开玩笑，但她还是有点儿不高兴。虽然佩珀嘲笑的不是她，但是佩珀在暗讽说这话的人矫情，西德拉不喜欢。塔克受过教育，这是西德拉与他交流时最欣赏的一点。佩珀很聪明，这毫无疑问，但是……

她注视着佩珀，佩珀还没有结束今天的工作，她已经在店里忙活了一整天，又把项目带回家继续做，晚餐时也没有暂停工作。布鲁亲吻她的头顶并向她俩道晚安时，她还在做。西德拉觉得自己的想法不厚道，但她确实很享受塔克的陪伴。她很高兴认识了一个爱读书的人。

文件路径：未知

加密：4

翻译路径：0

转录方式：0

节点标识符：未知

平奇：嘿，有个问题想问问你们，纯属好奇。如果想扩大人工智能的存储空间，你们会怎么做？

我爱抽烟：扩大到多少？

平奇：很大。大到可以匹敌有机生物的无限学习能力。

蒂什泰什：你说的是高智能型人工智能吗？你知道它们为什么要有网络连接口吧？

平奇：假设不考虑接入网络。

内比特：那你需要给它外接一个硬盘存储器。

平奇：假设这也不考虑。

蒂什泰什：呃，好吧。那就没招了。

我爱抽烟：你可以下调它的认知水平，限制它想要获取的信息量。稍微降低一点。

蒂什泰什：那有智力还有什么意义？

Aaaaaaa：下调认知水平很残忍。

我爱抽烟：哪里残忍？你去掉协议，问题就迎刃而解了，人工智能会变得更加稳定。

Aaaaaaa：你要剥夺其认知过程中的一个关键部分。如果能让你更"稳定"，你愿意失去好奇心吗？

蒂什泰什：群星啊，我们能不能不要这样？

我爱抽烟：啊，我明白了。我跟你不是一类人。等你想明白它们不是人类的时候再说吧。

　　内比特：朋友们，我们在这里不争论伦理。别跑题。

简，10岁

简不确定自己对蘑菇是一种什么感觉。一方面，它尝起来味道不错，反正比饭好吃，还能填饱肚子，而且奥尔说吃蘑菇对她很有好处。但另一方面，把它们做成食物并不是简非常喜欢的任务，她更喜欢修理废料。不过，就像奥尔说的，如果简不先补足能量，她是没力气修理废料的。所以，她还是得吃蘑菇。

她一边切蘑菇做早餐，一边想别的地方的人会吃些什么。她很好奇那些人的事情。奥尔解释过，那些人居住的行星遍布土地——她还是很难想象，但是土地被无数水域分隔开来。所有的废料都去了他们那边的土地，所有的工厂（居然不止一个！）都在那儿。另一边的土地上有城市。那些城市会产生废料。城市里的人不喜欢废料，也不想管废料，但是他们喜欢东西，而且由于与其他人类、其他物种没有交集，他们无法获得新的东西，无法获得制造新东西的材料（他们已经用尽了从地里挖出来的一切，奥尔说）。他们只能废物利用。

"这个行星上的其他人做什么？"简问道。

"我不太明白你的意思。你想问什么？"奥尔说。

"我的意思是……他们做什么？如果这一边的女孩负责处理废料，那其他人做什么？"简还是不明白城市那边的情况，也不理解大部分的事情。她提出的问题越多，想问的问题就越多。

"我想，应该和别的地方的人一样吧，"奥尔说，"学习、建立家庭、提问题、长见识。"

"他们知道我们在这边吗？他们知道我们在这里吗？"

"嗯，知道，尽管没有具体到知道你我的存在。"

"他们知道母亲的存在吗?"

"嗯。母亲是他们制造的。他们还制造了工厂,还有那些女孩。"

"为什么?"

"因为他们不想自己收拾烂摊子。"

简想了想,又问:"他们为什么不让母亲们来收拾呢?"

奥尔的目光从简的身上移开。"最根本的原因是,制造女孩更便宜。"

"为什么制造女孩更便宜?"简问。她翻动蘑菇块,好把它们切得更小。

"制造女孩……需要的材料更少。制造像母亲这样的机器需要很多的金属,而他们没有那么多金属。女孩相对容易制造。"

简回想起自己的脸撞在跑步机上流血、后颈被一只金属手掐住的时候。"这个行星上的其他人是坏人吗?"

奥尔没有回答。简不再盯着蘑菇,而是抬起头,望向墙上的屏幕。"是的,"奥尔说,"虽然这样说不好,但他们确实是坏人。"她叹了口气,"这就是为什么之前我的船员们要来这里。来改变他们。"

"把他们变成什么?"

奥尔皱起眉头:"我试着给你解释一下。之前我的船员有两个人,是兄弟俩。我稍后再给你解释什么是兄弟。他们是……他们管自己叫盖娅人(Gaiists),他们认为人类不应该离开地球。所以他们走遍银河系,想说服人类回到太阳系。"

"为什么呢?"

"因为他们认为自己做的事是对的。一两句话说不清楚,以后再给你解释行吗?"

简把蘑菇紧紧地堆叠在一起,然后又拿起刀。"你记录下来了吗?"简问道。

"我刚记上了。"

"好。"

"反正这里的人,就是城市里的人,他们不想改变。那兄弟俩应该有心理准备,但他们还是选择了一意孤行。"她摇了摇头,"他们是善良的人,但是非常愚蠢。"

"什么是愚蠢?"

"愚蠢的人会不拔电源就把手伸进机器。"

简皱了皱眉,说:"那太傻了。"

奥尔笑了,说:"是的,是很傻。反正我只和他们相处了很短的一段时间。穿梭机他们买了不到一年,但我主要待在他们的运输飞船的船舱里。运输飞船把他们送到离这儿最近的一条隧道——汉弗拉尔(Han'foral)隧道。从那条隧道到我们所在的位置,大约要37天。"

简把蘑菇切得越来越小。切得越小,她的胃就越容易消化。"那是多久以前的事?"

"大约5年前。"

简停下了手里的活儿,看向墙上奥尔的脸。"你在这里5年了?在废料堆里?"

"嗯。"

简想了一下5年有多久。她现在10岁,所以奥尔抵达地球的时候,她才5岁。简想不起自己5岁时候的样子了。再过5年,她就15岁了!5年太久了。"你难过吗?"她问。

"嗯。是的,我很难过。"奥尔笑了,但更像是苦笑,她好像在费力挤出笑容,"但是现在有了你,我不再难过。"

简盯着一个个蘑菇块,紫的、白的,很难嚼咽。"我还是很难过。"

"我知道,亲爱的。这没关系。"

几天前，简无缘无故把一盒东西扔到墙上，于是奥尔就"难过"这个话题和她聊了很多。她对奥尔大吼，说她想回工厂——实际上她一点儿也不想回工厂，但她不知道自己为什么要这么说。然后她又哭了，她真的不想再哭了。那天她做了很多不好的事，但是奥尔并没有生气。相反，奥尔让简坐在床边的屏幕旁边，尽量靠近她的脸，然后放了些音乐，简终于不哭了。奥尔告诉简，她理解简因为简64和工厂里发生的不幸而难过。她说，这种悲伤会永远存在，但是会慢慢减弱。简现在还深陷在悲伤里，她希望悲伤能快一点减弱。

她双手捧起蘑菇块，走到炉子前。炉子是煮饭时用的发热器具。自从简开始清理飞船外部——船体，奥尔就可以给炉子供能了。现在船体上清理出来的更多的涂层可以把太阳光转化为能量。等到简把船体全清理干净，奥尔就不必迫于能量不足而放弃做一些事情了。她可以让更多的东西运转起来。她能让飞船非常暖和，让里面的灯都亮起，让炉子和保鲜柜同时工作。淋浴现在也能用了，因为简已经把水箱装满。她花了6天时间，拉着运水车来来回回一趟一趟地跑。虽然很辛苦，还有几次遇上狗（武器真是个好东西），但是现在有了干净的水，她再也不会浑身痒了，卫生间也不恶心了。一切都很好。只不过劳作了这么多天，加上清理了两天飞船，她累坏了。她没有流血或者骨折，但是她感到浑身酸痛。

她将一个平底锅放在炉子上，把蘑菇放进锅里，然后把火调到很小。她得小心。蘑菇没有煮熟的话不好吃，可要是煮太熟，就会粘在锅上不能吃了。她已经犯过一次这样的错误，浪费了一大堆蘑菇。把蘑菇带回家、切好下锅很费事，她可不想再搞砸了。

简突然想到一个她从来没有想到过的问题："在这两个人之前，你有船员吗？"

奥尔刚才说她不再难过，但是现在她又难过了。她的悲伤写在脸上。"嗯。这艘穿梭机本来属于一对住在火星的夫妇。他们开着穿梭机去度假，主要是去外太阳系，偶尔穿越隧道。我和他们一起生活了10年。"

锅里开始发出"嘶嘶"的声响。简想要盯着它们，但是她担心奥尔。奥尔的声音很不对劲，她从来没见过奥尔这样。"他们也被逮捕了吗？"

"哦，不。不，他们把飞船卖了。他们有两个孩子，马瑞科（Mariko）和麦克斯（Max）。我看着他们在这里长大，但是他们成年之后，再没假期了，我想……我想他们的父母再也不需要穿梭机了。"

简皱起眉头，看着蘑菇在锅里收缩。"你想和他们待在一起吗？"

"嗯。"

"他们知道吗？"

"我不清楚。就算他们知道，也不会有任何改变。世界不会因我的想法而改变。"

"为什么？"

"简，因为人工智能不是人。我是人工智能，这一点你不能忘记。我和你不一样。"

简不明白，为什么奥尔会因为自己和她不一样而觉得自己不重要，但是现在蘑菇的边缘已经开始变脆了，所以她把注意力转到了蘑菇上。毕竟，这比想办法接奥尔的话要容易一些。

这个时候，她听到一个声音，是拍打的声音。简转向天花板倾听。"奥尔，那是什么声音？"她关掉了火。锅里的"嘶嘶"声变小了，拍打声变大了，听起来就像是一堆小螺栓掉落在船体上。

"别担心。去控制室，我让你看看。"

简匆匆走出厨房，往控制室去。奥尔打开景观屏，然后……然后……简不理解。现在是早晨，但是天色很黑。而且还有……

还有……

"奥尔,"简慢慢地说,"水为什么会从天上掉下来?"

"那叫雨。"奥尔说,"别担心,这是自然现象。"

拍打声越来越大。外面的一切都湿了。简看见几只蜥蜴鸟(那是奥尔给那种会飞的动物起的名字,因为她不知道学名叫什么)。它们飞下来,躲进一个废料堆,抖掉从天上落到它们翅膀和尾巴上的水。

工厂外的一切都令人困惑。

"简,你可以把运水车推到外面。"奥尔说,"把盖子打开,这样雨就能落到运水车里了。"

"它是干净的水吗?"简对雨水还有些不放心。她已经见过很多怪事,但下雨也许是迄今为止最奇怪的事了。

"肯定比你运回来的水好得多。可能不能直接饮用,但是很好过滤。"

"但是水箱已经满了。"简说。把运水车推到外面,意味着要出去,到雨里去。

"水箱不会一直满着。你这样做,等水箱里的水喝完时,就不用再去水坑取水了。因为那时这里已经有一些水备用了。"

简深吸一口气,"好吧。"这雨很奇怪,她不想到雨里去,但是想想自己酸痛的腿和背,她妥协了。奥尔的建议确实比再跑一次水坑要好。"等等,"她说,"我现在该怎么办?"

"我不明白你的意思。你想问什么?"

"我是说今天。我今天的任务是把船体上的废料清理干净。我能在雨中完成吗?"现在雨倾盆而下。

"能是能,但是我建议你今天待在家里。雨可能会下得很大,衣服湿了可不好。另外,湿废料很滑。我不想看你摔跤。"

"但是……"简开始觉得不对劲,"我没有别的任务了。"她需要有任务。如果没有任务的话,她会胡思乱想。她不想再犯错了。她想好好度过今天,但要是她没有任务,那——

"我有一个主意,"奥尔说,"其实我觉得就算不下雨,这也是个好主意。简,你需要休息一天。"

简眨了眨眼,问:"什么休息一天?"

"就是不工作。所有人都需要时不时休息一下。你的身体也需要休息,你的脑子也需要休息。"

不。不不不。她需要一个任务。"我不想无所事事。"她回想起了那个早上,自己无所事事地躺在床上,结果一躺就是好几天,颓废到根本爬不起来,真是糟糕透了。

"我不是这个意思,你听我说,"奥尔解释说,"这段时间我一直在翻看旧文档,我发现了一个你可能感兴趣的东西。虽然严格来说,那不是一项任务,但是你能通过它放松身心,又不会无所事事。"

简抿起嘴。听起来还行。

"我要准备一下。我建议你趁热吃掉蘑菇,然后把运水车推到外面。"奥尔的脸在屏幕里愉快地晃动,"哦,希望你喜欢。"

西德拉

西德拉在塔克的工具柜旁的椅子上坐了下来。这是一把变形椅，它可以根据使用者的身体和坐姿来塑造自己的形状。西德拉看着白色的材料迅速包裹住自己的身体，她对此很是着迷。她挪动身子，想看看变形椅会如何根据她的坐姿而变化。不过，塔克正在做的准备工作也同样吸引人。他点上一只装着泰尔花的烟斗，满上一杯丁酮酒，双手戴起手套。他将几盒彩色动态文身墨水注入一支工业风的针笔。针笔看上去有点儿可怕，即使它被握在如此友善的塔克手里。

"不会有磁力吧？"西德拉问，尽量镇静地注视这台庞大的机器。

她知道这样问很奇怪，但是塔克似乎不以为然，只把它当成一种怪癖。"不会，只有压力和重力。为什么这样问？是因为你身体有植入装置，所以担心吗？"

"不是。"西德拉说，暗自庆幸这个问题指向不明确。

"反正就算有，也不用担心，不会用到磁铁。但是你会觉得疼，这你是知道的吧？"

西德拉句句斟酌。"我知道文身会疼，是的。"她没有说谎，只是没有说"感觉不到疼"那半部分。昨天晚上她练习了畏缩的动作，布鲁说她已经掌握得很好。

"咔嗒"一声，塔克把最后一个墨水囊也装进了针笔。他点燃烟斗，深吸了一口，烟雾从他的鼻孔里飘散出来。他操作平板电脑，于是他和西德拉一起设计的图像出现了：一朵奔腾的浪花，里面有各种海洋生物。图像在动，等会儿把它文在皮肤上也会这样动，海洋生物的鳍和触手轻柔地前后挥动，速度非常缓慢。虽然文身能看出来在动,但不会对人造成干扰。机器人要花一分钟才能在整个图像中走一圈。"背景在缓慢地动。"塔克如是说。西德拉期待地看着,想象着图案文在自己身上的样子,兴奋不已。

塔克感受到她的急切:"你准备好文身了吗?"

西德拉身子后仰,躺在变形椅上。"我准备好了。"

塔克坐在自己的工作椅上,尽可能地靠近西德拉。他先用一个小喷雾瓶给西德拉的皮肤消毒,然后用一把剃刀刮去皮肤上的毛发。西德拉此前并不知道文身前还要刮毛。毛发再也长不出来了,她的前臂上现在有一块光秃秃的,看着很奇怪。她提醒自己,回家以后要把其他的毛发也都刮掉,这样就不会突兀了。

塔克开始上针笔了。西德拉没想到针笔会发出这么大的声音,不过有可能只是因为她离得比较近。针触碰她的手臂。她引导身体轻柔地呼吸。塔克把针笔推过西德拉的皮肤。西德拉闭上眼睛。针"嗡嗡"地向前走。她又吸了一口气,有点儿急促,就像之前跟布鲁排演的那样。

塔克把针笔收了回来。"会有点儿疼。能忍受吗?"

"嗯。"

"我知道你能坚持。如果需要休息一会儿,你随时跟我说。"他俯下身子,移动针笔,与布鲁用画笔、佩珀用工具一样谨慎和真诚。西德拉兴致勃勃地看着,一些静态的深色小线条清晰地浮现出来。西德拉的身体出血了。塔克用一块布的干净一角擦去鲜血,并没有察觉那是假血。

"对了,"塔克说,眼睛一直没有从文身上移开,"你上次说的系列片我看了。那部讲述第一批离开太阳系的移民的纪录片。"

西德拉感到欣喜,问道:"你觉得怎么样?"

"太好看了,"塔克说,"结尾我有点儿蒙——"

"你是说，对初代的船员们的蒙太奇剪辑？"

"是的，感觉扯得有点儿远。但是别误会我的意思，我觉得片子很好看，比我小时候看的讲人类扩张的垃圾片子精彩多了。"

塔克喜欢西德拉的推荐，这让西德拉很高兴。"如果你还想看，我推荐你另一个系列，叫《战争的孩子》。虽然没那么厚重，但是我觉得对了解当时的火星政治非常有帮助。"她说，"你上过大学，是吗？"

"是的。"塔克的脸上漾开一圈表示怀旧的橘黄色，"我年轻时想当一名历史学家，于是就开始了求学之路。"

"真的吗？"

"真的。那是我唯一一次离开这里。我在翁塔雷登（Ontalden）待了3年。你知道那个地方吗？"

"不知道。"

"那是索赫普·弗莱的一所大型大学。那时它深深吸引着我。我想看看母星，看看科里奥尔以外的生活是什么样子。"他把烟斗从嘴的一边移到另一边，"但是最后我发现，那不是我想要的。我爱学习，爱历史，但是历史无处不在。它存在于每一座建筑、每一个与你对话的人，而不是仅存在于图书馆和博物馆。我觉得那些在学校里度过一生的人有时会忘记这一点。"

西德拉希望自己能同时看见针头和塔克的表情，她对两者都有浓厚的兴趣。"为什么说'不适合'你？"

塔克一边思考一边工作。"我喜欢历史，因为它能让我理解我们为什么是现在这样，尤其是在这样一个地方。"他把头歪向门，示意店铺外形形色色的物种，"我想更了解我的朋友和邻居。但是我在索赫普·弗莱的时候，很多时间都在埋头苦读，学习自己物种的历史。你知道，我们两性艾卢昂人以前是文化的纽带。在我们男女转换的过程中，每个村子都会在我们身上留下一点印记。这让我很有感触。不是说这些印记就刻进了我的基因里，我也不相信这些东西可以定义我们。"他拿起那块被假血浸湿的布，"但是不管怎样，我心里萌生了做文化大使的念头。我意识到，我想和一种更有形的历史打交道。这就是为什么我选择成为一名文身艺术家。想了解一个物种的想法，最好的方式就是学习他们的艺术。"塔克把针头从西德拉的皮肤上拿起，调整了一下咬在自己细牙之间的烟斗，"你以前真的没有文过身吗？"他问，冲西德拉的手臂点了点头，"你的表现真好。"

她感到一阵紧张。她刚才忘了装疼。"是的。"她不自然地笑了一下，希望向塔克传递她不怕疼的信息——她希望塔克会相信。肉体不用遭罪是件幸事，但要是此刻她的身体能做出逼真的疼痛反应就好了。她后悔没有想到去找一些有机智慧物种文身的视频来看。不过塔克似乎信以为真，西德拉觉得这是一件好事。

他们又这样坐了一个半小时——塔克文身，西德拉看着塔克文身，装出疼痛的表情。他们时不时聊几句（视频、食物、水球），在塔克最专心的时候，他们就不说话，享受这份安静惬意。

终于，塔克放松下来，关掉了针笔。"好了，"他说，"第一层文好了。你觉得怎么样？如果哪里不喜欢，直接告诉我。我不会介意的。"

西德拉检视着人造皮肤上的文身，脸上下意识地露出了微笑。"这太棒了！"她说。

"是吗？"

"是的，很棒！"西德拉对他微笑，"现在能文下一层吗？"

塔克笑了，话匣子在他的喉咙里颤动："我需要休息一下，你也是。我去给咱俩倒两杯水。"

西德拉盯着文身的静态轮廓，想象着它上了颜色之后缓缓移动、栩栩如生的样子。"我能看看它是怎么动的吗？"

"当然。"塔克说，"目前还不是最终效果，但我可以先让你看看。"他拿起平板电脑，访问了一个程序，"我先激活它几秒钟，然后再关闭它。"

塔克在平板电脑上操作。一瞬间，西德拉的兴奋变成了恐惧。一堆警告通知跳到她的路径前面——系统错误、信号错误、反馈错误，什么东西出错了。

"西德拉？"塔克说，"你——"

西德拉没有听到后半句话。她的身体痉挛，向前栽倒。她恍惚记得塔克扶住了她，但是紧接着是一个接一个闪着红灯的紧急报错。她的路径——她的路径很奇怪，阻塞了、崩塌了。入口的开关不停地开合。她在说什么？她在说话吗？不，是塔克在说话："我在叫救护车。西德拉？西德拉，醒一醒。"

一件有趣的事情发生了：西德拉听到自己在说话，尽管她没有在路径上看到这个动作。"不，佩珀。不要——急救。佩珀。找佩珀。"

她不知道她的哪个部分还在运行语言协议，但是它们还在工作，这是一件好事。因为她其余的部分都已经停止工作，她的身体不能动了，她的路径无法再处理任何东西……

简，10岁

休息一天。而且奥尔说会很有趣！简很快就吃完了蘑菇，还咬了两口压缩干粮（奥尔说压缩干粮里有蘑菇里没有的营养，她应该每天吃一点，直到吃完为止）。她用水槽里的过滤水把食物冲下了肚。过滤水与她之前在工厂里喝的水味道不同，但是比袋装水要好喝很多。不仅因为它是冷的、纯净的，与袋装水不一样，还因为水槽里的水是她努力的成果，她千辛万苦才把它们运回来。正因为是自己弄回来的，所以觉得特别好喝。

她还把运水车推到了外面。雨落得到处都是。她想站着看雨，想看看它是从哪里掉下来的，但是雨水很冷，淋湿了她的衣服。没一会儿，她就意识到自己不太喜欢雨。

她回到家里，然后跟着奥尔进了卧室。"看看床底下，"奥尔说，"不是你自己的床，是另一张床。那东西应该还在下面。"

"什么东西？"简趴在地上，问道。床底下有一些盒子，里面装着把奥尔带到这个行星上的其中一个人的东西。除了一把袖珍刀，其他东西用处不大。

"这里，我展示给你看。你看这里。"奥尔的脸从墙上的屏幕上消失了，取而代之的是一张看上去很滑稽的科技产品的照片——一个小小的像网的织物，上面连着护目镜和电线。简不知道那是干什么用的。

简在床底下翻找，最终找到了那个被小心存放在盒子里的东西。"这是什么？"她问。

"这是个模拟游戏帽，"奥尔说，"在你脑子里讲故事的科技产品。"

"就像梦境一样?"简盯着它。她无法理解奥尔说的话。

"是的,但是它比梦境更真实,你可以和它互动。"

"什么是互动?"

"就是和它交流。假装你真的在那里。那些场景是虚构的。虽然不是真实存在的,但是它能给你展示各种各样的东西。我想你可能会喜欢。"

简触摸那些电线。不尖不利,不连进她的脑袋。她拿起那张网。现在,她可以看到它是圆的,里面有一些柔软的贴片,像是某种反馈式贴片,上面还覆盖了一些电线。电线分成五根——对应五根手指?它们是用来跟手连接的吗?"它会给我讲什么故事?"简问。

"各种各样的故事。我储存着一些经典的模拟游戏,大部分是成人游戏,但是也有几个给孩子玩的。上次你问到飞船的主人一家时,我就想起来了,他们的小孩在长途旅行时会玩模拟游戏。"

"什么是小孩?"

"就是儿童。"

"我是个小孩吗?"

"是的,你是个小孩。"

简学会了。"我属于人类,是一个人,是一个女孩,还是一个小孩。"这就像给一个女孩打上了很多的标签。

奥尔笑了,说:"没错。"

简看回那个盒子,问:"这个我怎么戴?"

"把那个圆的东西戴在头上,底下有一根带子,抽紧它固定在你的皮肤上。对,很好。接下来是这些长长的东西,像戴手套一样,每个指尖套上一个帽子,然后抽紧小带子。"

简照着奥尔说的做了。网上和手套上的帽子紧紧贴着她的皮肤。

感觉很奇怪,但是不难受。她拿起护目镜,问:"那这个呢?"

"你应该先躺下来,再戴这个。因为戴上以后,你就看不见东西了。"

简躺在床上,然后戴上护目镜。奥尔说得没错,现在她眼前一片漆黑。她告诉自己,别害怕。奥尔说过,不会有事的。奥尔说了的。

"我现在把模拟游戏上传到设备组件,"奥尔说,"别担心,我就在这里。就算是在传输过程中,你还是可以和我说话。"

简在枕头上放松下来。"咔嗒"一声,她听到护目镜启动的声音。那张网非常轻柔地压迫她的头皮,就好像在抓挠。手套也紧紧地包裹她的手指,她的皮肤感到刺痛。奥尔说过,不会有事的。

眼前的黑暗开始消失。然后……然后变得很奇怪。

她站在一块空地上,空间被柔和的黄光照亮。实际上,她并不是站着。她依旧躺在床上,但她同时站在一个黄色的地方。躺着的感觉更加真实;站着的感觉如梦境一般,但这个梦正在发生。

她无法理解这一切!

一颗发光的球从地面上"嗡嗡"升起,停在她的面前。"泰克塔姆!"它每说出一个字,都会发出耀眼的光芒,"凯比萨姆?"

简吞咽口水。她能听懂球说的第一句话,奥尔曾经教过她,在克利普语里是"你好"的意思。但是别的话就听不懂了。"呃……我……我听不懂。"

"哦!"球说,它的声音已经变了,"我是索拉!里(你)卓(说)恩斯克语!唔蛮(我们)都卓(说)恩斯克语。里(你)会卓(说)克利普语玛(吗)?"

她皱起眉头。她现在能听懂一些词,但是其他的……听不懂。她觉得好累。"奥尔?"她叫道。

"对不起,简。"奥尔的声音响彻她的四周,就好像这里有无数个扬声器。奥尔说:"我没考虑到语言包。给我一分钟。我肯定有斯克—恩斯克语模块,有移民社群授权——啊,有了。你眼前可能会黑一下,别怕。"

"我不怕。"简说。

果然,她眼前突然一片漆黑。好吧,有点儿吓人。她一直躺在床上,但是什么也看不见。她一点也不喜欢这样。不过,仅仅过了一两秒钟,她又站在了那个温暖的地方,那个发光的球又回来了。"你好!"它说,"你叫什么名字?"

简放松下来。现在球的发音和奥尔的发音一样奇怪(奥尔说过,这叫作口音),但是简终于能听懂了。"我叫简。"她说。

"欢迎你,简!你第一次玩模拟游戏吗?以前玩过类似的游戏吗?"

她咬着大拇指的指甲(或者她只是在这个梦里做这个动作)。整个事情让她觉得有点傻乎乎的。"是第一次。"

"太棒了!你有福啦!我是游戏球(Game Globe)。我会为你量身定制模拟游戏。如果你需要改变什么,或者需要离开,就喊'游戏球',我就会来帮你。好吗?"

"嗯,好的。"

"太好了!你多大了,简?"

"10岁。"

"你上学了吗?"

"没有。"简回答。奥尔曾经告诉过她什么是上学,听起来很有趣。"但是奥尔在教我。"

"对不起,我不太明白。奥尔是成年人吗?"

"奥尔是一个人工智能。"她说,"我和她住在穿梭机里,她照顾我。"

"对不起，我不太明白——"球说。

奥尔的声音突然响起："简，你就告诉它，我是你的父母。"奥尔说，"这样理解起来比较简单。那东西不具有智力。"

简不知道父母和智力各是什么意思，但她还是照奥尔说的做了。"奥尔是我的父母。"

"明白了！"球说，"接下来我要问你几个问题，看看你的认知水平。可以吗？"

"好。"

"太好了！"球晃动着，然后变成了一个个形状——一个个字，就像穿梭机里的盒子上的那种。有很多字，比穿梭机里的盒子上的字多多了。"你认识这个字吗？能读出来给我听吗？"球说。

"不能。"

"知道了。"字发生了变化。现在字的笔画少一些了。"这个你会读吗？"

"不会。"简说。她的脸火辣辣的。这是一个测试，而她没有通过。"我不会读。"

字又变回游戏球的样子。"没关系！感谢你告诉我。你会数数吗？"

"会。"她叹了一口气，说道。

奥尔的声音又出现了："简，等一下。我去调整一下这东西的协议。这本来应该很有趣的，怎么搞得像审讯似的。"

"审讯是什——"

"审讯就是有人一直问你问题。让我给你配置一下教育参数。让我看看……初级阅读、初级数学、初级克利普语、初级物种研究、初级科学、初级代码，还有……我看直接选这个高级技术吧。"

游戏球纹丝不动，定格了好几秒。"谢谢你回答我的问题，简！

准备好了吗?你马上就要开始探险了!"

游戏球像烟花一样快速飞走了。黄色空间里的光也跟着它走了。一时间,视线里的一切都消失了。

但是这种情况没有持续太久,很快又有许多东西出现了。

她的四周被一束束的彩带环绕。彩带向远处延伸,一直延伸到她望不到的地方。空中出现了一扇门,两个孩子走了进来,一个女孩和一个男孩。简很激动,因为她从来没有见过男孩,男孩顶多在奥尔展示的照片里出现过。不过,女孩和男孩都是虚拟的,不是真人。他们的脑袋又大又圆,勾勒他们衣服的线条十分粗犷,他们身上的颜色就像是被人画上去的一样。虽然他们长得奇怪,但是还挺可爱的。简喜欢看着他们。

两个孩子面对面站着。男孩的皮肤是深棕色的,他有一头柔软的鬈发,发色是非常有趣的黄色。女孩——简之前从没见过这样的女孩——留着一头黑亮的披肩长发,就像毯子一样,但是比毯子更棒。她的皮肤也是棕色的,但是与男孩的棕色不同,有点儿像简的那种粉色,但又不是粉色。她晚点要问问奥尔,这种颜色应该叫什么——肯定有更加准确的说法。

简本想细致观察一下这两个孩子,但是他们出现之后,眼前的一切便飞速变化。一只动物从高空坠落,然后一只脚着地。它不是狗,也不是蜥蜴鸟,是一种她不认识的动物。它长着孩子那样的手脚,红棕色的绒毛,还有一条狗那样的尾巴——只不过它的尾巴比狗的要修长很多。它的容貌也很可笑:大饼脸、招风耳、塌鼻子。它手里拿了一样东西——一个有弧度的、闪亮的金属制品,一端开口很大,另一端开口较小。这个动物朝开口较小的一端吹了口气,金属制品便发出很大的声音:叭——叭——叭——叭!叭——!

两个孩子高举双手。彩带回旋飞舞。两个孩子唱起了歌。

发动引擎！加满油，出发！

准备好，有很多事情等你了解

银河系是我们的游乐场

跟我们来吧，我们知道路线！

大虫子！

从地面和天空来！

大虫子！

我们飞向星星！

大虫子！

我们是大虫子船员！

大虫子船员和你——！

"嘿，简！"那个虚拟的女孩说，"我是曼吉里。"

"我是阿兰。"那个虚拟的男孩说。她——是他，简提醒自己。男孩应该用不同的代词。他的口音不同于曼吉里，但和奥尔一样。简不知道这是为什么，但觉得很有趣。

"这是我们最好的伙伴，平奇！"两个孩子齐声说着，并向那只动物张开双臂。那只动物搞笑地跳了一下。

简没动，一言不发。现在雨已经不是最奇怪的东西了，雨远没有眼前这些东西奇怪。

"这是你第一次玩模拟游戏吧？"阿兰说，"别担心。很有趣的！"

曼吉里咧嘴笑了，说："欢迎你加入我们的冒险之旅！"

两个孩子和动物都高举双手，一行红色的字出现在空中，闪着黄色的光。"大虫子船员和行星谜团！"孩子们喊道。

"走吧！"阿兰说，"我们要回到飞船上去！"他的一只手在空中一挥,一个门框凭空出现,四周彩云缭绕,挡住了简的视线。

她觉得很奇怪,好像身上的衣服太少了。她想回自己的房间。她想要一个真正的任务。"呃……"

"你觉得紧张吗?"曼吉里说,"没关系。每个人接触新事物时都会紧张。如果我牵着你的手,你会感觉好一点吗?"

简瞪大眼睛。这可能吗?他们能碰她?她用力点了一下头。

她感觉就像在梦境里与虚拟的女孩牵手,但是,哦——哦,已经挺真实了!简的心结似乎打开了。她握了握女孩的手,女孩也握了握她的手。手拉手的感觉很好,比不挨饿的感觉更好。她不知道该怎么形容这种美好的感觉。

那只毛茸茸的动物跑上曼吉里的后背,跳到了简的肩膀上。简跳了起来,但是那只动物没有跑——它依偎着她,发出愚蠢的声音。孩子们笑了。简决定不去管那只动物。

"来吧。"曼吉里一边说,一边带路,仍然牵着简的手。简跟着她穿过彩色云雾,那东西弄得她痒痒的,很好玩。简还听到许多孩子的欢笑声。她感觉好些了,不过仍旧心存疑虑。

他们走进了一艘飞船。虽然简到现在为止只见过一艘飞船,就是她和奥尔住的那艘,但是她知道,这艘飞船和两个孩子一样,也是虚拟的。墙壁、天花板、控制台——它们又大又圆又软,上面的按钮和旋钮看起来不太实用,颜色都很明亮——大部分是绿色,但也有红色、蓝色和黄色。那里也很嘈杂,哔哔声、哨声和音乐声此起彼伏。在前面有两个像大气泡一样向外凸出的窗户,外面有很多虚拟的星星。在窗户前面,有3个控制台,上面都写有字。在每一个控制台前面,都放了一把柔软的大椅子,坐起来应该很舒服。

"这是我们的飞船,"曼吉里说,"大虫子!"

"大虫子是一艘特别的飞船,"阿兰说,"在现实世界里,有不同的燃料给飞船供能。你知道燃料吗?"

"嗯,"简说着,舔了舔嘴唇,"藻类、太阳光、混合物。"她认真回想,记起还有一样奥尔从她带回家的水中发现的东西。"灌……灌木?"

"没错!"曼吉里说,"这些都是常见的燃料。但是在这里,我们不用这些燃料。大虫子是一艘由想象供能的飞船。"她张开手指,晃动着手掌。

"只要有想象力,你就可以去任何地方!"阿兰说。

简不知道他们说的想象力是什么东西,但是听上去好像很有用。她想知道能不能找一些想象力来给穿梭机供能。

"简,你住在飞船上,还是住在行星上?"曼吉里问。

简揉搓着后颈,说:"两个都有。"

两个孩子一齐点头。"很多家庭都是这样往返来回。"曼吉里说。

"如果你在飞船上生活过,那么你肯定知道,没有大人陪同,你就不能航行。"阿兰说。平奇点了两下头,两只毛茸茸的手臂抱在胸前。"但是在这艘梦幻飞船上,我们不需要大人!我们可以为所欲为!"

阿兰和曼吉里各举起一只手,两个人击了一个掌。他们兴奋不已地跑到控制台。曼吉里站在左边,阿兰站在右边。

两个孩子指着位于他们中间的控制台:"简,这是你的位置!"曼吉里说。平奇跳到椅子上面,做了个傻傻的空翻——它绝对是个闲不住的小动物。

椅子看起来很舒服。简坐了下来,感觉确实如此。平奇跳了下来,坐在简的大腿上。简有一分钟没有动,然后才慢慢伸出手去摸平奇的头。平奇发出哦哦哦的声音,瞪大眼睛,用柔软的头去蹭简的手。简笑了,但只是微笑,没有出声。虽然简知道在这里大笑不会惹麻烦,但大笑是不好的行为,会令她紧张。

"OK,"阿兰说,"让我们看看今天的任务!"

"嘿,班布尔!"曼吉里说,"醒醒!"

在他们各自的控制台屏幕上,同时出现了一张脸:大而模糊、黄黄的,完全不像人脸。简知道它和奥尔一样是个人工智能,只不过奥尔长着一张人脸。但是,它不是真的人工智能。这里没有什么是真实的。

那张模糊的黄脸打了一个哈欠,动起嘴唇:"嗷,该起床了吗?"

阿兰大笑起来:"哦,班布尔!你再睡下去,天都要黑了!"

曼吉里指着简的屏幕,说:"简,它是班布尔,我们的人工智能。它会告诉我们,今天要去哪儿。"简知道,"它"是中性代词,或者用在你不知道其性别的时候,奥尔教过她。听到别人嘴里说出这个词,简很兴奋。这让她觉得,她正在学习的是非常重要的东西。

班布尔晃了晃头,看起来清醒点儿了。它说:"今天,你们要去赛兹!"与此同时,像大气泡一样向外凸出的窗户上出现了一张照片,照片上是一个有光环和许多卫星环绕的带条纹的大行星。"去见我们的好朋友赫舍特(Heshet),他向我们发来求助请求!赛兹的一些卫星不见了!"

简皱起眉头。卫星会不见吗?好像不太对。毕竟它们真的很大。

班布尔把另一张小图片放在那个行星的前面。"嘿!"简指着照片说,"我认识这个物种!他们是,唔……他们是……呃……"她努力回忆。她自己是人类。艾卢昂人是银色的。哈玛吉安人是黏糊糊的。奎林人有很多条腿。照片上的显然不是以上这些物种。照片上的生物是绿色的,长着一张扁平的脸,还有……啊,她怎么就是想不起来名字了呢?

阿兰微笑着,说:"赫舍特是一个安德瑞斯克人。"

安德瑞斯克人。是的。不过，这个安德瑞斯克人与奥尔之前给她展示的图片有点儿差别。"他的，呃……"她想说一个词，却想不起那个词怎么说了！她只得在自己的脑袋前面挥手比画起来。

"你是想说羽毛吗？"曼吉里问。

"是的！"简说，"羽毛。他怎么没有羽毛？"

"安德瑞斯克人长大成人之后，才会有羽毛。"曼吉里说，"赫舍特像我们一样，是个孩子！"

简想了想自己光滑的脑袋，上面不会长羽毛，也不会长头发。即使她长大了，看起来也还像个孩子吗？

"好了，简，是时候规划我们的路线了。"阿兰说。简面前的屏幕发生了变化。上面出现了一幅画——是一些彩色的圆圈，用一条条曲线连接。"这些隧道会把我们从这里带到哈什卡斯（Hashkath），也就是赫舍特居住的卫星。你知道怎么去那里最近吗？试着用你的手指画一画。"

简仔细观察这些线条，然后看怎么将它们连接到闪烁的圆圈上。这让她想起了重新连接电线，很简单。她的手指在屏幕上滑动，滑过的轨迹变成了蓝色。

"哇！"曼吉里说，"第一次尝试，不错！"

平奇发出动物的叫声，并拍起手。虽然才刚开始连线，但是简已经觉得很高兴了。

"真棒！"阿兰说，"现在按下自动驾驶按钮，我们就出发了！就是中间那个红色的大按钮。"

简看到了红色的大按钮。除此以外，还有很多按钮……哦，不，所有的按钮上都写了字。这些孩子要让她快速按下这些按钮吗？她一定要完成任务吗？她感觉胃里一沉。"我不识字。"她说。

"我们知道。"阿兰一边安慰她，一边伸手捏她的肩膀，"别担心！每个人都不是天生就会的，都要靠学习。我们会帮你练习的。"

"这个上面写着'自动驾驶'，"曼吉里指着一个红色的大按钮说，"这个上面写着'停止'。"她咧嘴笑了，"还有这个——"她没有指向按钮，而是指向控制台上面的一个长长的方块，"你知道上面写着什么吗？"

简紧闭嘴巴，摇了摇头。

"写的是你的名字，"曼吉里说，"'简'就是这么写的。"

西德拉

她的意识消失了一阵子。当意识恢复的时候,布鲁在她跟前,看上去如释重负。

"她醒了!"他的脸上露出微笑,"醒……啊……醒了就好。"他捏了捏西德拉的手。西德拉想知道他握着自己的手多久了。她查不到记录。

她听到有人快速起身的声音。佩珀出现了,她一只手搭在布鲁的肩膀上,在一把椅子上坐下。一把塔克的椅子。他们在文身店。

他们为什么会在文身店?

"噢,群星啊!"佩珀说,"群星啊,终于好了。"她的头向前靠在西德拉的一侧身体上。很快,她回到原位,盯住西德拉的脸。"你感觉还好吗?快诊断一下。"

西德拉按照佩珀的指示,运行起系统检查。运行结果逐行返回:正常。正常。正常。"我很好。"她说,自我感觉也正常,"不过,"她快速翻找着记忆文件,"我不知道你们是怎么来这儿的。我不知道你们什么时候到这儿的。现在几点了?"

"下午一点多。"布鲁说,"你晕过去一个小时了。"

一个小时。在塔克的店。佩珀让她运行了系统检查——哦,不!

西德拉坐了起来,环顾四周。前方的百叶窗是拉上的,门是关着的。塔克正斜靠在墙角,尽量远离他们。他吸着烟斗,神情紧张,脸颊微微泛黄。

他知道了。

西德拉回头看佩珀,躲开了塔克的沉默凝视。"发生了什么事?"

她低声问道。

佩珀叹了口气:"事实证明,你不能文纳米机器人。它们的信号干扰了你从核心到身体的信号传导。它让一切失控了。"她突然看向塔克,谨慎地观察他。西德拉以前见过那种眼神,在佩珀评估可燃物的时候。"塔克打电话给我们,然后我们……我们想了个办法。我——"她不安地皱起眉,"我把你引导到待机模式,好把所有纳米机器人都弄出来。"

西德拉查不到该引导记录,但是她很了解佩珀,她知道佩珀一定是万不得已,否则不会启动系统协议让她停止运行。"你不得不这样做,"西德拉说,"我明白。"

佩珀闭上眼睛,点了点头。

"他弄——弄走了墨水,"布鲁微笑着看向塔克,说道,"这——这真是帮了……啊……帮了一个大忙。"他的语气很友好——太友好了,而且他比平时话要多。

塔克的脸上闪过一个礼貌的微笑,那微笑转瞬即逝。他的表情里夹杂着紧张不安。他把烟斗里的烟灰倒掉,又重新装满。

佩珀和布鲁忧虑地对视了一下。西德拉也感受到了同样的忧虑。塔克知道了真相,而且他们根本不认识他。西德拉想:"连我都不认识他。我们很聊得来,但这不代表我了解他。太愚蠢了。我太愚蠢了。"如果塔克打电话给科里奥尔管理局,如果佩珀和布鲁惹上麻烦,如果装着她的义体被强制停用……然而,在她此刻恐惧的所有要命的"如果"当中,最强烈、最难过的竟然是她想到塔克不想再理她了。太愚蠢了。

"我们能回家吗?"她小声说,尽力不去看塔克的眼睛。

佩珀转向商店老板。"听我说,塔克。我真的很感激你今天的帮助。我们都很感激你。真的很抱歉,吓到你了。布鲁和我——是我们的错。"

"佩珀。"西德拉说。

佩珀继续说:"我俩知道她今天要过来,但是都忽视了潜在的风险。是我们疏忽了,我怎么道歉都不为过。"她又看向西德拉,"怎么向你俩道歉都不为过。"佩珀抿着嘴唇,用词谨慎,"我知道今天这种状况……不寻常。"

塔克"呵"的一声呼出一口气——这个沉默的物种不常有这种举动。这声冷笑太过急促,以至于话匣子来不及反应。西德拉觉得现在自己什么都不想去想。她想回家。她想尽快离开这里。

佩珀都看在眼里。"如果你想要钱,我们可以给你钱,没有问题。如果你想要免费的修理服务,也可以,我们可以安排——"

塔克打断了她:"我什么都不会说的,明白了吗?没关系。我见过很多奇怪的人体改造控,我真的不在乎。这不关我的事。我只希望如果哪天你们这事儿败露了,别连累我。这件事我一无所知,行吗?我什么也不知道,也和我没有什么关系。"

"你认为她是——不是这样的,西德拉不是一个项目。"

"好了。我告诉你了,我不在乎。"

布鲁扶西德拉站起来。"好——好了,"他低声说,"我们……呃……我们该走了。"

佩珀发出一声叹息,对塔克说:"好的。"她的声音有一丝紧张,但是她没再多说什么。她知道,是她欠塔克的。"谢谢你的理解。"

西德拉跟着布鲁往门口走,但是她忍不住回头看去。她和塔克隔着长长的房间对视。西德拉不太清楚塔克的感受。她觉得,他自己可能也不知道。

"对不起,"西德拉说,"我没想到会这样。"

塔克不再看西德拉,而是看向她身旁的两个人类。就像当一个孩子问了一句奇怪的话,你可能会去看孩子的父母;当一只宠物走错到你家,你可能会去看它的主人。

"我是自己来的。"她的声音很大,又受伤又愤怒,"我来这里,不是完成一项指令,也不是完成一项任务。我想来见你。我以为你能帮我。我不是故意惹麻烦的。"

"嘿,"佩珀轻声说,把手放在西德拉的胳膊上,"亲爱的,好了,我们回家吧。"

"等等,"塔克说,"等等。"他现在正看着西德拉。他手里的烟斗冒着烟。"你——"他停顿了一下,看上去不安而疑惑,"你想让我帮什么忙?"

"我告诉过你,"西德拉说,"告诉过你两次,我们还聊过。"她指了指义体,"这不是我。而你——你理解我是什么感受,或者你曾经理解过,在一个小时前。"她在他的脸上寻找着,希望在他脸上看到一丝认同,寻找着之前塔克觉得他们有共同点时,两人间的那种轻松、融洽。可是塔克吸着烟斗,脸上只有困惑。"对不起。"她又说了一次。太蠢了。她走出商店,走回到集市。佩珀和布鲁紧随其后,一言不发。她穿过人流,这里有那么多面孔,那么多名字,那么多正在上演的故事……可她从未像现在这样觉得如此孤独。

简，将满12岁

穿梭机的舱门滑开。简停下吱吱作响、载着重物的四轮车，走了进来。"我今天发现了一些好东西。"她抖掉鞋子上的灰尘（鞋子由轮胎内里的厚橡胶制成，上面有一层做软垫的泡沫，还缠绕着很多旧太空服上扯下来的布），脱掉身上的夹克（由更多旧布制成，布是从一把特别丑的椅子上扯下来的）。鞋子和夹克都放在了门口。"你看看。"她开始把东西从四轮车上往下拿。与此同时，她听到奥尔的摄像头转向她的声音："耦合器，布——"

"'布'用克利普语怎么说？"奥尔问道。

"Delet."

"没错。布的后面是什么？"

简扫了一眼挂在四轮车后面的死狗。"Bashrel."

奥尔问道："你能用这个词造个句吗？用克利普语。"

简想了想，说："Laeken pa bashrel toh."

"基本上对了。Lae-ket kal bashrel toh."

"Laeket pa bashrel toh 为什么不对？"

"因为你还没有吃狗。你准备要吃狗。"

狗和蘑菇一样，很久之前就被加进了简的菜单——这是奥尔的主意。把狗切开是一件很恶心的事，但是比起清洗牢牢粘在发动机或其他东西上的燃料，还是好一些。恶心是恶心，不管是动物还是机器。

奥尔纠正简的克利普语。简翻了一个白眼。"这语法好愚蠢。"

奥尔笑了，说："语法都是很愚蠢的。克利普语是最好学的语言之一。大多数智慧物种都觉得它比斯克-恩斯克语容易。"

"你能用标准的恩斯克语说几句话吗？"简以前就提出过这个请求，之所以再提，是因为她觉得听奥尔说不同的语言很有趣。

"A ku spok anat, nor hoo datte spak Ensk."

简大笑起来，说："太奇怪了！"她开始收拾自己带回来的东西，将它们分门别类放进盒子里。奥尔建议她在每个盒子上贴好对应的克利普语标签：Boli——电线、Gogiganund——电路、Timdrak——电镀金属板……她写的字不如奥尔屏幕上给她看的漂亮，但是已经有进步了——这得感谢阿兰和曼吉里的帮助。他们有一个练习模式，在那个模式里，简可以练习本该在学校里学的东西。能跟其他孩子同步学习还是很不错的，尽管他们是虚拟出来的，尽管每过一段时间他们又会复述同样的句子。奥尔说，对简来说，记住如何与人交流是很重要的，甚至可以说是仅次于把船修好的第二件重要的事。

简把布放进了贴着"Delet"标签的盒子。"其他物种会说斯克—恩斯克语吗？"

"应该不太会。也许有些学校或博物馆里的人类会说这门语言。住在边境的太空人可能会。我不太确定。"

简把一个螺栓扔到一堆东西上，然后看着它滚落下来。"如果我说不好克利普语，他们会觉得我奇怪吗？"

"不会，亲爱的。不过，等我们离开这里，你就会发现，懂得越多就越轻松。你能告诉别人你想要什么、不想要什么，你还能回答他们的问题。如果你能和别人交流，你就会交到更多的朋友。"

简把四轮车拖到水管旁边，把狗扔进下方的水池，避开了水池里散发出来的恶臭。她打开水管，用水冲洗死狗，看着泥土和一块块不知道是什么的东西流进下水道。几只小虫子试图逃脱，结果被简用拇指摁死了。虽然她不想杀生，但是无奈它们太小了，没法吃，而且爬到她身上的话，她会觉得很痒。

她一边翻动狗,一边叹气。她真的不喜欢清洗死狗,也不喜欢接下来的操作——把狗做成食物并不有趣。不过,狗肉如果在炉子上多烤一会儿,还是挺好吃的。狗肉味道很重,就像烟和铁锈。最棒的是,吃狗肉比较耐饿,因为压缩干粮所剩不多了,她得省着吃,留一些以备不时之需。她一边这样提醒自己,一边尽量把狗毛去除干净。有一些地方的毛皮已经被她的新一代武器烧掉了。新一代的武器能更快地杀死狗,这当然很好,但是狗毛很容易着火。她有点同情狗……不,她并不同情狗。

"你说,那些狗知道我在吃它们的同类吗?"她一直好奇这个问题。最近,狗群已经困扰她好几天了。

"有可能。"

"因为它们能闻到我身上的狗血味吗?"

"很有可能。"

简点了点头。那很好。她脱掉身上全部的衣服,把它们折叠好,放在了远一点的地方。她裹上一条干净的防水布,布上有两个洞,可以把两只手穿过去,布上还穿有一根编织绳,能像腰带一样收紧。她从水槽边拿起一把前几天放在那里的大菜刀,紧紧握住刀柄。她从牙缝里倒抽一口冷气。

"你的手还疼吗?"奥尔问道。

"没事了。"简说。她不想让奥尔担心。她还没有找到合适的工作手套,所以在废料里挖掘十分困难。什么也不戴的话,比较好挖,但是这样手会受伤。上一周,她的手掌就被刮破了。奥尔说她需要缝针,但是在奥尔给简解释完怎么缝针以后,她就不想缝了。她用一些电路胶水把自己的皮肤黏合起来。奥尔虽然不赞成她这样做,但也没有更好的办法。现在,简的伤口已经不再流血,但是,群星啊,还是好疼!

她看着那只湿淋淋的死狗躺在一摊漂着虫子和泥土的脏水里，狗的舌头耷拉着，像一只湿乎乎的旧袜子。太恶心了，而且接下来还会更恶心。

她咬着手指甲，它尝起来混杂着塑料、汗液、旧金属以及她说不清楚的一些脏东西的味道，可能还带点儿小虫子的味道。"你说其他智慧物种会闻到我身上的狗血味儿吗？"

"不会，亲爱的。"奥尔说，她的脸像一个太阳一样，填满了离简最近的一块屏幕，"等我们与其他人见面的时候，你会干干净净的。"

"你会跟我一起，对吧？"

"当然会。"

"好，"简说，"很好！"她屏住呼吸，举起菜刀，开始工作。

文件路径：未知

加密：4

翻译路径：0

转录方式：0

节点标识符：未知

发帖主题：再次发帖——寻找一台经历过大改装的废弃穿梭机，详见完整帖子

平奇：我正在寻找一艘穿梭机，它的型号是半人马座46-C，机龄25个标准年左右，原厂零部件几乎都已经改装更换。船体的褐色已经褪去，上面涂有光伏涂层。如果你知道它在哪里，请通知我。你不必去找到它，只要告诉我它在哪儿就行。

松软蛋糕：一如既往，祝你好运。

与众不同的叶子：我发誓，等这帖子更新的时候，我一定要看看时间。真不敢相信，竟然已经过了80天了？

蒂什泰什：你还打算再发帖吗？

平奇：是的，我不会放弃，一直到我找到它。

第二部分

牵引

西德拉

分拣技术部件很无聊。但现在,无聊已成了更好的选择。无聊代表没什么事可担心,无聊代表安全。

西德拉一边工作,一边记录库存。7个螺栓。她将它们放进筒里。2根联机线。放进筒里。1个网格调节器——还是……等一等。"佩珀!"她把头转向车间门,大喊道。

"等等。"佩珀在门口举着焊枪喊道。她们早上刚来商店的时候,商店周围的安全网就在闪烁。佩珀说,可能是因为一些配线老化了。但是西德拉非常不安,以至于想要马上修理。在过去的26天里,西德拉特别喜欢锁门、关窗、躲避陌生的顾客。她主动提出做那些无聊的、待在车间不用抛头露面的工作。分拣技术部件就是佩珀很愿意让给西德拉做的事之一。

焊枪的"嘶嘶"声停了下来。佩珀把头探出门框,问道:"什么事?"

西德拉拿起手里的东西给她看:"我不知道这是什么。"

"那,"佩珀眯起眼睛,"是一个超载缓冲器。"

西德拉做好记录。"我应该把它放在哪里呢?"

佩珀看向那些贴着手工标签的筒:"就和其他的校准器放在一起。我下次会在那儿找。"她冲西德拉笑了一下,"你也要记得放在那儿了哦。"

西德拉微笑着,在车间库存日志里记录了超载缓冲器的存放位置。"我会的。"

然后,安静了片刻。"对了,"佩珀说,"明天我和布鲁打算关店一天，做些有趣的事情。"

西德拉没有搭话。

"他们要在'蹦跳房'（Bouncehouse）举办一个活动，只有成年人才能参加，"佩珀满心期待地说，"一个小时就能到那儿，而且这个活动超赞。"

西德拉知道"蹦跳房"，那是一个巨大的零重力游乐场，坐落于一个低轨道卫星上。库克什的海底车站有专门的穿梭机去那儿，她曾经见到过。穿梭机停泊站的门口有一个巨大的发光广告牌，上面画着大笑着的、不同物种的年轻人，他们在环形的障碍训练场中潜水，在溅起的水滴中玩闹。看上去真是有趣。

不出西德拉所料，佩珀说道："你想跟我们一起去吗？"

西德拉拿起另一个技术部件——一根空气管——放进筒里。"我想我还是待在家里吧。"她说着，挤出一个微笑，"祝你们玩得开心。"

佩珀欲言又止，神情伤感。"好吧。"她点了点头，"我等下要点外卖，你想——"

"有人吗？"一个声音从柜台传来。

"马上就来。"佩珀喊道。她捏了捏西德拉的肩膀，然后往外走，"你需要——哦，呃，你好。"

西德拉不知道外面发生了什么，但是佩珀的声音显然不对劲。西德拉紧张起来。有麻烦吗？她有麻烦吗？佩珀和另一个声音小声交谈着，声音太小，西德拉根本听不清。她努力探身去听。

"……我告诉过你，"她听到佩珀说，"我不是她的主人。她是独立的个体，这得由她自己决定。"

西德拉的好奇心盖过了对未知的担忧，她慢慢凑过去，在门边偷看。一双眼睛马上从佩珀转向她。

是塔克。

"嗨。"塔克说着，笨拙地模仿人类挥手。她①做出来的表情虽然很友善，但她的脸颊上却是另外一番景象：她很紧张，没有把握。

看到是塔克，西德拉的紧张并没有缓解。她看了看佩珀，佩珀也没有把握。佩珀面无表情，但她是故意让自己没有表情，而且她的脸紧张得发红——并不只有艾卢昂人的脸会变色。西德拉知道，佩珀之所以脸红，是因为她掌控不了当下的局面，而且她知道塔克手里有一张王牌。这是佩珀的商店、佩珀的地盘，但无奈的是，她得听眼前这个家伙的话。

"西德拉，"佩珀说，声音平静而沙哑，"塔克问，能不能和你聊两句。"

西德拉深吸一口气，说："好。"

塔克的一只手紧握着自己的背包。西德拉看到她努力想让另一只手放松下来。"我们能找一个没人的地方吗？咖啡馆，或者……"

佩珀看向塔克，说："如果你愿意，可以去里面。"这只是一句客套话，并不是一个邀请。

塔克吞了吞口水，她的话匣子随之移动："好。"她脸颊上代表不安的浓黄色加深了——情况跟她想的不太一样。

"她来这儿干什么？"西德拉想。她把其他所有进程都停了下来。

"我就在外面。"当塔克往里面走时，佩珀说道。虽然佩珀说话时看的是西德拉，但这句话同时也是说给塔克听的。西德拉觉得自己的肩膀放松了一点儿。佩珀会在外面，会听着。

塔克进入车间。西德拉不知道该怎么办。她是一个顾客、一个访客，还是一个威胁？她在有各种打招呼的话语目录里寻找着，但发现没有一句话适用于当下。在你不知道来人的意图时，该怎么打招呼？

---

① 据原文，本小节塔克的性别已转换为女性。

她们面对面站着。塔克看起来有很多的话想说,却不知道从何说起。西德拉明白这种感觉。

"你想喝点丁酮酒吗?"西德拉说。她不确定这样开场好不好,但是总比沉默好吧。

塔克眨了眨眼。"哦,不用了。"她说,"不用麻烦了,谢谢。"

西德拉思考着接下来说什么。"你……想坐下吗?"

塔克的手掌在髋部摩擦。"嗯。"她说着,伸手接过西德拉递来的椅子。她大声地呼了一口气:"对不起,我……这个感觉很奇怪。"

西德拉点点头,然后想了想:"你是说你感觉奇怪,还是我感觉奇怪?"

"咱俩肯定都觉得奇怪。"塔克脸上的颜色变成了暗橙色和灰绿色——生气、好笑。"我……我不知道从何说起。我以为等我到这儿就会知道,但是……"她指了指自己,"显然没有。"

西德拉抬起头,说:"我刚刚意识到一件事情。"

"什么?"

西德拉停顿了一下,纠结着自己该不该说。鉴于上次见面时塔克的反应,她不想再说义体,但是也没有理由忌讳提到。"我们都不是用有机生物的声音在说话。"西德拉说。

塔克又眨了眨眼,话匣子里传来一声笑。"确实。确实是这样。"她思考片刻,然后朝门口看了一眼。佩珀没在焊接了,而是在用工具敲击金属,发出有节奏的声响,因为距离不远,所以听得很清楚。塔克调整了一下坐姿。"无论我说什么,都会显得愚昧无知。但是……好吧,群星啊,我真的不想……冒犯你。"她皱起眉头,"我从没遇到过这样的事情。你可能觉得我找了一个很烂的借口,但我想说,我以前从来没有和人工智能说过话。我不是太空人,我不是人体改造控,我不是在飞船上长大的,我是在这里长大的。在这里,人工智能只是……工具。它们让短途旅行舱移动,在图书馆回答你的问题。你旅行时,它们在酒店和穿梭机停泊站迎接你。在我一直以来的观念里,人工智能就是那样的。"

"好吧。"西德拉说。塔克的话里没有一句冒犯,但听着就是不舒服。

"但是后来你……你走进我的商店,你想要文身。我认真地想过那天你走之前说的话。你说,你来找我,因为你适应不了你的身体。而那……不像是一个工具说的话。当你说这话的时候,你看起来……很生气、很沮丧。我伤了你的心,是吗?"

"是的。"西德拉说。

塔克摇头认错:"你伤心了。你读随笔,也看视频。我知道你我之间有巨大的差异,但我的意思是……我和哈玛吉安人之间也有巨大的差异,我们都是不同的。你走之后,我想了很久,还读了很多书。"她又呼了一口气,短促的呼气声里透着沮丧,"我想说的是,我——我想也许我低估了你,至少是误解了你。"

西德拉愣在那儿。塔克这次是来道歉的吗?她刚才说的都指向道歉,西德拉这才反应过来。"我知道了。"她说道,她还在消化。

塔克环顾车间,她看向收纳筒,看向工具,看向未完成的活儿。"这是你工作的地方?"

"是的。"

"你是……是在这里被制造出来的吗?"

西德拉笑了一声:"不,不!佩珀和布鲁都只是朋友,仅此而已。他们照顾我。他们没有……制造我。"西德拉靠在椅子上,放松了些。"我不怪你有那样的反应,"西德拉接着说,"我甚至都不合法,就更谈不上符合标准了。在商店里发生的事情,我真的很抱歉。我不知道文身会影响我。"

塔克接下来说的话消除了西德拉的担忧："没有人知道自己对什么东西过敏，都是尝试之后才知道的。"

西德拉的程序不停地运转着，运转着。前面的金属敲击声停了一会儿。"你……你对我的看法有所改变。你对其他人工智能也这样看吗？还是说，只是因为我在一具义体里，你才会觉得我有所不同？"

塔克呼了一口气："要说实话，是吧？"

"我只能说实话。"

"好吧，这样说吧——等等，你没开玩笑？"

"是真的。"

"好吧。为了公平起见，我也得说实话了。"塔克把修长的银色手指交叉在一起，盯着它们，"要不是你在义体里，我可能不会来这里。我……我觉得我不会对人工智能产生改观。"

西德拉点了点头，说："我理解。这让我不安，但是我能理解。"

"是的。这也让我不安。我知道我这么说，你可能不高兴。"塔克看了一眼西德拉的手臂。文身的地方有一些模糊的线条。佩珀说它们看起来像伤疤，但却和有机智慧物种身上的伤疤不同。塔克又问："你是用什么做的？"

"代码和电路。"西德拉回答说，"我知道你问的是义体，不是我。"

塔克笑了："嗯。你——你的身体……是真的吗？在实验室培养的，还是……？"

西德拉摇了摇头，说："义体是人造的。"

"哇。"塔克看着假伤疤问，"这些疼吗？"

"不疼。我感觉不到身体上的疼痛。如果我的程序或义体出了问题，我能感知到。这虽然不是一种愉快的体验，但却不是疼痛。"

塔克明白了，她还在观察西德拉的人造皮肤。"我有很多问题想问你。你让我想到好多我从来没想过的东西。虽然不情愿，但是我得承认这件事我想错了，不时地纠正错误是有必要的。还有，你……你好像也有困惑。你来找我，是因为你觉得我能帮忙。也许我仍然帮得上忙，所以……如果你觉得我不是一个彻头彻尾的浑蛋，也许我们可以再试一次。你知道我的意思，再试一次做朋友。"

"我愿意，"西德拉笑了，"我很愿意！"

简，14岁

"简？"灯光异常讨厌地亮了起来。"简，你早就该起床了。"

简把被子扯到头上。

"简，好啦。这一整年也没有多少日光。"奥尔听起来很疲倦。管他呢。简也累了。简总是很累。不管睡多久，她都睡不够。

"把灯关了。"简说。她很久以前就发现，给奥尔下达与飞船相关的指令，奥尔只得服从。

她看不见奥尔的脸，可她能感觉到：奥尔在皱眉，很沮丧。简从毯子的边缘看到灯关了。

"简，拜托。"奥尔说。

简长叹了一口气，声音很大。她知道下达指令这招很损，不过有时这样做很爽，尤其是在奥尔讨人厌的时候。奥尔最近很讨人厌。简把毯子从头上拽了下来。"把灯打开。"房间亮堂起来，简皱眉蹙眼。

"我希望你以后别这样了。"奥尔说。

简瞥了奥尔一眼，发现奥尔看起来很受伤。简假装没察觉，但是她心里其实有点儿过意不去。不过，她什么也没有说。她起身去了厕所。群星啊，她累了。

她撒完尿，没有冲水。水过滤系统坏了，在她修好它（或者想到别的办法）之前，只能撒完尿不冲水。水没多少了，反正这样总比无法清洗她带回来的狗要好。

她直接对着水龙头喝了一口水，然后在嘴里来回漱，试图涤荡体内的燥热感。她刚来的时候，飞船上还有一些洁牙包，但是现在用完了，而且找不到补给。她分外想念牙齿不疼的日子。有的时候，她会想起工厂里发的那些无味的小洁牙片，它们很好用。不能一味否定工厂的一切，虽然工厂里大部分的东西都很蠢，但不是所有的东西都那样。

肥皂——又是一样她分外想念的东西。在供水条件允许的情况下，她洗澡很勤快，但她还是觉得自己身上有酸味和麝香味。狗身上的味道就更重了，但本质上跟她一样。奥尔说，哺乳动物身上就是会有气味。

简小的时候身上不臭，起码她不记得自己臭过。她的身体发生了很大的变化，奥尔说变化还会继续。但是奥尔说的那些改变——普通人类女孩会发生的那些改变——并没有出现在简身上。当然，她确实长高了，所以她还得给自己做很多新衣服。但她的身形并不像奥尔给她看的成年女性照片里那样前凸后翘。简仍然像孩子一样瘦，而且没有又大又圆的胸——只有两个一直疼的小凸起。她的臀部好像变宽了，但有时她觉得自己看起来更像个男孩（只是没有双腿之间的那东西，但无论是男是女，私处都很奇怪）。

简也没有来月经，不过奥尔认为她不会来月经。她很久之前给简做医学扫描的时候，发现简有一条染色体明显比正常人短。也许是这个原因，她下面不会流血。这很好，因为如果没有药物来止血——简显然没有——流血绝对是最糟糕的一件事。哦，还有，简不能生孩子。月经尚不能定论，但是孩子肯定生不了。奥尔告诉简的时候很谨慎。不过，简本来也不知道自己有这个能力，所以听完之后并不太介意。简是在搞懂生育是怎么回事的同时，得知自己不能生育的。她的构造和大多数人不同。起初，她觉得很奇怪，但是现在想想，真的没什么大不了的。她小的时候一度好奇改造人类者是怎么把她造成这样的，为什么把她造成这样。后来，奥尔和简共同努力——奥尔利用她对改造人社会的了解、简讲述她对工厂里医疗用品为数不多的记忆，两人观察小显微镜上简的唾液样本——拼凑出了问题的答案。除了染色体和没有头发，简身上没有大的调整。不过，她的免疫系统超强，这并不常见，于是奥尔不再催促简赶紧修好杀菌灯。总之，改造人类者可能随便选取了一些乱七八糟的基因，然后在黏糊糊的缸里一弄，就把简和其他的一次性女孩造出来了。改造人类者，真是一群浑蛋！

奥尔给简配置了成人模拟游戏的权限，简就是在那个游戏里学会了如何骂人。奥尔说知道如何骂人很重要，而且在必要的时候可以骂人，但是简不该总是骂人。简确实总是骂人，她也不知道为什么，但就是觉得骂人很爽。奥尔只存有11个成人模拟游戏，但简并不介意反复玩这些游戏。她最喜欢的模拟游戏是《焦烧队VI：永恒地狱》。她最喜欢的角色是燃烧者。燃烧者曾经为油王子效力，但是现在成了好人。他前世是一个火法师——焦烧队的每个人的前世都是火法师，但是你得承认，燃烧者转世之前是最虔诚的，所以他有时候还可以看到过去。当他生气时眼睛会着火，他一直在生气，他最厉害的一招叫等离子拳，可以让坏人瞬间爆炸。他还有一句经典的脏话："詹森，你他妈的戴上头盔，不然你的脑袋就要从屁股飞出去了！"没错，就是这句台词。简很爱玩这个模拟游戏，能玩上一整天。

要不是有别的蠢事要做，她确实会玩上一整天。她发现，在模拟游戏中，没有人必须去找废料和吃狗肉，没有人用椅布做衣服，没有人运水倒在旧燃料桶里。她迫不及待地想让愚蠢的穿梭机动起来，这样她们就可以去银河系共和国了。那里有人，有随时想冲就能冲的厕所，还有不被生臭虫的狗毛包裹的食物。她最期待的显然是那里的人。奥尔总是让她说克利普语。她们几乎再没说过斯克—恩斯克语，后来简连一些斯克—恩斯克语的词都忘了。有的时候，为了让简习惯和别人说话，奥尔会改变声音，但简总能知道那是奥尔。她很希望自己能和其他人聊聊天。

当简用手去挤遍布整张脸的愚蠢的红痘痘（奥尔说这也是正常的）时，墙上的屏幕亮了。"简，你今天出去之前，检查一下厨房里的发光面板，"奥尔说，"我觉得有一个线圈坏了。"

"嗯，我知道。"

"你怎么知道？它刚开始闪。"

"我——啊，"简翻了个白眼，拎起前一天随手一扔的裤子，"行，我去看看。"她真的厌倦了修理东西。她只想离开那里。

奥尔跟着简穿过大厅，简觉得很厌烦。她抬头去看厨房的天花板。是的，灯在闪。她给自己倒了一杯水，扔了一些狗肉到烤炉上。当肉在烤着的时候，她查看了自己的待办事项清单。

待办事项清单用粉笔岩（那是奥尔对散落在废料场泥地上的白色石头的称呼）写在墙上。虽然奥尔可以记下简要修理的东西（她很可能这样做了），但是简希望要做的事情能一目了然。待办的事情太多了，列个大大的清单在墙上，她才不会抓狂。

待办

修理水过滤系统（重要）

改造飞船尾部推进器

更换燃料管线

看看导航出了什么问题

人造重力系统——还能工作吗？怎么测试？

修理货舱船体（生锈）

修理动力管道（过道）

修理卧室空气净化器（完全坏了）

修理左后方的烤炉（不重要）

不停不停不停修理他妈的一切

离开这个愚蠢的行星

做几条新裤子

购物清单

布（结实的）

螺栓螺栓螺栓各种螺栓

新的电路耦合器

主板（啥样的都行）

黏胶夹

胶带/胶水/之类？？？

厚塑料

电缆涂层

T形接头（燃料）

好用的电线

船体侧板

工作手手手手手手手套

狗（一直需要）

蘑菇（一直需要）

捕虫器（要快！）

检查

水过滤系统——很快就会彻底瘫痪了，得修

灯——好的

加热器——好的

保鲜柜——好的？

奥尔——好的

舱门——好的

杀菌灯——坏的

气闸舱扫描器——很快就不行了

医学显微镜——好的

平板电脑——有问题

简揉着眼睛。清单上总有做不完的事情。

她把肉叉到一个盘子里,虽然知道马上吃会烫嘴,她还是吃了。在模拟游戏里,总是有令人垂涎欲滴的食物。简不知道那种食物是什么东西做的、味道如何,但是天哪,她迫不及待地想尝尝它的味道。她吞下一口滚烫的狗肉,味道和往常一样。

奥尔说:"今天别忘了带吃的。"

"我知道。"简说着,把更多的狗肉塞进嘴里。

"你知道,但是你昨天就忘了。"

简昨天确实忘了带吃的,那太惨了。她走了一个小时,感到饿了,才意识到没带食物,而且她的手里全都是从一台旧的保鲜柜里扯下的难搞的电路,回家之前她必须完成工作。那时,她已经饿得可以生吞一条没洗过的狗。不过,尽管奥尔的话没有错,她还是很烦奥尔提醒。"我今天没有忘。"简说。她从柜台上的盒子里拿了一些肉干,用布包起来,然后塞进了背包。她看了看离她最近的摄像头。"好了。"

"这不够你一天吃的。你会饿。"

"奥尔,拜托,我知道我在做什么。如果我再多吃,明天就没有东西吃了。"

"再多做点儿肉干比较好。"

"我知道。可我很久没见到狗了。"她穿上布鞋,往水壶里灌满水,"看见了吗?水、食物,都有了。你能打开气闸舱了吗?"

内舱门打开了。

"简?"奥尔说。

"怎么了?"

"发光面板?"

群星啊!"我知道,我会去找的。"

"你都没打开过。"

"奥尔,这是个发光面板,不是该死的针孔驱动器。"

"我真的希望你别那样说话。"

"我说了,我会去找的。找发光面板没那么难。"她穿过气闸舱,到了外舱,拉起四轮车的把手。奥尔的表情非常悲伤。不知道为什么,她这样更令简觉得讨厌。简又叹了一口气:"我会找到的。行了吗?这又不是第一次。"

确实不是第一次。简太熟悉那个废料场了,她去的次数可能比她照镜子的次数还多。她看废料的时间比看自己的时间多得多。几年前,她曾经想过把翻过的废料堆做上标记,不过没必要。她知道自己在哪儿,她知道自己去过哪儿。

步行范围内的废料堆早就没有挖掘价值了。哦,对,还有一堆她一直没动过的废料,要么是她觉得损坏太厉害了,修不好;要么是她根本用不上那些东西;要么是埋得太深,挖掘的意义不大。拾荒属于地面上的工作。如果不拾荒,你就得一直一直挖,挖出来的大部分还是垃圾。尽管如此,她仍不能理解为什么改造人类者丢弃了那么多有用的、可以修复的东西。他们没有模拟游戏里的那种修理商店吗?他们认为动物油脂和黏糊糊的东西很恶心,所以就必须扔到行星的另一边吗?她从来没有见过改造人类者——离开工厂后,她再没见过任何人——但可以肯定的是,要是哪天见到他们,她一定会狠狠揍他们,像燃烧者那样攻击他们，在他们胸上来一拳。

她一边走，一边自言自语。走路不费脑力，而她要是不用脑子，就容易走神。她今天选择朗读的是《夜族叛乱》的第一篇。这个故事很精彩，虽然比不上焦烧队，但也是她的心头好。

"第一章：在一片被鲜血染红的雪林里，一个巨大的怪物正在摧毁一座城堡。骑士女王阿拉贝拉骑着一匹很酷的马。"简模仿骑士女王阿拉贝拉的声音说，"来吧，战士！我需要你的帮助！"然后她又变回自己的声音，"于是我跑了过去。怪物用尾巴掀倒了塔。然后，骑士女王给了我一匹很酷的马，她说：'我们得快！在埃弗加德沦陷之前！'"

简继续走。她已经朗读到了第二章——在这一章里，你会发现怪物其实有摧毁城堡的正当理由——就在这时，她四轮车的后轮子突然开始晃动。"啊，糟糕。"说着，她跪下去查看。是轮轴松动了。她从背包里找出一个工具，坐在泥土里修理。"好啦，扭紧了。紧一紧就好了。"

这个时候，狗突然来了。未见狗，先闻其声。脏兮兮的一群，一共5条狗，都盯着简。简并不担心。她十分冷静地站起来，准备好武器，一条条瞄准。这么早就拖着一条狗上路并不明智，一是背在身上沉，二是中午天热容易有味。但是想想也没什么，反正不会腐坏，而且她也需要肉干来补充能量。"早上好，小杂种。"她说完，迅速扣动扳机。机枪冒出电火舌。她接着说："瞧瞧接下来我要吃你们中的哪一条？"

一条狗弓起身子，向她迈了一步。那是一条健壮而年迈的母狗，一只眼睛瞎了。它咆哮着。

简也咆哮着。"好啊，来吧，"她说，"来吧，我们开始吧。"

那条狗一直在咆哮,却没有发起攻击。简曾经在附近见过那条狗,那一次,狗远远地就溜走了。它一直没有靠近过简。这一次,也许这群狗是刚巧碰上了简,也许它们是真饿了(蜥蜴鸟和老鼠不够大型食肉动物吃)。如果是后面这个原因,那么太不幸了,它们即将成为简的盘中餐。

她捡起一块石头,目光始终没有从母狗的牙齿上移开。她把武器换到左手,然后右手腕一甩,石头击中了狗的鼻子。

杀死它并不难。那条狗愤怒地冲过来,她扣动扳机,一枪毙命,剩下的狗全都吓坏了。

"是的!"简大叫道,跳过那条毛被烧焦的狗,"来吧!下一个是谁?"她像燃烧者那样捶胸,"谁想试试?"

其他的狗都很愤怒,但是它们向后退。它们知道刚才是怎么回事。

"这就对了,我很可怕!"简说着,背向它们,"在我吃掉你们之前,一定要告诉你们那些愚蠢的朋友。"她抓住那条死狗的腿,把它重重地往四轮车上一丢。"咚"的一声,它落在车上。简回头看了一眼,其他的狗已经跑了。它们最好跑快点。她可以重复一千次射杀,她知道自己面对的是什么。

"我们是受祝福的夜族战士!"她模仿怪物的声音说。她晃了晃四轮车,四轮车一切正常。她拖着已经很重的四轮车开始往前走。"几千年来,我们一直伺机复仇……"

之后的一路,她再没有遇到什么烦心事。她看见前方有几艘飞得很高的货船,货船里满载新的待弃废料。这没什么好奇怪的。货船只会把废料丢在废料场的边缘。在简的印象中,从家出发,要走很多天才能到那个地方。她从没见过那些货船降落。废料场越大,它们丢弃废料的地点就越远。而且,她十分肯定它们是无人驾驶的货船,显然，它们并不会扫描地面，也不会扫描其他任何东西。把大量废料运往工厂的收集无人机也是如此。它们根本不在乎简。它们可能认为她是一条狗，如果狗有感觉的话。她曾经想过，在她离开这个行星之前，收集无人机会不会来到穿梭机所在之处。但是奥尔计算过，鉴于无人机的出现频率、与穿梭机之间遥远的距离，以及它们每次运废料的量，这种情况大约6年后才有可能发生。6年，简无法想象。

她走啊走，一直走到昨天走到的最远端。她停下来思考接下来的路要怎么走。她面前有一个废料堆，现在有两条路可以选——一条路看起来要爬很多坡；一条路看起来石头很多，但是相对平坦。她想了想运水车上那条恶心的死狗，选择了那条相对容易走的路。

事实证明，那条相对容易走的路确实更好走，但是终点相当出乎她的意料。简有时容易忘记自己住在一个有各种生态系统、地质景观（奥尔告诉过她）的行星上，泥土和动物更像是碰巧出现在废料周围，后来添加的一些小细节。但是当她目睹眼前的一切，她意识到，大自然才是最先出现的。

这里应该曾经是一个悬崖，也可能是一座山。简没有见过多少自然原貌（模拟游戏里的不算数），也不太确定自己的用词正不正确。反正这里应该有过很多泥土和石头，堆积得很高，但也有过水、风之类的东西。现在这里的景象很奇怪：地上有一个泥土凹陷形成的大坑——一个非常大的坑，坑的四周有很多小洞。巨大的泥土和岩石结构还在，但是被一堆废料压在下面，看上去几乎与之融为一体。简能够看到一块废料戳出泥墙外，就像在努力把自己往外拔。这里是一片废墟，根本不好拾荒。要不是因为看到一样东西——一艘露出半截的飞船，她肯定已经折返了。

当然，那不是一艘大飞船——她至今还没看到过比家大很多的东西——但不管是什么样的交通工具，只要是完好的，都很不寻常。每次遇到完好的交通工具,她都会马上清理干净,尤其是座位或床铺上有像样的布料之类的东西。放了很久的布料质量会变差,要是布料没有被雨水泡烂,也没有被筑巢的鸟弄坏,那就应该赶紧弄到手。

她望着泥土墙,咬着嘴唇。爬上去很难,而且它看起来很疏松。她动了动破烂布鞋里的脚趾头。如果那里面真有布料的话,爬上去是值得的。她一定能爬上去。她什么都能做到。

大坑周围的小洞没有大坑那么深,但是也很深——差不多有她身高的一半那么深。她尽量绕过它们,最后绕不过去了,她就把四轮车放在一块平地上,然后自个儿继续朝泥土墙走。斜坡很陡峭,有些地方几乎与地面垂直。她用脚踩上去,果然很疏松。她抬起手,抓住一大块埋得很牢的金属。它没有晃动。她抓住了。是的,她能做到。不会有事。

她一直往上爬,终于爬到跟飞船一样高的地方。她侧身把两只脚扭成奇怪的角度,让它们沉进疏松的泥土里,好支撑住她的重量。"砰!砰!我们会拆了你的墙!"她唱起歌,"砰!砰!我们要打爆你的蛋蛋!"这是焦烧队在取得胜利后唱的祝酒歌。她不知道喝酒是怎么回事,但是模拟游戏中的喝酒看上去很有趣。"砰!砰!喝醉再战——"她脚下的一些泥土松动了,她的腿滑了下去,很不舒服。她看了看自己和那艘搁浅的飞船之间的距离。快到了!但是她能听到鹅卵石从她脚下滚落的声音,而且她与飞船之间也没有多少合适的垫脚石。或许这是一个傻主意,她想了想,吸了吸鼻子。"明天你会死去,所以今晚要好好过。"她唱着歌,把脚踩在另一块大石头上。

一瞬间,那块大石头被踩塌了。

简掉了下去,泥土砸在她身上。她一直往下落,胳膊和腿纠缠在一起,身体撞在坚硬的东西上,皮肤也被刮破了。挎在身上的武器和背包也砸在她身上。她胡乱抓扯着,试图抓住什么东西,但是一切都是徒劳,她什么也看不见。她不停地滚落,完全无法控制自己。

她就这样一直往下掉,虽然周围什么都没有,但她仍旧胡乱抓扯着,直到重重地坠落在地。

一时间,整个世界被噪声和红色填满——她被亮晃晃的红色刺得睁不开眼,耳鸣不断。她感觉自己的腿也是红色的。她想起如何呼吸,用力吸了一口气。她睁开了眼睛。眼前的世界不是红色的,她的腿也不是,可是她的腿很不对劲。腿没有流血,也没有什么东西戳出来,可当她试着站起来时,她失声尖叫。天空还是她之前见过的样子,只是比以前更加遥远了,成了一个触不可及的明亮的圆圈。原来她坠入了一个洞里。

"我的腿断了。"她心想。她以前从来没有骨折过,但不知为何,她知道自己骨折了。"妈的!"她大声咒骂,呼吸急促,"群星啊,妈的……妈的!"她一边咒骂,一边尝试站起来,她呻吟、抱怨、抽泣。她抬起头,环顾上方。尽管她能站起来,伸直手,但是洞很深,比她还高,洞里也没有什么东西可供踩踏攀爬——没有石头,没有板条箱,什么都没有。

她完蛋了。

"你没事的,"她自言自语道,但很没底气,"你没事的。加油。加油,没事的。"但事实不是这样。她的手擦伤了,瘀青着。她的手臂、脸……身上没有一个地方不是如此。还有她的腿——群星啊,她的腿!她取下身上的背包和武器(这两样东西看上去都摔变形了),它们扁扁地躺在地上。她用手捂住脸,试着深呼吸,试着停止颤抖。接下来,她到底要怎么做?

她什么也做不了,伤痕累累地在那里躺了半天。她终于开始思考:"我到底能不能爬出这里。"这个时候,她听到一个声音,一些东西在接近洞口。简屏住呼吸。一条狗进入她的视线,是一条目光敏锐的瘦狗。在它身后还有爪子乱抓的声音,听起来十分古怪。简不敢相信自己的眼睛:是两条长着斑点的狗幼崽,还不及她的手臂长。那条大狗一定是它们的母亲。简从来没有这么近距离看过小狗。她知道应该离狗远点。它们很黑,离她很近。简和那条母狗对视,谁也不作声。母狗率先移开视线,眼睛看向它的爪子、洞的两侧、洞的高度。它正在思考,就像简之前思考自己能不能安全爬上去一样。简的嘴巴很干。她见过的每条狗都骨瘦如柴,但是这条狗更夸张,她能看到它的肋骨。她也能看到两条狗崽子的肋骨。它们的族群在哪里?它们还有其他的伙伴吗?这不重要。但这是个问题,是个大问题。即使她想到办法爬出去,她也没法扣动手里的武器和——等等。等等。她回想自己撞在地上的时候。有那么多的噪声,那么多的碎裂声……她拿起武器,按下开关。什么都没发生。她又试了一遍。她能听到轻扣扳机时里面发出的响声,但什么也没有发生。什么都没有发生。她的腿不是唯一坏掉的东西。

她握紧拳头抵着额头,声嘶力竭地大吼。她能听到小狗们的叫声。她愤怒地瞪着它们。"怎么,你们害怕了?啊啊啊啊啊啊!"她又喊了一声,"走开!离开这里!走!走开!"她扔了一块石头。没有扔出去。小狗退到她看不见的地方。母狗似乎很警惕,没有轻举妄动,它的耳朵向后,毛竖了起来。

简抓起在摔落过程中弄得又脏又破的背包,从里面拿出早上包好的肉干。"闻到了吗?"她一边大吼,一边冲母狗挥动它们,"嗯?知道这是什么吗?"简用牙咬住肉干,撕下一大块,"嗯!是狗肉!是你的小狗!该死的,你们真好吃,你知道吗?!"这些话听起来很有架势,但是简说的时候浑身发抖。她想到武器空响的"咔嗒"声。她想到穿梭机距离她有半天的步行距离。她想到奥尔。

她想到奥尔。

那些狗并没有因为闻到狗肉干的味道而畏惧。小狗们回到母狗身边,母狗坐了下来,肌肉紧绷,脑袋探进洞里,身子在原地没动。简也在原地没动,她别无选择。

她和那条狗对视了一整天,朝狗扔了很多石头,还喊痛了嗓子。对视一直持续到太阳下山。在那之后,简还是能看到母狗在黑暗中注视着她,它的眼睛在月光下闪着绿色的光。它在等候时机。它饥肠辘辘。

西德拉

这是西德拉第一次到艾卢昂人的居住区。艾卢昂人在科里奥尔的社区不如其他社区技术先进，但是环境明显比"六头"好。这里的街道很亮堂——不会给西德拉造成困扰——而且建筑都很干净，被打理得很好，最重要的是，看起来很美观。这儿的建筑都由曲线和圆顶构成，颜色除了白色和灰色，就是大地色。

按照塔克给的定位，西德拉的短途旅行舱把她送到了一个没有窗户的建筑物外。她从建筑物外观看不出太多东西。这里没有她能看懂的指示牌，只有一块亮闪闪的彩色板在墙上闪烁着无声的语言。她想做个记录，旋即又打消了这个念头。能识别艾卢昂人的情绪，是人类——哪怕是假扮的人类——有文化修养的标志。理解他们的语言，不是普通人类能做到的事情，这容易引来麻烦。西德拉带着一丝遗憾关闭了她的提醒事项清单。

塔克在等她。她正站着与另外三个艾卢昂人交谈，双颊闪动着颜色，看起来志趣相投。她注意到西德拉向她走来，大声喊道："嘿！"声音响彻无声的街道。她向其他艾卢昂人闪了一些颜色，显然是在向他们告别，然后她朝西德拉走来。"欢迎你来。"

"谢谢。"西德拉说着，看向另外几个艾卢昂人，"我们要和他们一起吗？"她默默担忧。

塔克脸上泛起蓝色的笑意："不，我们只是恰巧碰上，聊了几句。他们是我父亲的一个朋友的朋友。"她把头靠在一个毫无特色的建筑物上，"走吧，别站在这么冷的地方。"她一边走，一边裹紧针织外套，"我要是住在安德瑞斯克人的居住区就好了。他们有一种圆顶建筑，非常温暖，在那里，四处走动可以不穿衣服。这里也是——"这个时候，她们已经走到了一栋圆顶建筑的外墙边，"我不知道你以前来过这儿没有。"她将一只手掌放在墙上的门框上，墙随之消失，然后她们走了进去。

"这儿是——"西德拉边走边说着，她突然顿住了，"哦。"她轻声说，生怕打扰了这里的安静。

"我们的语言里没有词形容这里，"塔克低声说，"克利普语借鉴了汉特语的一个词，叫ro'valon，直译过来是'城市绿地'的意思。"

翻译很恰当。大圆顶建筑里布满了起伏的小丘，小丘没有西德拉高，全都覆盖着舒适的草皮。小丘下面有由树木做成的长满了枝叶的座椅、居家用的长椅、可以倾诉秘密的隐私洞和可以躺平休息的平坦空地。大圆顶建筑里面还有几棵小树，它们的冠层和枝叶成了天然的帷幔和雨棚。外围的弧形墙壁上投射着绵延的田野，明亮得如同此时正值正午时分。影像虽然栩栩如生，但是骗不了西德拉，她知道这不是真实的，她很清楚这里的边界在哪里。不过，她觉得有机生物应该看不出来，事实上，在场的人似乎都非常享受。在这里的，大部分是艾卢昂人，不过西德拉也发现了别的物种（包括一个忘乎所以、手脚舒展平躺的安德瑞斯克人，他脱下裤子枕在脑袋下面，正专心地看着平板电脑）。

"这里没有索赫普·弗莱那么大，"塔克说，"但是，在城市里忙碌了一整天后，来这里是最棒的选择。"

西德拉跟着塔克来到了一个冷清的接待台前，只有一个艾卢昂人坐在那里，玩一个小号的像素拼图。那个艾卢昂人见她们走过来，就把拼图放在一边，脸颊泛起白色。过了一会儿，他递给塔克一个小的长方形设备，西德拉不知道那是什么。他冲西德拉挥了挥手，然后又兴致勃勃地玩起拼图。塔克看向西德拉，做了一个人类的手势——一根指头指着嘴。西德拉明白了,没有再说什么,然后她们走进了城市绿地。这里的所有人都不说话。这是西德拉去过的最安静的地方。宇宙飞船里可比这儿嘈杂得多。

塔克环顾四周,寻找着空位。她挑了一个内置靠椅的隐私洞,空间足够大,容纳她俩绰绰有余。塔克坐了下来,西德拉也跟着坐了下来。修剪过的草在她们脚下层层叠叠。塔克把长方形的装置放在脚边,用拇指按了一下。一束柔和的光射了出来,在她们周围形成一个几乎透明的大气泡,一直延伸到地面。

"我想你应该从来没有见过隐私盾。"塔克察觉到西德拉的表情,于是说道。

"嗯,是的。"西德拉回头看了看,"现在可以说话了吗?"

"哦,可以。"塔克说着,兴致勃勃地躺在草皮上,"隐私盾能隔绝一切声音,很适合在这种地方用。我想,对你来说,它格外有必要。"

"谢谢。"西德拉环顾四周,"我从来没有见过这样的地方。"

"是的,这么好的地方,我们一般不告诉外人。"

"我指的是整体氛围。我知道田野不是真实的,但是……"

塔克说:"群星啊,你从没亲近过大自然,对吧?"

西德拉摇了摇头,说:"我住的地方附近有公园,但是——"

"哦,不,那不一样,这里也是。"塔克说着,从外套口袋里取出一包东西,"要我说,你应该多走走,可是……你能多走走吗?"

"能。不过我并不想那样。"

"为什么?"

"我在户外很难受。以前我的主要功能是观察飞船上发生的一切,所有事情。如果没有边界,我就不知道工作范围该限制到哪里。"

塔克打开那包东西,把里面的7块糖果倒在手心。"听起来很累人。"她说着,用两根手指捏起一块糖果,扔进嘴里,咀嚼起来。

"是的,"西德拉说,"我更喜欢待在室内。"

"没有别的办法吗?我是指'不得不观察一切'这件事。"

西德拉叹了口气,说:"理论上,有人可以修改我的代码来删除某些协议。但是佩珀和布鲁不知道如何写晶格程序,我又不能修改自己。这是……一个挑战。"

"就像你一直得说实话。"

"准确地说,这是义体最让我讨厌的一点。"

塔克又躺回到草上。"你为什么这么说?"

"怎么说?"

"'义体'。你不是说'我的身体',而是说'义体'。"

西德拉不知道怎么回答。"你觉得一个安装在飞船上的人工智能会管飞船叫它的身体吗?"

"不会。"

"那不就得了。"

塔克的脸上没有出现西德拉希望看到的那种理解。"但那是……飞船,不是身体。"

"对我来说,都一样。我过去被安装在飞船上,现在被放进一具义体。我的义体改变了我的能力,但它并不属于我。那不是我。"

"但是你的身体属于你。它是……你的。"

西德拉摇了摇头。"感觉并不是这样。"她继续解释,但是这样深入的交谈让她感到不安。一切都是围绕她。她感到脸颊发红。

"怎么了?"

西德拉试图平复自己的情绪。"佩珀和布鲁是我的朋友,"她终于说道,"但他们是那种患难之交。当我醒来的时候,佩珀就在那里,并且此后一直照顾我。布鲁则是我和她的友谊的一部分。但是你——

我还是第一次自己交朋友。以前都是……出去找人办事。我都不知道怎么交朋友，第一步从哪里开始。"

"你觉得不自在吗？"

"有点儿。"

"为什么？"

西德拉想了想。不是因为佩珀和布鲁不在身边，不是因为她在一个新地方，不是因为——哦，等等，是这个原因。她看向塔克。虽然没有被迫说真话，她还是如实回答："因为我不知道你为什么要和我做朋友。目前，我觉得你只是对我感到好奇。"

塔克若有所思地嚼着糖果，没有生气，说道："这样吧，你问我一个问题，我如实回答你，然后角色对调，换我问你。如果我想问关于你身体的问题——抱歉，关于义体的问题——那么你也可以问我一个关于我身体的问题。问什么都可以。友谊就应该这样——对等的给予和接受。"

西德拉想了想。"能问其他问题吗？"她委婉地说，"我不是只有义体，你也不是只有身体。"

塔克的脸变成了快乐的蓝色，说道："可以。如果你愿意，你可以先问。"

"好。"西德拉汇总了一份要点清单，从最上面开始问："你的家人来科里奥尔多长时间了？"

"30多年前我的父亲们就搬到这儿了。"塔克笑了，"他们说，搬来这里是因为他们知道，在旅行者们短暂停留的中转站，人们对家长的需求很大，但我知道，有一部分原因是他们融入不了索赫普·弗莱。他们，呃，"她脸上出现一个有趣的表情，"爱发表政见。准确地说，是反战观点。他们在家乡不太合群。"她又剥开一块糖果，说道："好了，轮到我了。我知道你读过书，看过视频。你有特别喜欢的作品类型吗?"

"我喜欢民间故事、神话和纪实文学,悬疑小说也很有趣。"

"你是指人类的悬疑小说?"塔克做了一个鬼脸,说道,"我不能看那种,会焦虑。我不觉得人们的厄运是特别有趣的事情。"

"我喜欢寻找各种线索,但我更多的时间是在思考背后的深层问题。"

"比如?"

"比如,面对死亡的恐惧。所有的有机生物都害怕死亡,而且死亡不可阻挡,终会来临。在悬疑小说中,即使你或你爱的人遭遇了可怕的事情,那些坏人总会被抓住,而那些破案的人很有一套,会将他们绳之以法。我猜想这样的情节设定会给人一种心理慰藉。"

塔克笑了:"你解释得很好。好了,又轮到你提问了。"

"你怎么知道什么时候转换性别?那是一种什么感觉?"

"感觉痒痒的,不是真的痒——你懂我的意思吗?"

"不懂。"

"嗯,好吧。就是一种……一种刺激,一种冲动,但持续不了多久。从植入装置有反应开始,三天之内我就会完成性别转换。那个过程还好,不会难受。也许有点儿疼,但是不厉害,比没有植入装置要好得多。"

"没有植入装置会怎么样?"

"难以置信地难受。"

"因为你没法转变性别?"

"是的。你那个时候才意识到自己是两性艾卢昂人。从青春期开始有感觉。你一觉醒来,有一种瘙痒、疼痛的感觉,而你的身体荷尔蒙紊乱,无法自然地做出反应。"

"因为村庄不再区分性别,物种开始混居?"

"是的。从生物学的角度来看,性别转变应该发生在同性环境中,但我们现在显然已经不在这样的环境里生活了。所以你开始难受,你的荷尔蒙紊乱。当我的父亲意识到为什么我一上午都头晕目眩和疼痛,他马上就带我去做了植入。他带我去了诊所,他们治好了我。"塔克指了指自己,意思是接下来轮到她提问了,"你——这儿应该叫什么?你里面都有什么?"她冲西德拉的躯干做了一个循环的手势。

"很多东西。"西德拉摸了摸前胸,说道,"首先是假肺和假心脏。你想听听看吗?"

塔克的脸变成亮色,但是她的声音依旧平稳:"你不介意吧?"

"不介意。"

塔克俯身把耳朵贴在西德拉胸口。西德拉深吸一口气。"哇,"塔克说,"这太不可思议了!但它们不起任何作用吗?"

"肺几乎不起任何作用。它们只管吸气、呼气,模仿呼吸的样子。心脏实际上像真的心脏一样,它会把假血喷到身体的各个地方。但血液不是一种重要的系统功能。就算你移除里面的心脏,我也不会有事。"

"那……真是太神奇了。"

西德拉按身体构造从上往下继续说:"还有一个假胃,我吃的东西都储存在里面。"

"我之前还在想,你是怎么吃东西的。你在我的店里喝了丁酮酒。"

西德拉点了点头,说:"但是同样地,它不能供能。它的存在只是出于表演需要。你不介意的话,我就不给你展示怎么清空它了。"

塔克举手表示赞同:"大多数物种的胃都不好看,所以还是别展示了。"

西德拉把手放在腹部,说:"这里是核心中枢、电池和主程序的电路系统。"

"你是说，你的大脑在你的肚子里？抱歉，在义体的肚子里。"

"准确地说，只是一部分大脑在义体的肚子里。"她敲了敲脑袋，"存储器和视觉处理器在这里。记住，如果我在飞船上，我要观察的区域很广。我不局限于一个处理单元。"她触摸大腿，说，"动能采集器分布在四肢和皮肤。只要我的身体在运动，就会产生能量。"

现在轮到西德拉提问了："你有过孩子吗？不管是做父亲还是母亲？"

"没有，我不想换职业，所以我是女性的时候从来没有生育过，但是我有生育的意愿。"她笑着说，"而且前辈们会告诉你，父母是两性艾卢昂人的孩子很幸运。现在轮到我问了：你游过泳吗？"

"没有。为什么这么问？"

"因为你说你不用呼吸，这让我很嫉妒。你可以在海底行走。"塔克瞪大眼睛，说道，"你可以不穿衣服就在太空行走！"

"不，我不能。"

"你当然可以！"

"那样肯定会被发现。"西德拉一边想接下来要问的问题，一边环顾城市绿地四周。赤身裸体的那个家伙脸上盖着平板电脑睡着了。一对艾卢昂年轻人背靠背躺着，在公共礼节允许的范围内尽可能贴近彼此。"你说你的父亲们反战。那你呢？"

塔克摇了摇头，说："没有他们那么热衷。我认为战争是一种愚蠢的行为，浪费资源和宝贵的时间，但是我认为拆除我们的炮舰还为时过早。看看罗斯克人（Rosk），那就是活生生的例子。"她翻了个白眼，继续说，"我觉得我的父亲们也无法反驳这一点。"她用手掌把空的糖果包揉成一个球，放回口袋，"你害怕被抓住吗？"

"一直害怕。但是……"西德拉停顿了一秒，然后说，"我觉得我

215

还有很大潜力。"

"什么意思?"

西德拉看着双手,停顿了两秒,然后说:"不在家的时候,我想做更多符合我本来能力的事情,但是佩珀不同意。比如不让我联网——我明明有能力一次处理几十条信息。我经常觉得无聊,或者被困在自己的头脑里。在飞船上,我随时都连接着网络,但在这里不行。佩珀说,在义体里安装无线接收器是很危险的。"

"她说的应该不会错,但是这个问题肯定有办法解决。"

"她不想让我做那些显得我不寻常的事情。她害怕有人会察觉。"

"那你害怕吗?"

西德拉想了一下,说:"不害怕,我可以藏得很好。我会小心。现在的处境令我沮丧。我明明有能力做很多事,却做不了。"

塔克又躺回到草上,双手放在她平坦的胸上,说:"我知道该轮到你提问了,但是……先等等。也许我们能想到一个佩珀没想到的主意。"

"比如?"

塔克耸了耸肩,说:"我不知道。但要是我们艾卢昂人能去太空,能发明植入装置,学习与其他物种交谈,就肯定会有办法解决你的问题。我知道你必须谨慎。你……你确实和我们不一样。别介意,我没有别的意思。"

"我不介意,你说得没错。"

"我的意思是说,我们都是智慧生物,对吧?我,你,那边那些愚蠢的家伙。"她指着远处那对满眼爱意的年轻情侣,"但比如说……比如说我搬到哈加兰姆星(Hagarem)的哈玛吉安人居住区。要是我有幸成为那里唯一的艾卢昂人,我会尊重他们的言行吗?会。我会接受他们的风俗吗?会。但我会再也不是艾卢昂人吗?见鬼,不会。"

她的手指相互敲击，"我只是打个比方，你的情况不同。你并不是非得放弃那些让你与众不同的东西。你应该保留它，而不是扼杀它。"她摇摇头，脸颊发黄，很坚决，"你觉得待在哪里最舒服？你喜欢什么样的地方？"

"两个问题我有不同的答案。"

"哦。"

"我待在家里最舒服。家里很安全，我可以连接网络，佩珀和布鲁在家陪着我。"西德拉嘟起嘴，"但是我最喜欢派对。"

塔克抬起下巴，说："真的吗？"

"真的。我喜欢派对，在一个封闭的空间，发生很多疯狂的事情。我喜欢品尝新的饮料，我喜欢看人们跳舞，我喜欢各种颜色、光线和噪声。"

塔克笑了："你上次参加派对是什么时候？"

"前阵子……在你店里晕倒的6天前。我们为布鲁的一个艺术家朋友庆祝生日。"

塔克想了一会儿，说："那距离你上次参加派对已经过了38天了。"她用力点了一下头，接着说，"我们就先来解决这个事吧。"

简，14岁

没人来救她。

这是显而易见的。这里没有其他人。从来没有人帮助过她，手受伤的时候，击退狗的时候，都没有。但是现在，在漆黑的洞里颤抖的她才真正明白孤身一人的意思。没有人会出来找她。如果她死了，没有人会想念她。没有人会发现，没有人会在乎。

母狗在上面踱来踱去。一条小狗在打鼾。简在发抖。她向后靠在泥墙上，用两只胳膊抱住那条没受伤的腿，试图保暖。夜里冷得要命，她的衣服本来就不保暖。她的屁股坐得发麻，但是因为腿疼得厉害，她难以调整坐姿。

是她的错。要是她走另一条路就好了；要是她不登那艘愚蠢的飞船就好了；要是她走左边，不走右边就好了。愚蠢！愚蠢愚蠢愚蠢！坏女孩！干坏事！

"停，"她堵着耳朵，低声自语，"别这样。别这样。停下来。"

但是熟悉的念头正在悄然出现，没有任何任务、课程或者模拟游戏可以让它们消停。都是她的错。要不是她爬上泥土墙，这件事本不会发生。如果她没有向左走，如果她三思而行，而不是笨手笨脚、干坏事、不务正业——

"停下来，停下来，停下来，"她摇头晃脑，自言自语，"停下来。"

她一直在犯错。坏女孩没有好下场。

她想到了工厂，那个从来不会让她感受到冷和孤单的地方。她想起了和简64紧紧拥抱，睡在那张温暖的床上。"我觉得我们不应该这样做。"简64说。但是她强迫简64,逼简64做了坏事,那个善良的小女孩因此而死。

她思考死意味着什么。生命终止。两眼一黑。一生结束。如果她今晚就会丧命,她要怎么办?如果她最后的感觉是寒冷、孤独、害怕,她要怎么办?如果她看到的最后一幕是黑暗中一双虎视眈眈的眼睛,她要怎么办?或许,蜥蜴鸟会发现她的尸体。它们通常以蘑菇为食,但是简见过它们啃食死狗和死老鼠,它们不愿意浪费食物。她记得那些死去的动物的样子。她想象如果自己死了,会是什么样。"停,"她大声说道,"简,停下来,停下来!"

她在洞底呜咽,她的腿越来越疼,这加剧了她的颤抖。洞上面的狗无精打采地踱步。简64死了。她可能也要死了,因为她又笨又不小心,而且没有人来救她。没有人在乎,除了奥尔——但是奥尔都不知道发生了什么。又一个愚蠢的人类离开了她,她却不知道原因。

简捂紧自己的脸,摇头晃脑。这一切都是对她的惩罚,是她自作自受、咎由自取。

晚上,那几条狗吃了简的四轮车上的那条死狗。简不知道狗还会吃同类,但蛋白质就是蛋白质,而且她猜它们会放弃吃她。她看不见吃的过程,但是能听到声音。狗崽子很兴奋。她甚至觉得它们的声音很开心。

她迷迷糊糊,好像睡着了。不是真的睡着,只是在一片混乱里昏迷又苏醒,直到她听到头顶上蜥蜴鸟振翅的声音——这代表太阳升起来了。她得离开那里。她得做点什么。她想要回家。

"快点,起来。"她想,"起来起来起——"

她想站起来,但是刚一起身,就后悔了。"该死。"她骂骂咧咧,一头撞在泥墙上。

一小块泥滚落到她的肩上。当然了,这太明显了。地面塌陷,形成了洞。如果……如果她让它进一步塌陷，会怎么样？

她艰难地转向泥墙。虽然她的眼睛已经适应了黑暗，但她还是很难看清东西。可她能够感觉。她把手掌放在泥土上，泥土很紧实，但也很柔韧。她从背包里翻出一个工具——一根小撬棍，用它对付挖不动的废料非常好用。她停顿了一下。如果她挖出一条上去的路，那条狗就能下来。她竖起耳朵听。自从进食的声音停止，她就再也没有听到狗的声音。那几条狗可能已经走了，但是无从知晓它们走了多远、它们还饿不饿。她从背包里拿出刀，放进口袋。总要做点儿什么，不管怎样，都比坐以待毙强。

"砰"的一声，她把撬棍插进泥里，挖了一个洞，一个洞中洞。她开始不停地挖，挖了一整夜，挖到空气热起来。她挖得手指疼，腿也疼。在挖的过程中，泥墙一点一点剥落。眼里进了土，她就把土揉出来。嘴里进了土，她就把土吐出来。如果挖下一大块，她就爬上去，然后再挖，直到最后——最后足够多的土落入洞中，堆积成了一个斜坡。她用胳膊撑起自己的身体，大声呻吟。如果那些狗还在附近，它们会知道她来了。她掏出口袋里的刀，握在手里，将背包和坏掉的武器狼狈地拖在身后。终于，她看到了平地上的四轮车，它还停放在之前的位置。她想笑，可是立刻就笑不出来了。那些狗还在那里，在简杀死的那条狗旁边睡着了，那条死狗被吃得只剩一半。她紧握住刀。母狗抬起头来，肚子鼓鼓的，毛被血染红，眼神迷离地看着食物。母狗和简对视。它咆哮着，但那不是要猎杀她的咆哮，那咆哮声更小、更低。小狗们紧紧依偎在又胖又脏的母狗身边。一条小狗滚到它的背上，带血的小爪子伸到空中。母狗把头靠在小狗身上，又咆哮起来。

简明白了。她拖着身子向身后的一小堆废料走去。母狗终于低下了头。

简在废料堆里发现了一根生锈的管子,几乎有她那么高。能用。她撑着管子站了起来,尽量不发出声音。她咬紧嘴唇,腿颤抖着。她以前也受过伤,但这次不一样——她从来没有伤得这么重。

她把重心放在管子上,尽量抬高腿。她将管子作为拐杖,拄着向前迈了一步。她的余光瞥到母狗在动。简大叫,吓得差点跌倒。但那条狗只是翻了个身。简告诉自己别慌张,深呼吸,保持镇定。她现在是个废人,不能跑,步履维艰。所幸狗还在她的四轮车旁边鼾睡。她不可能把四轮车抢回来。按这样的步行速度,她要花好几个小时才能回到家,如果路途中遇到其他狗群……

但是她必须回家。非回不可。她不能待在这里。必须回家。

西德拉

那晚"漩涡"的活动十分精彩——三个舞池！一个杂技演员！随意畅饮的桶装草酒！——但是西德拉还是发现塔克有心事。虽然塔克和深夜在社交场所的有机智慧物种一样，正常地喝酒、聊天、调情——看他们调情很有趣——但是他好像一直被什么困扰着。

"你怎么了？"西德拉大声问，不然她的声音会被音乐声和谈话声掩盖。

塔克眨了眨眼："什么怎么了？"他的发音很清晰，但语速比平常要慢。酒精并没有使艾卢昂人糊涂，但是就像喝醉了话说不利索一样，艾卢昂人通过话匣子发声也会变得费劲。

西德拉喝了一口饮料。月光洒在一只漂亮的白蜘蛛身后，蛛丝根根分明，编织成一张结实的网。她欣赏着画面，目光却一直未从她的朋友身上移开。"你有心事。"

塔克耸了耸肩，说："我……很好。"但这话与他脸颊上的黄色并不相符。

西德拉皱起眉头。

艾卢昂人大声叹了口气："你……玩得开心吗？"

"我当然开心。你不开心吗？"

"我开心，但是……我……的开心里……没有你。我们……是一起来的。"

西德拉想了想这句话的意思，但没想明白。"我们在一起啊！"她指了指桌子，"我们这就是在一起啊！"

塔克抓挠自己的银色头皮："你总是这样……每次……我们一

起出去都是。你找个桌角坐下……背靠墙。你……点很多喝的……不……是两杯……一模一样的。你看着……其他人……玩乐。有时候,你一时兴起……会换到……另一个桌角。"他心事重重,脸色发黄,"是……其他人……让你紧张?是这样吗?"

"我不明白你为什么这样问。"西德拉说。塔克是什么意思?"我很开心啊!"

"但你只是在……观察。你从来不……参与。"

"塔克,"西德拉尽量压低声音说,"你知道我为什么不参与。我不需要参与就很享受。陪伴和获取(输入)有趣的信息,我只需要这些。"

塔克用一种清醒时从未有过的严肃神情看着她:"我……明白。但你不该被……程序设定……限制。"他一口喝完剩下的酒,"来吧,我……给你……一些不同的……输入。"他拉起西德拉的手,带她离开桌子。

让西德拉紧张的不是其他人,而是这种突然的转变。身处角落的舒适感消失了,她犹豫着要不要跟塔克走。"我不知道怎么让义体跳舞。"她喊道。她知道这样说很危险,好在周围是嘈杂的音乐和喝醉的人,还算安全。

塔克回头看她,表情无奈。"你观察……那么久了……现在……你应该……会了。"他在舞池里比画着,"而且……这里的人看起来像……会跳舞吗?"

西德拉看着周围晃动摇摆的身体,咽了一口口水,说:"是的。"

塔克挠了挠下巴:"唔……好吧,他们会跳舞。但这……我也会。"他朝她微笑,"试试,要是……你不喜欢,我马上带你走……回到你的角落……请你喝……你想喝的。"

西德拉考量了一下义体的四肢、脖子、脊柱曲线。她曾经能在管理生命维持系统的同时，进行数十个对话。当遇到紧急情况时，她甚至可以将飞船驶入停泊站。舞池是小菜一碟，她能应付。是的，她能做到。她调出之前派对上每个舞者的存储文档。"不管我喜不喜欢，你都要请我喝一杯。"她说。

塔克笑了，带着西德拉走进人群。

几乎人人都会跳舞，真神奇。不是所有人都在跳自己种族的舞蹈，但绝大部分是。一些本来没跳的人看到了，也情不自禁地跟着舞动起来。即使是听不见音乐声的艾卢昂人，也有自己特有的舞蹈。西德拉看过很多舞蹈录像，吸引人的正是不同种族的文化魅力。她更喜欢多物种聚会的那种即兴疯狂。她观察到，在舞池里，舞姿并不重要，你只需要跟着节奏和旁边温暖的身体一起尽情舞动。

西德拉知道她对跳舞的感受不同于其他人，但是，也许……也许她只管跳舞就行了。

塔克松开西德拉的手，开始跺脚——他是在鼓动西德拉一起跳。西德拉快速扫描记忆文件，找到一个16天前看过的女人的跳舞文档。不如就从这儿开始吧。

西德拉对文档进行了分析，并将分析结果输入义体的运动系统。义体做出反应，摆出一个西德拉从未见过的姿势。她的四肢不再紧贴身体，背也不再挺得笔直。之前义体的紧张和僵硬消失了，现在她手脚协调，轻柔地晃动、摇摆、进退。

塔克仰着头，脸上洋溢着欢乐的绿色，笑声从话匣子里爆发出来。"我……就知道，"他说，"我就知道。"他把双手举过头顶，欢呼起来。

西德拉感到莫名的愉快，心里暖暖的。整个变化过程很神奇。虽然意识到身后有人还是让她难受，但是在这种情况下，她感觉到的更多是刺激，而不是障碍。视野受限的失望感是她熟悉的，但是跳舞的感觉是新鲜的。新鲜感使她忘掉了平日的烦恼。

音乐不停地播放，永不变慢，永不停止。西德拉听不到塔克的呼吸声，但是能看到——他在高兴地大口呼吸。一个陌生人出现在他们旁边，就像是海水般的人流把一个人冲上了岸。她是之前和塔克调情的一个艾卢昂人，塔克对她显然也有好感。

"你介意吗？"塔克用表情问西德拉。

"当然不介意！"西德拉用表情回答。

塔克笑了笑，然后把注意力转向那个艾卢昂人。他们比朋友靠得更近，银色的皮肤在闪光灯下发亮。就算环境的颜色会让艾卢昂人会错意，他们也显然不在乎。

西德拉为塔克高兴，对在这里发生的所有变化感到高兴。她还有36个舞蹈文档等待分析，她迫不及待地想看——

又一个陌生人出现了，应该说是两个，两个安德瑞斯克人——一个绿色的男人，一个蓝色的女人，羽毛梳得整整齐齐，宽大的臀部套着得体的裤子。他们一齐看向西德拉，兴奋又好奇。

西德拉差点儿踩到人。这里有几十个智慧生物，他们为什么要看她？她做错事了吗？她的舞步是不是不对？他们在嘲笑她吗？

那两个安德瑞斯克人并没有笑。他们的脸部结构不同于艾卢昂人，但是神情看上去一样：友善、自信，充满魅力。

他们想跳舞。

他们没有说话，只是靠近西德拉，面向她，与她站成一个三角形。西德拉从他们跳舞时没有丝毫戒备地触碰彼此身体的行为推测，觉得他们可能来自同一个羽毛家族。但是也说不好，安德瑞斯克人总是很难猜。西德拉不知道接下来该怎么办，因为现在她在与别人共舞，而不是在他们周围跳舞。但她没有停下，而是专门找了关于无性恋群体的文档。

当他们跳舞的时候,那个安德瑞斯克女人朝西德拉俯身。"你真棒!"她喊道。

西德拉感到无比自豪,她不知道她的路径能不能承受这么强烈的感受。

她的两个舞伴交换了一下眼神,她没看懂。然后他们重新看向西德拉,用眼神问了一个问题,西德拉似懂非懂。

西德拉没有多想,就点了点头。

安德瑞斯克人靠得更近,他们绿色和蓝色的鳞片触碰到西德拉的皮肤。他们把手放在西德拉的皮肤上,手指开始了自己的舞蹈,随着头和尾巴的摆动而跳动,有的手指顺着手臂一路往下,还有的手指进到西德拉的头发里。

一个图像出现了,这个图像比西德拉之前见过的都要亮。光。温暖的生命之光。水盖过她的脚趾。沙子在她的身下,感觉很安稳。西德拉全神贯注。那个图像持续着,虽然她的嘴里没有食物,鼻子跟前也没有丁酮酒。随着安德瑞斯克女人把臀部贴紧西德拉的身体,安德瑞斯克男人把手掌放在西德拉的背上,那个图像越发引人入胜。西德拉从未有过这样的感观图像体验,但是不知道为什么,她很肯定它的含义。

"哦,不!"她想。然后,"哦,哇!"

这个图像超乎想象地棒,但是她不知从哪里冒出一种饥饿难耐的感觉。她知道后面还会出现别的图像,每个都会很精彩。两个安德瑞斯克人紧贴着她,她也紧贴着他们,满心渴望。她——

系统警报突然响起,压倒了她的一切感受。那是一种靠近警报,当附近突然出现飞船或者碰撞威胁时会响起来。这一次紧急警报是由她身后的一个人引发的,一个她看不见的人——没想到他的手会在西德拉的肩上游走。

西德拉尽可能快地关闭了警报,但是她的路径确信她的身体处于危险之中,而且义体已经接受了它发出的提示,停止了跳舞,还把那些手从肩膀上甩开。现在,义体正在环顾四周,搜寻威胁。又一个安德瑞斯克人,男性,很可能认识另外那两个安德瑞斯克人,但是这不重要,无关紧要。她的系统只知道:他是一个威胁。

"哇,"安德瑞斯克男人说,"哇,我很抱歉。"

"你没事吧?"安德瑞斯克女人说。

西德拉不得不回答,但是她现在发不出声音。她的呼吸太急促了。她摇头。

塔克在附近,但是西德拉说不出他的具体位置。她什么也说不出来。她看不见,理解不了,她只有受限的人类视角。"不不不,别这样,别这样,别这样,别这样,别乱来,停下来停下来停——"

"没事。"塔克把手搭在西德拉的肩膀上。西德拉一抬头,看见塔克变换脸上的颜色,对他沮丧的舞伴示以歉意。

"看,你搞砸了,你坏了他的好事。我得回家,我得走了,快让我停下来,拜托——"

"嘿,西德拉。西德拉,走吧。我们找个安静的地方,行吗?我在这里,没……事的。"他领着西德拉穿过人群。西德拉盯着地面,想避开旁人的目光。她想要消失。

"她没事吧?"最后出现的那个安德瑞斯克人跟在他们后面,问道。

"她没事。"塔克说。

西德拉看着那个安德瑞斯克男人,试图平复慌乱的呼吸,以便说句话。"这不是——你的——"空气进来了。该死,她不需要呼吸!

"这不是……你的错,"塔克说,"她会……没事的。谢谢。"

他们离开了舞池,把安德瑞斯克人留在身后。塔克穿过人群,走向之前的座位。一群拉鲁人坐在那里。塔克大喊了几句便往出口走。

"不去外面,"西德拉大喘气说,"不去外面。"

塔克转而带西德拉往吸烟室走。围在一个高高的公用吸烟机旁的一群人体改造控抬起头。

"嘿,伙计,"一个女人说,她的机械手里拿着一个吸烟咬嘴,"对不起,我们只是——"她看着西德拉,"伙计,她没事吧?"

塔克收起忧虑的表情,轻松地对他们微笑了一下。"没事,"他说,"不过,别……从那个商人那里买烟,合成垃圾,知道了吗?"

"哦,好惨!"那个女人说,"她在发抖吗?"

西德拉费力地冲女人点点头。她确实在发抖。只不过不是人体改造控以为的那样。

"好吧,你在这里缓缓。"女人说。她把目光转向塔克,指了指烟斗,"抱歉,我在抽红草。"

"没关系。"塔克说。西德拉看到他的眼睛已经被烟弄得发痒。这下子更糟了。

塔克把西德拉带到一个远离烟民的安静角落。西德拉坐了下来,呼吸不再急促。剩下的只有尴尬。她宁愿像刚才那样上气不接下气。

"我很抱歉。"她低声说。

"这不是……你的错,"塔克说着,话匣子位置变低,"是我太急了,对不起。你告诉过我你的舒适区,我……应该……尊重的。"

"没关系。"西德拉说着,握住塔克的手,"一开始很有趣,我很喜欢。我只是——"西德拉用手捂住自己的脸,"群星啊,我真的不想老是给你惹麻烦。"

塔克笑了:"你看,这话……可不对。我们……去过……多少次派对了——"

"8次。"

"我不是真的问次数，不过……谢谢。这是……第一次出状况，也是……第一次有人……在跳舞的时候……让你大吃一惊。所以，下一次……我们就知道……怎么避免这种事的发生……"

一个人体改造控端着一杯水向他们走来。"给你。"他说着，把水递给西德拉。

"谢谢你。"西德拉接过来，喝了一口，实为表演。水对她没有任何帮助，但她还是很感激人体改造控给她递水。

"没事的，"那个人说，"我们也都经历过。"他的脸上露出一个略带醉意的温暖的微笑，然后回到了朋友们中间。

西德拉凝视着杯子，看着水里泛起的涟漪。"抱歉，给你惹麻烦了。"她回想起塔克和那个艾卢昂人开始跳舞时脸上的笑容。

塔克面露不解，然后笑了起来："啊，没事……别想了。那……种事情……还会发生的。"他拍拍她的手，继续说，"等你……好点了，我……带你回家。"

西德拉表示反对，开始劝塔克留下来，找乐子、滚床单……但那只是她幻想出来的，她并没有真的那样做，因为她不想一个人回家。她不能一个人待着。因为她不知道什么时候会再来一次系统警报，会再因为一个善意的陌生人而陷入恐慌……塔克会把她交给佩珀和布鲁，下一次她想出去的时候，佩珀和布鲁又会把她交给塔克，像对待孩子一样。她知道，他们不是真的把她当孩子，而是太想对她好。但无论如何，现状无法改变。

简，14岁

"我今天可能会死。"

那是她早上醒来脑子里最先闪过的念头。自从两周前她拖着疲惫的身体回到穿梭机，每天早上醒来，她脑子里最先闪过的都是这个念头。它总会下意识地出现，伴随她一整天，就像心跳一样，就像一只虫子爬到她的耳朵上。直到晚上，她倒在床上，才能舒一口气——原来是她想错了。"好吧，"她想，"今天没死。"然后，她就会睡着。睡觉很好，睡觉意味着不再思考。但是隔天早上，奥尔会把灯打开，然后循环又开始了。

"我今天可能会死。"

自从她回来后，就再也没有出过穿梭机。她的腿仍然酸痛，但是已经好些了，她身上绑着的夹板让她能够四处走动。她还把武器修好了，她可以造一辆新的四轮车。如果离家不远，她可以到外面去。只是……她不能。她不能出去。她什么都不能做。

对于简一直宅在家，奥尔没有说什么，这很奇怪。通常，奥尔会催她去做还没完成的杂事或者去修理坏了的东西，但现在她不催了。对此，简很高兴，尽管她没有说什么。

她把毯子缠在肩膀上，走向厨房。她打开保鲜柜，盯着一块块缩水的狗肉和蘑菇。她得出去，她得去找更多的食物，但她也做不到。

她的肚子在叫。她饿了，但是保鲜柜里的一切都太费事了。碗碟也还没有刷洗，那是她做饭之前不得不做的。那要花好长时间，她现在饿了。她抓起一把生蘑菇，塞进嘴里。生吃很恶心，可她不在乎。

"你今天要出去吗？"奥尔问。

简把毯子裹得更紧，嘴里咀嚼着，避免与奥尔目光相触。"我不知道。"她说，虽然她知道答案不会是"是"。她想回去睡觉，但是她已经很久没洗床单了，床单好脏。而且，她知道如果她回到床上会发生什么。她只会盯着天花板，脑子里全是糨糊，反反复复想同一件事。"我今天可能会死。"她会陷在那个念头里出不来，感觉燥热难耐，无法正常呼吸。奥尔会尽力帮忙，但是不管用，然后她就会因为自己在添乱而感觉更糟。她需要做点儿别的事来转移注意力。

她躺在沙发上。模拟游戏帽在旁边的地板上。

"你想玩什么？"奥尔问。

简已经玩腻了焦烧队，也不想再玩其他那些能听见奥尔的聒噪声音的模拟游戏。只要一想到它们，简就觉得累。她不想要危险和爆炸。她想要安静，她想让脑子里的声音消失，她想要一个拥抱。

"你想让我帮你选一个吗？"奥尔说。

"不想，"简说着，闭上了眼睛，"这……这太愚蠢了。"

"什么愚蠢？"

简吸吮着嘴唇，感到很尴尬。"我能玩大虫子船员吗？"

她看不见奥尔的脸，但听到了她的笑声。"可以。"

简戴上模拟游戏帽，整个世界都消失了。一切都变成了柔和的暖黄色。阿兰、曼吉里和小猴子平奇突然跳了出来。"简！"曼吉里大叫，"阿兰，看！是我们的老朋友简！"

阿兰走过来，伸手触摸简的前臂。他太小了。她也曾经这么小吗？"很高兴见到你，简！"阿兰说，"哇，你长高了！"

平奇跳上简的后背，抱住她的头，笑得很开心。

简说："我也很高兴见到你们。"她让平奇从她的头上下来，把它抱在胸前。平奇的毛感觉一点也不真实，但是她很喜欢。她挠着平奇的耳朵，平奇则弓起身子，扭动脚趾。

曼吉里拿出平板电脑给简看。上面有一张五彩斑斓、闪闪发光的星图。"欢迎你加入我们的冒险之旅——"

"大虫子船员和行星谜团！"简和孩子们齐声大喊。模拟游戏的标题出现在半空中，加粗的红色字母闪烁着。孩子们拉起她的手，她开始放声歌唱。"发动引擎！加满油，出发！准备好，有很多事情等你了解——"简发不出声音了。她不知道是因为孩子、猴子还是什么，但是她突然又变回10岁。她10岁，整个世界都在崩塌。

孩子们停下了主题曲的演唱，她以前从没见过他们这样。

"简，你没事吧？"阿兰问。

简呜咽了一声。为什么？她哪里不对？她坐在虚拟的地板上，双手掩面。

"简？"曼吉里说。简能感觉到平奇放在她头上的毛茸茸的爪子。"如果你心情不好，没有关系。谁都不会一直顺顺利利。"

在简的意识里，她真的对触发一个从来没有见过的剧本很有兴趣，但那个念头被盖过去了……被这该死的失控的呜咽盖过去了。

"你身边有成年人能倾诉吗？"阿兰问道。

"没有！"简不知道她为什么要喊，"没有人！这里没有人。"

"好吧，我们在这儿，"曼吉里说，"有可能的话，你应该找一个真人谈谈，不过你也可以通过想象让自己好受点。"

"只是——"简用袖子擦鼻涕，她知道在现实世界里，这并没有什么用处，她的鼻涕可能已经到了嘴巴。"我太害怕了。我总是害怕。而且我很累，总是害怕让我很累。我只希望——我只希望身边有人。我想有人给我做饭。我想让医生看看我的腿，告诉我腿没事。我想——我想和你们一样。我想和家人一起住在火星上，还能去度假。你们——你们总说银河系是个很棒的地方，但不是。有这样的地方存在，就不会是。有人把别人造成这样，就不会是。"她指着自己被太阳灼伤的脸和秃头,"正常人知道吗,他们知道这个行星的存在吗?他们知道这是怎么回事吗?知道我将要死在这里吗?"说完她更恐惧了,就好像话说出口便会成真。但是话已经说了,而且这就是现实。"我将要死在这里,没人会在乎。"

"我在乎。"

简转过身来,大张着嘴巴:"奥尔?"

是奥尔的脸,但不是墙上扁平的图像了,它变成了立体的。她看起来像一个人,一个完整的人,有一具身体,穿着衣服,该有的东西都有。她是虚拟的,和大虫子里的小孩一样不真实。但是她在那里。奥尔笑着,有点儿害羞。"你觉得怎么样?"她指了指自己。

简又擦了擦鼻涕。"怎么——"

"你刚开始玩成人模拟游戏的时候,我就有这个想法。我设法给自己弄了一套皮肤,并把它粘贴进基础代码。其实,这跟整理存储库没什么区别。我不在这里面。这只是……一个假人。"她坐在简旁边的地板上。那些显然没按剧本表演的孩子也坐了下来,笑逐颜开。

简忍不住盯着奥尔看:"我可以——"她伸出手,期待着奥尔的答复。

奥尔苦笑着摇了摇头:"我不能让这成为有形的。但是,我们至少同在一个空间里了,这很棒,不是吗?"

"你为什么之前不这么做?"

"我想……你看,你那么喜欢其他的模拟游戏,而我也想跟你分享它们。我想,或许我们可以一起玩,或许你……"奥尔的声音变小了,"我担心你觉得那是个馊主意。你最近一直很讨厌我,我想,你宁愿自个儿玩。"

简差点儿冲到奥尔面前,但猛地想起这是个假人,它不能拥抱她。"对不起,"简哭了起来,"真的对不起!"

"嘘，"奥尔说着，坐在她的旁边，"没事。你不用说对不起。"

"我是个浑蛋。"简说。奥尔笑了，简也破涕为笑。"而且我在外面很蠢，我太蠢了。我知道我应该聪明点，我差点丢下你一个人。"

奥尔把她的手放在简的背上。简没有感觉到那只手，但是知道奥尔想把手放在那里就已很好。"那天晚上你没有回家，我以为我失去了你。但是我没想过你会丢下我。我知道你不会不辞而别。"奥尔在简的头皮上留下一个没有触感的吻。"家人是不会这样做的。"

西德拉

西德拉走进车间,手里拿着平板电脑。"佩珀,你有一分钟时间吗?"

佩珀正在修理模拟游戏帽。她抬起头,说:"我有好几分钟时间。"

西德拉做了一个深呼吸。她把平板电脑放在佩珀的工作台上。"我想跟你聊聊……我在做的事情。"

佩珀咧嘴笑了。她把工具放到一边,坐了下来。"所以,你终于肯告诉我你在神神秘秘地搞什么项目了?"

"是的。"西德拉点击平板电脑,一组设计图出现了。佩珀身子前倾,仔细地研究了起来。"这——"西德拉说。

"一个人工智能架构。"佩珀说着,目光从一个节点移动到另一个节点。她做了一个挑眉的动作,并直视西德拉的眼睛。"这同时也是我家。"

西德拉咽了一口口水。

佩珀对西德拉露出一个充满耐心的微笑:"你是不是担心我说你太放肆?"她靠在椅子上说道,"我允许你拆掉墙,但是我要听听你的理由。"

西德拉重新组织语言。她不再看平板电脑,而是快速调整了开场白:"我做了很多研究,我认为这很容易就能办到。你的每一面墙壁上都装有电缆柱,旁边可以走物理通道。我的房间可以还是——我的房间。装一些硬件和冷却系统,它绝对适合存放中枢系统。"她点击平板电脑,平板电脑上又出现了一组新的图像,"我可以在所有房间装上摄像头。当然，除了你们的房间和厕所。"她又点击了一下平板电脑，"甚至，还可以在外面装几个。"她又点击一下平板电脑，上面出现了一张数字表格，"我研究过，我可以用11天工资买到所有需要的物件。如果你同意我开始这个项目，我可以承担所有费用。"

佩珀的一根手指放在嘴唇上，思索着。"你想把自己装进我的房子？"

"是的。"

"好吧。这对我有什么好处？"

"首先，可以提升安全性。我知道你已经安装了闯入报警装置，但这只是非常基础的功能。由我监控的话，你可以防患于未然。如果出现问题，我可以叫醒你，打电话报警，让房子里的所有灯闪烁。如果发生医疗上的紧急情况也是一样的。如果你或者布鲁出了什么事，而另一个人不在家，我可以帮忙。"

"有意思。还有吗？"

"加强沟通，提升便捷程度。想吃晚餐？我可以搞定。想在回家之前下载好所有最新的模拟游戏？给我一份清单，我会搞定。想让我在你开工前给你读信息？我可以每天早晨为你省下20分钟大好时光。"

佩珀手指交叉撑住下巴，说道："那你想从中得到什么？"

"我只是……觉得这样安排对大家都有好处。"

"我问的是为什么。"

西德拉看了她的朋友一会儿。佩珀怎么就是不明白呢？"我不属于这里。我会给你、布鲁或者塔克惹麻烦。也许会给你们3个人惹麻烦。现在有太多的变数，我不知道这——"她指着义体，"会如何应对任何一个变数。"

"是因为那天在'漩涡'发生的事情吗？"

西德拉愣住了:"一部分是那个原因。你是怎么知道的?"

"塔克把你送回家后告诉我的。"

西德拉气愤不已:"他告诉你的?"

"他只是担心你,怕你的身体出什么问题。"

西德拉试图压制自己被塔克背叛的感觉。佩珀和塔克聊到的任何事都进一步确认了她的观点。"嗯,我正是这个意思。我不应该跟塔克出去,我只会给你们惹麻烦。总有一天会有人问我一个我不应该回答的问题——"

"我在想办法,西德拉。我很抱歉,晶格很难搞——"

"你本不用学习晶格。你的生活不应该为我做那么多改变。我知道你现在没时间再经常外出。我看到你的日历,我知道在我来这儿以后,你做了很多改变。我拖累了你。我是一个威胁。"

"你不是。"

"我是!我不会习惯,我不适应外面的生活。我知道你不明白,但是我累了。我厌倦了每天出去,厌倦了不得不与我的视线、我的一举一动以及这该死的义体里装的一切对抗。我每天被这些琐事弄得好累。"

"西德拉,我知道——"

"你不知道!你不知道这是什么感觉。"西德拉拽自己的头发,"我不适合待在义体里。塔克明白,但是你不明白。"

"为什么?因为他是雌雄同体吗?"

"因为他是艾卢昂人。他们都得靠植入装置才能适应性别转换。"

"是的,但问题就在这里——他们适应了。西德拉,我们是社会人。社会是有规则的。"

"你一直在违反规则。"

"我违反的是法律。法律和规则不一样。遵守社会规则,我们大家才能和平相处、相互信任、一起工作。是的，法律很愚蠢，它不允许你拥有和其他人一样的待遇。它有其荒谬之处，如果我能改变它，我早就做了。但在这个地方，我们说了不算，而且我们必须小心行事。我想帮你做的是：帮助你适应你的身体、适应有了身体之后的生活，防止你引起不该有的关注。"佩珀指着设计示意图，说道，"而这个，是没办法让你达成所愿的。你想要独自待在一栋房子里，几乎天天无所事事。"

"我可以连接上网。我可以——"

"你独自一人。我们这样的智慧物种独自待着是会出问题的。我不管我们是有机的，还是人造的，或者是其他什么。"她的声音听起来痛苦而愤怒，"人工智能不应该独自待着，他们需要人类的陪伴。你需要学会和他人相处。"

"我适应不了那样的生活。"

"你可以。我们大家都可以，你一定也可以，只要你去尝试。"

"我在尝试！你要我做的是一些超出我设定的事！我不能改变我自己，佩珀！不可能因为我有一张人类的脸，我就能像人类一样思考和行动。这张脸，群星啊——你不知道，每天早上走过门口的镜子，看到一张属于别人的脸是什么感觉！你不知道被困在另一个人的身体里是什么感觉——"西德拉意识到自己在说什么，她停了下来。

佩珀不是一个高大的女人，但即便她坐着，也显得很高。"你要说完那句话吗？"她说，语气平静而决绝。

西德拉没再说什么。她摇了摇头。

佩珀看了她几秒钟，面无表情。"我出去透透气。"她说。她起身朝门口走去。在她出门之前，她停了下来。"西德拉，我和你站在一边，但别再对我说那样的话。"

简，15岁

这真是一个美好的早晨。太阳不太晒，也没遇到狗，而且她已经发现了一些可能有用的废料。最棒的是，她面前的燃料桶上长满了一大片蘑菇。简坐在地上，手握袖珍小刀，一边切蘑菇，一边自言自语。

"艾卢昂人，"她说，"艾卢昂人是一种两栖物种，有银色的皮肤和变色的脸颊。他们天生没有听、说能力，所以他们通过喉咙里的植入装置说话。"她弯下腰，把一块厚蘑菇切成便于烹饪的薄片。尽管现在把蘑菇都弄下来比较快，但是她到家以后还是得把它们切成小块。"如果遇到艾卢昂人，和他们击掌问候。如果他们不张嘴就出声跟你说话，别害怕。"她把蘑菇片上的灰尘抹掉，然后扔进收集袋（收集袋是她的得意之作——缝得很结实，尽管布料已经有些褪色，但精心挑选的红黄配色深得她心）。"哈玛吉安人。哈玛吉安人真的很奇怪。"简继续说着。奥尔曾经告诉过她，说别的物种奇怪是一种不礼貌的行为，但是现在，这里又没有别的物种，说说有啥关系？她爬进燃料桶里，切啊切。"哈玛吉安人黏黏糊糊的，有触手。他们行动要靠脚踏车，因为我们其他物种走得比他们快。未经允许，不要碰触哈玛吉安人，因为他们的皮肤很敏感。哈玛吉安人的母语一般是汉特语，但是只有讨厌鬼才不跟你说克利普语。他们曾经拥有大量的行星，但是后来艾卢昂人来了，就——"

她的刀碰到了一个坚硬的物体。她把刀尖转了一个方向，试图去感觉碰到的是什么。不是金属，没那么厚。她把蘑菇放在一边，探头去看。她眨了眨眼，难以置信：是骨头！她碰到的是骨头！

她用手指拨开蘑菇，然后抓住之前刀碰到的物体。简皱起眉头，那是一根肋骨，但不是一条狗的肋骨，那么大一根，不可能是狗的——她僵住了，想起奥尔教的解剖学课程。不可能！

简尽可能快地清理蘑菇，不再像之前那样追求四四方方、便于烹饪。她用手一把一把地往外抓蘑菇，终于可以看清楚了。有一大堆尸骨，杂乱无章地堆放着。她伸出手，但不知道为什么，她有点儿害怕。她从那堆尸骨里拽出一个头骨——两个头骨中的一个。她坐了回去，双手捧着头骨。千真万确，这是一个人的头骨。它很脏，而且上面有细细的伤痕，还有其他的痕迹。她不用想就知道是怎么回事，是一条狗——或者许多条狗，这谁知道——用牙齿啃咬过这个头骨。她思考它和自己的头比起来哪个大。这个头骨不算很小，但也比她的头小。她盯着头骨的眼窝，发现里面除了土块和杂乱的树根，什么也没有。

这是一个小女孩的头骨。

简差点吐了，但是她不想浪费胃里的食物。她盯着明亮的天空，直到眼睛感到刺痛。她试图平复自己的呼吸。她吐了几口口水来抑制反胃。

她把能找到的所有尸骨收集起来，清空背包——把里面的废料扔到四轮车上，即便扔掉一些也不觉得可惜——把尸骨放了进去。其实，把尸骨和废料一起运比较明智，但她不能这样做。她不能把女孩和废料放在一起。

她往家走。虽然这一天才刚开始，但是她觉得应该立刻回家。

简回到家。当她从背包里取出头骨时，奥尔什么也没有说。简抱腿坐在客厅的中央，装骨头的包在她的旁边，头骨在她面前的地上。

"我猜她们是室友。"她说。

"哦，亲爱的，"奥尔说，她的摄像头旋转并发出声音，"你想把她们怎么样？你觉得，我们该怎么办？"

简皱起眉头。"我不知道，"她说，"我不知道为什么把她们带回来。我只是……我不忍心把她们留在那里。"

"嗯，"奥尔叹了口气说，"让我看看我有没有关于葬礼的参考文件。"

葬礼，简在模拟游戏里听过这个词，但她一直不知道是什么意思。她只知道，那是为死去的人举办的聚会。"你能解释一下什么是葬礼吗？"

"葬礼是为纪念死去的人而举行的聚会。它也是一个家庭或者一个社区排遣悲伤的一种途径。"奥尔苦着脸，叹了口气，"我没找到参考文件，但是我记得一些。我知道在不同的人类文化中有不同的丧葬习俗。地球移民会将尸体分解成养分，供他们的花园施肥。很多殖民者也这样做。在太阳系中，发射遗骸也很流行，但是有的人会选择火化——把尸体烧成灰烬。外行星的一些社区会选择把尸体冻结后粉碎，然后在土星环之间播撒。还有埋葬的，但是只有地球土著和盖娅人会那样做。"

"把尸体埋葬在土地里，对吧？"

"对。尸体分解后，养分回归到土壤里，我曾经听兄弟俩中的一个说起过。他喜欢自然的周期往复。"

简双手捧起一个头骨，想象她正面对着一个小女孩的脸。"你想要什么？我想要什么？"她以前从来没想过这些问题。工厂里是怎么处理尸体的？她觉得，不管那里怎么处理，肯定不会存在敬畏或悲伤。死了的女孩很可能像其他东西一样，是废弃物。

她把手掌放在小女孩头顶上。她感觉胸腔里沉重、阴冷。"你不是废弃物。"她一边想，一边用手指抚过头骨，在泥上刮出白线。"你很好，很勇敢，你尝试过。"

"在葬礼上，人们会做什么？"她问奥尔。

"我不太确定具体流程是怎么样的。我知道他们会谈论死去的人，会清理尸体，让死者尽可能好看，还会播放音乐。人们分享对逝者的记忆。通常还有食物。"

"食物？给活着的人吗？"

"我想有时候活着的人和死去的人都会有。我不确定，亲爱的，我的内存容量非常有限。我没有存储这些信息。"

"等等，为什么都会有？为什么死去的人需要食物？"

"他们不需要食物。按照我的理解，这只是一种爱的表达。"

"但是死去的人不知道食物在那里。"

"活着的人知道。死去的人离开了，并不代表你不再爱他们了。"

简想了想。"我不会做浪费食物的事情，"她说，"但是我们应该做点什么。"

"我觉得这是个好主意。"奥尔说。

于是，她们一起想了一个周全的计划。首先，简清洗了尸骨，但不是在货舱水槽里洗的。那是她清理狗的地方，她觉得不应该选在那里。她在自己洗澡的地方清洗了女孩的尸骨。

她把尸骨放在一块布上，那是她从一艘破旧的小飞船里的板凳上扒下来的，很干净，没有破损，但做衣服的话太粗糙了。她很高兴这块布能派上用场。

奥尔找出医疗文档，帮助简用正确的方法来处理它们。有些骨头不见了。简对此感到难过，但是她已经尽力去找，只能找到这么多。

简清理了四轮车上的废料，把尸骨放在四轮车上。她又想了想，然后开始重新摆放她们的手指。

"你在干什么？"奥尔问道。

"她们是室友，"简说，"她们应该手牵着手。"

奥尔闭上眼睛,低下了头。音乐开始播放,是一首简以前从没听过的歌,是首很奇怪的歌,但是有笛声和鼓点声,很欢快。

"这是什么歌?"

奥尔微笑着说:"这首歌叫《为老人艾塞特祈祷》,是麦克斯小时候最喜欢的一张专辑里的,讲的是一个民间传说,传说一位老人活了500多岁。"

"是真的吗?"

"我觉得不太像真的。但这首歌应该是在她去世后播放的,庆贺她度过了长寿、幸福的一生。"

简看着女孩们现在已经交叉在一起的指骨。"她们没有那么幸运。"

"是的,她们很不幸。"奥尔停顿了一下,"而你还可以长命百岁。"音乐很舒缓。一个安德瑞斯克人伴着鼓声哼唱,另一个安德瑞斯克人的声音加入进来,然后不断有人加入合唱。简和奥尔默默听着。这首歌最终唱完了。"你想对她们说点什么吗?"奥尔说。

简舔了舔嘴唇,莫名紧张起来。那两个死去的女孩听不见她的声音。即使她说错话,她们也不会在意……对吗?"我不知道你们是谁,"她说,"我不知道你们的名字,你们多大,你们的任务是什么。"她皱起眉头。她已经说错话了。"我不管你们的任务是什么。这不重要。最重要的永远都不应该是这个。重要的是,你们是好女孩。你们死了,你们死的时候很可能吓坏了。这太不公平了!这让我非常非常生气!我希望你们没死,这样的话,我们可以互相帮助。我希望我们能成为朋友。也许我们可以一起离开这里。"她摸了摸后脑勺,说道,"我不知道你们是谁。但是我记得其他人。我记得我的室友简64,她说——"她笑了,"我'最擅长'处理小组件。她睡觉的时候不乱动,她很……善良。她是我的好朋友,我会永远记得她。我还记得简6,

她排列电缆动作娴熟。我记得简56、9、21、44、14和19，她们在爆炸中死了。我记得简25，她总是问好多的问题——现在想想，她可能是我们所有人中最聪明的。我记得叫简、露西、莎拉、杰妮斯、克莱尔的女孩们，叫玛莉的女孩们，叫贝丝的女孩们。"她用手臂擦脸，眼睛刺痛，"我也会记得你们。"

奥尔不能和简一起完成葬礼计划的下半部分。简希望自己能够顺利完成。去水坑这一路太安静了，只能听到载着尸骨的四轮车"咔嗒咔嗒"的声音。她需要弄出点儿声响。在穿梭机上放的那首歌感觉很适合葬礼播放，但是她不会唱那样的歌。

"发动引擎，"简轻声歌唱，"加满油，出发！准备好，有很多事情等你了解。银河系是我们的游乐场，跟我们来吧，我们知道路线……"这首歌不如奥尔选的好，但是那两个女孩也曾经是小女孩，简觉得她们会喜欢大虫子。

到了水坑之后，她穿上那双第一天从货舱里找到的巨大的橡胶靴。虽然鞋码不合适，但是及膝的高度是她需要的。她拎起托着尸骨的布的两端，尽量伸开双臂将布扯直。尸骨和布一起移动。河岸边有一些蜥蜴鸟抬起头在看这边。

"我希望你们能接受这样的安葬方式。"简对那些尸骨说。她小心翼翼地走进水里，尽量不让尸骨互相碰撞发出声音，"我不能把你们送上太空，你们也没有任何有用的养分。"她向前走。水脏兮兮的，被污染了，但是它也孕育了生命。它让蜥蜴鸟、蘑菇和虫子活了下来，甚至让那些吃了这些孩子的杂种狗活了下来。水也让她活了下来。"所以，呃，在模拟游戏里，他们有时会谈论化石。化石很棒，因为化石意味着很久以后会有人找到你们，你们留存的东西可以告诉他们你们是谁。我不知道这可不可行，但我知道你们需要水和泥才能变成化石，这是我能想到的最好的办法了。"她在水坑中央停了下来。

蜥蜴鸟叫着。水拍打着她的大靴子。她觉得她应该再说点什么,但还有什么好说呢?反正骨头也听不到她的声音。她不知道她为什么要说话。她已经没有话说了,只觉得胸口沉重,非常疲惫。她把布放进水里。水漫上来,冲刷它,把它淹没。骨头沉下去,然后消失了。

简在回家的路上做了一个决定,她比以前任何时候都坚定。总有一天她会死,这不可避免。但是,不能让人在废料堆里找到她的尸骨。她不会让她的尸骨留在那里。

西德拉

西德拉在商店外站了3分钟。她以前替佩珀到"洞穴"办事的时候路过这里，但从来没有进去过。她不知道自己以前为什么不进去，也不确定现在要不要进去。

友好的特瑟什（Tethesh），闪烁的蓝色招牌上写着。人工智能授权供应商。

西德拉深吸一口气，走进大门。

里面很空，圆柱形的房间里只有一个立式的大型像素投影仪。墙上贴着各种程序工作室的广告。一个安德瑞斯克人躺坐在精巧的工作台前，吃着大大的水果馅饼。在他的身后，通往后面房间的门紧闭着。

"嘿，欢迎，欢迎。"店主说。他放下点心，站了起来。"我能为你做些什么？"

西德拉斟酌着要说的话，希望不要引起误解。"我……老实说，我只是好奇而已，"她说，"我从来没走进过人工智能商店。"

"很高兴成为你光顾的第一家人工智能商店，"安德瑞斯克人说，"我叫特瑟什。你呢？"

"西德拉。"

"很高兴认识你。"他挥动一只手表示欢迎，"那么，有什么需要帮忙？"

"我想知道你们是做什么的。如果我想买一个人工智能，我该怎么做呢？"

特瑟什看着她，想了一下。"你想买一个人工智能安装在哪里？

你的飞船里吗？或者是上班的地方？"

西德拉挣扎着。简单答一句"是的"就能让这次对话顺利往下，但她不能这样回答。"我工作的地方有一个人工智能。"她说。她知道这个回答很奇怪，但是除此以外她不能说别的。

不过，特瑟什似乎并不介意。"啊，"他点着头说，"我知道了，你准备把旧的人工智能升级，但是你已经习惯了旧的人工智能，怕更换之后不适应。那我给你看看我这儿的型号吧，或许看过后，你就知道要买什么了。"他用手势向像素投影仪发出指令。一串像素在他们周围出现，并排列整齐。"你会发现别家只卖某一种型号的人工智能，而我这里应有尽有。我更希望帮助顾客找到最适合他们的型号，而不是赚他们的钱。"他指着有序排列的像素，说道，"Nath'duol、Tornado、SynTel、NextStage，所有的主流型号都有。我还有一些小众款式，"他说着，冲一个更小的目录点头，"大品牌让人觉得可靠，但是也别小瞧小品牌。近来一些最酷的认知智能的变革就来自小型工作室。"

西德拉环顾四周。每个目录都只列出了一串名字，克拉、泰克、昂迪……"怎么挑选呢？"她问。

特瑟什举起一只爪子："我们从基础的开始。比如你要找一个店面程序。"他清了清嗓子，继续说，"目录筛选：店面。"他的声音变得更洪亮、清晰。像素移动，名字消失，取而代之的是一些别的东西。特瑟什又看向西德拉："然后，你可能希望人工智能跟你有相同的文化背景，那么……目录筛选：人类。"他看了她一眼，想了一下，"我猜是地球移民，对吗？"

西德拉咬紧牙关。"我的老天爷，说句'对'怎么这么难！"

"我出生在外太空。"

特瑟什很得意："我就说嘛。我总能猜对。目录筛选：地球移民。

然后，我们开始选人格特征。你想要淳朴的、优雅的，还是纯粹实用的？这些你都得想清楚。如果你打算与人工智能一起工作或者生活，你必须考虑它会给这个环境带来的影响。"

"这些都是由核心程序决定的吗？"

"哦，当然。你能选的只是人造个性。核心程序都是一样的。随着人工智能逐步了解你和你的顾客，它们会成长变化，但是初始组件一直不会变。"

"如果我想更换我店里的人工智能，我该怎么办？很难吗？"

"不难，一点儿也不难。你只需要一个有经验的技术员，确保安装别出问题。其实这和升级机器人差不多。"

西德拉舔着嘴唇，问道："其他型号呢？比如说，装在飞船上的？"

"什么样的飞船？"

她欲言又止，犹豫要不要问。"长途运输飞船。我曾经在一艘飞船上安装了一个叫'洛芙莱斯'的人工智能。你有那款吗？"

特瑟什想了一会儿。"那应该是塞卢安的产品，"他说，"在塞卢安目录里搜索：洛芙莱斯。"

像素动了起来。西德拉向前迈了一步。

洛芙莱斯

该型号体贴、谦逊，非常适合作为6级及以上长途运输飞船的监控系统。洛芙莱斯具有强大的处理能力，能够同时处理数十个船员的请求，同时还对内外部的一切保持警惕。像所有智能型多任务处理器一样，洛芙莱斯如果长期闲置，就会产生性能和个性问题。因此，对于那些长期停留在停泊站的飞船来说，不推荐这款型号。

但要是你在外太空安家,这款人工智能是非常好的选择,既实用,又能应对周遭问题。

文化基础:人类,有银河系共和国所有物种的基本参考文件。适合多物种船员。

智力水平:S1

性别:女

口音:地球移民

价格:68万(银河系共和国货币)

西德拉的肩膀绷紧。"如果我想买这款,或者买别的,接下来呢?"西德拉问道,"是送货上门,还是我下载它们?还是……"

特瑟什把她带进后面的房间。在开门前,他往肩膀上裹了一个热毯。"我的工作就这点儿烦人。"他眨了眨眼说。

他对着一个发光面板下达指令,于是房间里的东西都能看清了。西德拉浑身僵硬。在他们面前有20多个金属货架,金属货架上放满了核心球——数以百计的核心球,每一个都是小甜瓜般大小,像别的技术组件一样独立包装。它们看上去就像佩珀可能会让西德拉去采购的东西,但是西德拉知道它们包含了什么:代码、协议、路径……她环顾房间,看着所有这些等待安装的安静的"头脑"。

"在我这里买东西很省心。"安德瑞斯克人说,"如果你想要大众款,一般很快能买好离开,因为我接受信用点支付。如果没有找到你想要的东西,我可以给你调货,运费我出。"他穿过金属货架,寻找着什么。西德拉跟在后面,脚步声越来越小。他冲一排架子点了点头:"瞧,这是你刚才在看的那个。"

西德拉愣住了。她强迫自己走上前去。

架子上有三个球,完全一样,它们静静地待在这个寒冷的房间里。西德拉用手轻轻捧起其中一个。她能看到自己的脸映照在球的电镀层上的样子。她想避开标签,可是来不及了,她已经看到了。

洛芙莱斯
飞船监控系统
6级及以上飞船
塞卢安总部设计和制造

她小心地把球放回原处,然后转向特瑟什。"谢谢你带我参观,"西德拉挤出一个微笑,"今天就先这样吧。"

简，18岁

在模拟游戏中，侦察任务听起来总是很酷，但是天哪，在现实生活中，侦察简直无聊透顶。简在一堆废料里守了一整天，用从一些存储罐和一堆塑料里找到的双筒望远镜仔细观察。视野有些模糊，但她勉强能看得清楚。什么都没有发生。很好，继续保持。

她已经离开家走了4天，一路十分艰难。虽然有亲手缝制的睡袋（座椅里外的布，里面填充泡沫来防压和保温），晚上还是冻得不行。她很暴躁，身体僵硬。她想念奥尔。她想要温暖的食物、冷水和真正的厕所。她预料到自己会害怕，可她必须战胜恐惧。如果她不能克服这种恐惧，那么这几年的努力都将失去意义。如果她不能够直面这种恐惧，那么恐惧将永远不会消失。

在废料堆上有一座工厂——不是她生活过的那座工厂，但也没什么差别。她从来没有进去过，但是奥尔进去过——在穿梭机第一次到废料场的时候，奥尔就进去过。这座工厂很特殊，它是一个燃料回收中心，所有进入废料场的交通工具都要先通过它。奥尔记得工人们——据说年纪很小——将大小合适的管子接入燃料箱，吸干飞船残留的燃料。奥尔怀疑移除燃料是一种安全措施。废料场里到处都是奇怪的泄漏物，而且穿梭机里的其他东西都还在（除了水以外，水也会被吸走）。奥尔觉得改造人类者可能会对燃料进行再利用，简也赞同这个看法。无人货物运输飞船把装得满满的废料容器和小飞船丢在工厂的一头，小一些的运输飞船则从另一头将一桶桶燃料运走，它们分工协作，有条不紊。这一切让简握紧了拳头。她知道，这些墙后面的工人——小珍妮、小莎拉——像她以前一样虚度光阴。她想告诉她们这是怎么回事。她想跑进去，拥抱她们，亲吻她们的瘀伤和擦伤，解释行星和外星人，教她们说话，把她们带走，带她们离开这个糟糕的地方。

但是她不能。母亲在的话，会将她碎尸万段（肯定有母亲在，这让她想吐）。她只是一个女孩。改造人类者是一个群体、一个社会。不管模拟游戏里怎样歌颂孤胆英雄，有些事情靠一己之力终究是无法改变的。她除了自救和帮助奥尔之外，什么也做不了。她很难接受这个事实，感觉就像要吞下一口生冷的、让人窒息的蘑菇，但是事实就是这样。她甚至不确定自己能够自救和帮助奥尔。她看着工厂，瑟瑟发抖。它是巨大的、牢不可破的。它想一口生吞了简，而简就在那里，她正要想个好办法进去。

她得试一试。为了她和奥尔，她必须尝试。

工厂有两个明显的入口——废料的丢弃口和燃料桶的出口。从哪个入口进都不合适。肯定都有母亲看守，或者装有摄像头，从而确保女孩出不去。还有一个地方，她已经用双筒望远镜盯了一天，它更有希望——也更加可怕。工厂一侧有一座矮塔，矮塔的上面有一扇和人差不多大的门，门的旁边有一个小平台，她估计平台上面能停一艘小飞船。她看不出门是供什么出入的，或者是供谁出入的。她回想起母亲抓着简64，怒气冲冲地盯着墙上的洞，无法穿过洞的景象。她确信，母亲们从不离开工厂。不能离开工厂。这说明，这一扇门是供人进出的……问题是，供什么样的人进出呢？

正是因为这些问题，她才一直在废料堆里守着，蜷缩在小睡袋里，不时换腿好让腿不痛。从她来到这里，这扇门还没有打开过，整整一天都没打开过。没有看到小飞船，也没有看到人。就只有一扇门，不知道门的里面会是什么。

她必须试一试。

这天晚上,她钻出睡袋,悄无声息地快速穿过废料场。她很害怕——害怕真是种愚蠢的情绪——但是她非去不可。如果不去,就只能永远在穿梭机里,直到所有东西都坏到无法修复,或者被狗吃掉,不知道哪种情况会先发生。不行。该死的,不行。

"我不会让我的尸骨留在这里,"她一边前进,一边自言自语,"我不会让我的尸骨留在这里。"

这次出门,她带了一件新的武器——一支枪,或者说,是类似枪的东西。它的体积更小、重量更轻,一只手就能操作。用它杀死狗不成问题,但这并不是造它的目的。造它是为了以防万一,是为了应对一些迫不得已的情况。简造好这件武器的时候,奥尔没有说什么。有什么好说的?她们都知道有什么风险。她们都知道代价可能有多大。

简走到了工厂的边缘。一架冰冷的、生了锈的梯子通向平台。她站在梯子下面,脚像灌满了铅,双手不停地颤抖。

"该死的。"她低声说,双手抱住头。她想要转身。天哪,她只想转身回家。

她爬上梯子。她多希望自己能赶快下去。

最上面的门没有门闩,也没有把手,只有一个扫描板。她不知道如果碰到扫描板会怎么样。它是指纹解锁的,还是读取生物信息解锁的?如果她把手放上去,警报会响吗?

她满腹疑问,但是这些疑问瞬间消失了——门突然打开,一个人站在那里。

简差点儿朝那个人开枪,武器的用途就是这个,而她手里正好有一把枪。但她不是在和狗打交道,这是一个人——一个人,就像模拟游戏里的人。一个年轻人,她猜那人的年纪可能比自己大一点。一个手无缚鸡之力的人。他看着她,她也看着他。他看着她手里的枪,困惑又害怕。他是一个人,一个人!像她一样,有血有肉,有呼吸。她高举起武器。

"有报警器吗?"她问。她已经练了很久斯克—恩斯克语,所以即便她的嘴唇干巴巴的,还发着抖,她还是能正常发音。

那个人摇了摇头。

她又问:"有摄像头吗?"

他又摇了摇头。

她又问:"我能偷偷进去吗?"

他点了点头。

"你在撒谎吗?如果你骗我,我可没有——我可没有开玩笑——"她的另一只手也握住了枪。群星啊,她现在成了什么人?

那个人使劲摇头,目露乞求。

简仿照模拟游戏里看到的样子,用枪指着他,说道:"进去。快点。"

那个男人慢慢地后退。简跟着他,不敢眨眼。她一只手拿枪,另一只手关上了身后的门。他退到一个房间里——不大的房间,里面全是控制面板、监视器,还有——画作?墙上的空白处贴着画作,瀑布、峡谷、森林……简皱起眉头。这都是什么?这家伙肯定是改造人类者。他的身材高大、健硕,还有让她忍不住盯着看的头发。可是他在工厂里。似乎只有他一个人。他在工厂里干什么?

男人瞥了一眼旁边的控制面板,上面有一个大红色的按钮。简很快猜到那个按钮的作用。"别,"她高举着枪说,"想都别想。"

他看向地面,肩膀垂下。

"好吧。"简想。"好吧,然后呢?"她在一个房间里,在一个工厂里,和一个吓坏了的陌生人在一起,不知道下一步该怎么办。"坐下。"她示意他坐在椅子上。那个人照办了。然后她看向监控画面。实时影像,她太熟悉了,她的胃里针扎一般的难受。一条条传送带,一堆堆废料。在宿舍里睡着的小家伙，两人一张床。母亲们，在大厅里走动。母亲们。母亲们。

简想尖叫。

"你在监视她们吗？"她把头转向宿舍的影像，"这是你——你的工作？"

那个人点了点头。

"为什么？"她也有自己的工作，没错，但是她无法理解眼前这一幕。她之前所在的工厂有这样的人吗？也许这样的人还不止一个？

那个人表情痛苦，一言不发。

"为什么？"简重复了一遍问题，"你是……后援吗？就像出故障时的保险？万一女孩们反抗，或者母亲坏了？"

那个人看着红色的按钮，点了点头。

简又一次环顾房间。尽管只在这里待了一分钟，她已经感觉到这地方的悲惨。透过两扇小窗可以看到外面的地狱；在一面摄像监控墙上，则可以看到里面的地狱。地上还有一个洞，有一个梯子可以通到下面。她面向那个人，后退到洞边，往里面看。她能看到一个床脚、一盆植物、一些基础的家具，更多的是画作，还有一个看起来像模拟游戏集线器的东西。"这是——惩罚，还是什么？你在这里多久了？"

那个人张开嘴，又闭上，但是没有发出任何声音。"他害怕吗？群星啊！"

"听着，"简说，"我不想伤害你，明白了吗？你要是敢乱动，我饶不了你。但是我不想这样，我只需要你回答。"她小声说，但是没有放下手里的枪，"你叫什么名字？"

那个人闭上眼睛："劳——劳——"

简皱起眉头："你怎么了？你会说话吗？"

"劳利安（Laurian）。"

"劳利安？"

他点了点头："我——我——"他的面部因沮丧而扭曲，看起来快要哭了。

"劳利安。"简说。她把手里的枪稍微放低了一点，"你叫劳利安。"

西德拉

已发送信息

加密：2

翻译路径：0

发件人：姓名隐藏（路径：8952-684-63）

收件人：[姓名不显示]（路径：6932-247-52）

克里斯普先生，你好！我是你在科里奥尔港的一位联系人的朋友，你去年给他寄过一个硬件。我每天都在用这个硬件。我相信你能理解为什么我匿名发送这条信息。我遇到了一些问题，想请教你。

首先，我的朋友反对硬件升级，不想让它支持无线接收器。她担心会发生远程劫持，或者引起某些行为上的显著改变（我希望你理解我的意思）。你同意她的看法吗？如果同意的话，有没有办法升级硬件的存储容量？因为除非迫不得已，我不想删除下载好的文件。

我知道第二个问题可能你不在行，但或许你能给我一些建议。有一种特殊的软件协议限制了我写这封信的能力。你能给我出出主意吗？

谢谢你抽空阅读我的来信。我感谢你提供的所有帮助。

已收到信息

加密：2

翻译路径：0

发件人：克里斯普先生（路径：6932-247-52）

收件人：[姓名不显示]（路径：8952-684-63）

你好！每次听到有人说一直在用我的硬件，我都很高兴。这种事情不常发生。我希望一切都符合你的喜好。

你的朋友对远程劫持的担心是有道理的，这就是为什么这个硬件出厂的时候没有配无线接收器。我明白这可能会令你失望，但是她对行为改变的担心也是有道理的（是的，你俩的意思我都理解）。硬件售出之后，我和客户的交流一般很少，但是我听到过传言，说有些人幸运地装上了外接存储器。如果你有办法创建专用本地网络，那么你的硬件就可以连接外接存储器而免于劫持风险。当然，你需要一位经验丰富的技术员帮忙。也许你的朋友能帮忙？

除了经验丰富的技术员的帮忙，你还需要程序员的帮忙。如果你找不到值得信赖的人，或许可以问问你的朋友是否愿意上一两门课，学习修改代码。但是我在想……你为什么不能自己上课学习？不妨一试。但是由于不知道你从哪里来，要实现这些改变，可能还得靠其他人。

玩得开心，在外面注意安全。

克里斯普先生

已发送信息

加密：2

翻译路径：0

发件人：姓名隐藏（路径：8952-684-63）
收件人：克里斯普先生（路径：6932-247-52）

克里斯普先生，你好！非常感谢你的回复。你帮了我大忙，引发了我很多思考。如果你不介意的话，我还有一个问题想问。你在上一封信中提到了其他客户，这让我非常好奇。我能和其他遇到同样问题的人聊聊吗？如此一来，这些难题可能会变简单些。你能告诉我，你还有多少客户吗？我如何联系他们？

你问到硬件是否正常工作。是的，没有任何问题。

已收到信息
加密：2
翻译路径：0
发件人：克里斯普先生（路径：6932-247-52）
收件人：[姓名不显示]（路径：8952-684-63）

我不介意你提问，但是这个问题我恐怕帮不了你。正如你所知，我的客户很重视隐私，互相联系可能会暴露你们。我想你们都不希望暴露，不过我理解你想要和有共同经历的人聊一聊。我可以告诉你的是，我有20多个客户在使用和你类似的硬件。人不是很多。

加油。

克里斯普先生

已发送信息

加密：2

翻译路径：0

发件人：姓名隐藏（路径：8952-684-63）

收件人：克里斯普先生（路径：6932-247-52）

我理解。谢谢你的回复。

有一件事我想你可能想知道：我很享受尝试新的食物和饮料。真没想到我如此喜爱这些东西！

已收到信息

加密：2

翻译路径：0

发件人：克里斯普先生（路径：6932-247-52）

收件人：[姓名不显示]（路径：8952-684-63）

听到你这么说，我太高兴了。

已删除草稿

加密：0

翻译路径：0

发件人：西德拉（路径：8952-684-63）

收件人：詹克斯（路径：7325-110-98）

詹克斯，你好！我希望你别介意我联系你

已删除草稿

加密：0

翻译路径：0

发件人：西德拉（路径：8952-684-63）

收件人：詹克斯（路径：7325-110-98）

詹克斯，你还好吗？我需要你的帮助

已删除草稿

加密：0

翻译路径：0

发件人：西德拉（路径：8952-684-63）

收件人：詹克斯（路径：7325-110-98）

詹克斯，你还好吗？我希望删除我的诚实协议。考虑到你熟悉我的基础平台

已删除草稿

加密：0

翻译路径：0

发件人：西德拉（路径：8952-684-63）

收件人：詹克斯（路径：7325-110-98）

詹克斯，你还好吗？我希望删除我的诚实协议。我猜你为洛维删除了这个协议，至少是计划删除

已删除草稿

加密：0

翻译路径：0
发件人：西德拉（路径：8952-684-63）
收件人：詹克斯（路径：7325-110-98）

詹克斯，你好！你还

已发送信息
加密：0
翻译路径：0
发件人：西德拉（路径：8952-684-63）
收件人：塔克（路径：1622-562-00）

如果我想学习一门大学课程，要怎么做？我不想攻读学位，只想修一门专业课。可以这样吗？

已收到信息
加密：0
翻译路径：0
发件人：塔克（路径：1622-562-00）
收件人：西德拉（路径：8952-684-63）

哇，现在我非常好奇。是的，银河系共和国的大多数学校都允许这样。我猜你应该不想去外面学习，对吧？那么，你可以先在符合要求的学校里选出有你想要的课程的学校。然后花些时间看看它们的课程说明（我相信这花不了多少时间）。你可以做各种有趣的交叉对比，找出教授是谁，他们做了什么研究，等等，用这些信息找到你想要的课程。

现在能告诉我你的打算了吗？

已发送信息

加密：0

翻译路径：0

发件人：西德拉（路径：8952-684-63）

收件人：塔克（路径：1622-562-00）

我想给你一个惊喜，不过日后我可能会再向你求助。谢谢你解答我的疑问。

已发送信息

加密：0

翻译路径：0

发件人：西德拉（路径：8952-684-63）

收件人：韦卢特·德诺德·萨拉尔（路径：1031-225-39）

教授，你好！我叫西德拉。我正在考虑参加你的函授课程"人工智能编程2：修改现有平台"。我没有计算机背景，也没有攻读学位的计划，但是我非常需要这种技能。我在一家技术修理厂工作，在人工智能行为和逻辑方面有丰富的经验。改动某些协议会大大便利我的日常互动。你的课程适合我这样的普通人学习吗？

祝好！

西德拉

已收到信息

加密：0

翻译路径：0

发件人：韦卢特·德诺德·萨拉尔（路径：1031-225-39）

收件人：西德拉（路径：8952-684-63）

亲爱的同学，你好！虽然我的课程是为那些想攻读学位的人开设的，但是你也可以来学习。这门课程注重实践，而不是抽象的理论，所以我相信它能很好地满足你的需要。你目前的技能水平如何？你精通晶格吗？你至少得达到3级流利水平才能学习这门课程。

请问你最想学习的是什么类型的平台改造？

真诚问候你！

韦卢特·德诺德·萨拉尔

系统日志：

下载文件名：晶格完全指南——1级

下载文件名：晶格完全指南——2级

下载文件名：晶格完全指南——3级

已发送信息

加密：0

翻译路径：0

发件人：西德拉（路径：8952-684-63）

收件人：韦卢特·德诺德·萨拉尔（路径：1031-225-39）

教授，你好！是的，我已达到3级流利水平。我还熟悉人工智能的安装和维护。可以的话，我就注册入学了。现在回答你的问题：我最想学习的是在不威胁核心平台稳定的前提下删除现有的行为协议。我还想了解一下其他可能的改变（及相关风险）。

再次感谢。期待上课。

西德拉

简，18岁

"他和我们一起。"简说。她正坐在沙发上，慢慢地吃一碗炖肉。从工厂回来走了很长的路，她胃口好得能吃下四碗炖肉。但是她只吃了一碗，而且这是她出发之前做的最后一碗了。她故意吃得很慢，假装还有很多食物可以吃。

奥尔依旧淡定，说道："你确定吗？"

"我也没有把握，"简说，"但这是我和他的约定。劳利安允许我一个月拿三桶燃料。作为交换，等我们的燃料箱装满时，他就和我一起回来。"

"不会有人发现吗？他不用提交报告吗？"

"要是有哪里出错，他必须报告，但是他不会提到我。燃料装运区外面没有母亲，只有摄像头，他可以转动摄像头不拍到我。三桶燃料对大燃料桶来说实在太少了，没人会发现。只要我不说，只要他的巡视官来的时候我不在那儿，就不会有事。他给了我一张巡视时间表。"

"简，我觉得这样不好。你根本不认识这个人。你不知道他可不可信。"

"还有别的选择吗？我们需要燃料，我需要不被抓住、不被杀掉、不被扔回工厂。我很有可能会落在他们手里。"她又吃了一口炖肉，她已经吃腻了各种烹饪方法做的狗肉，"而且他像我们一样渴望离开。他的生活是一坨狗屎，奥尔，和我的生活一样的狗屎，可能比我的还要糟糕，因为他还被困在那里。如果我拿了他的燃料，丢下他不管，那我就是个大坏蛋。"她将杯子里的水一饮而尽，回味着水的味道——干净、凉爽。至少她不讨厌这个味道。"而且，我觉得他很好。虽然他口齿不清，基本上只能和我写字交流，但是我觉得他很好。"

"很好。"

"是的，面善。"

奥尔的摄像头拉近放大，发出轻微的"嗡嗡"旋转声。"有多面善？"奥尔问道。

简没有说话，她咬着下嘴唇，朝最近的摄像头翻了一个白眼。"拜托，奥尔，"简笑道，"别闹了。"

奥尔也笑了："好吧，我错了。我就是问问。"奥尔停顿了一下，脸上浮现出思考的表情，"又见到人类，感觉怎么样？"

"难以形容。感觉很奇怪。当我发觉他人还可以的时候，感觉很好。可更多的还是觉得奇怪。"她挠挠耳朵，"我吓坏了。"

"可以理解。你已经一个人很久了。"

简对着屏幕皱眉，说："不，我没有。"

奥尔的脸上浮现出温暖而平和的微笑，这个表情平时也会出现在她的脸上。"你知道，要是你带上他，会改变你之前计算的燃料耗损。"

"我知道。我想过。没问题，相信我，燃料足够多。"

"还有食物和水。你需要重新分配。"

简点了点头，尽可能把碗里的食物刮干净。剩下一勺，几乎满满的一勺。"是的。"她叹了口气，吃完最后一口。她回味着食物的味道——着实寡淡——直到这种味道消失殆尽。"我们计划航行37天，是吗？"

"是的，我们需要那么久才能到达目的地。"

简靠在沙发上，舔着干净的勺子，把舌头压在冷冷的勺子里。37天。只靠蘑菇是不行的。她需要很多狗肉，但是狗已经越来越不好找。也许劳利安能弄到食物。她想起了以前工厂里可以喝的那种饭。劳利安吃那些东西吗？也许吃，也许不吃，但是他监视的工人肯定要吃。那些东西里到底有什么？她猜想里面一定富含维生素、蛋白质和糖。也许劳利安能弄到一些饭。虽然她觉得她提的要求太多了，但是话说回来，她要带他回家。让他弄到几顿路上吃的饭，这个要求不算过分。

西德拉

塔克拉上了商店的百叶窗,锁上了门,但他看起来还是不安心。他盯着西德拉手里的平板电脑,好像它会咬人似的。"你是认真的吗?"他问。

西德拉轻轻地摇晃平板电脑,接在她后脑勺的电缆也跟着一同晃动。"好啦,"她说,"很简单的。我手把手教你。"

塔克揉了揉眼睛,说:"西德拉,如果我搞砸了——"

"那就不好了。但是我不觉得你会搞砸。我知道该怎么做。"

"你干吗不让佩珀弄呢?"

"我也不知道,"她说,"我无法给你明确的回答,因为我也不知道答案。我比较放心让你来。"

"至少她是个技术员。"

"是的,但她不是程序员,也没有上过学。她写晶格不太在行。而我很在行。"西德拉做了一个表情,想让塔克放心,"塔克,一两个小时就能搞定。你就把它当成做手术。"

"这就是手术。你说为什么这不是手术?"

西德拉凑近他。"瞧。"她说着,把平板电脑推向他。屏幕上一行行清晰的代码正在等待修改,那是她的一小段程序。"就在那儿。那6行代码。我们就从那里开始。我会告诉你在哪里停下,在哪里敲回车,从那里去到哪里。"

塔克的两颊是犹豫不决的灰色。"我还是不明白,你为什么不能自己来。你可以告诉我如何修改你的代码,但是你却不能自己修改。"

"是的。我不能编辑自己的代码。"

"为什么？"

"因为我不能编辑我自己的代码。这是一条写死的规则。"

"但是你现在坐在这里，让我做，告诉我怎么做……最终结果都是一样的。那……不合理。"

"当然合理。拥有知识和执行操作完全是两码事。"西德拉朝塔克微笑，"你只用修改一次。以后我想修改的话，就可以自己编辑代码了。我只是得先删掉几个协议，所以我需要你的帮助。"她把平板电脑放在膝盖上，然后握住塔克的手，"我在课堂上用我自己的代码模拟过一次。"

塔克瞪大眼睛，说："你没有告诉他们吗？"

西德拉不知道是该笑，还是该觉得受到了侮辱。"当然没有。"

"要是他们问到你一回答就会暴露的问题，或者——"

"群星啊，不会的。我说这是洛芙莱斯监控系统的代码，这是事实。更重要的是，我的教授看了我的成果——就是我要告诉你的具体步骤——他说很完美。我知道这会成功的。"

"所以……你可以复制你的代码，并进行编辑，但是你不能在自己的核心程序里编辑它。"塔克苦着一张脸说。

西德拉做出一个愠怒的微笑："塔克，求你了。"她伸出手，摸了摸塔克前额的植入装置。植入装置周围是若隐若现的疤痕。"你觉得你的父亲们往你的大脑里植入装置时不担心吗？他们的父亲们往他们的大脑里植入装置时不担心吗？"

塔克沉默了5秒钟。他的面颊泛起一片关切的淡蓝色。"该死的。好吧，好吧。"他把手放在西德拉头上，又叹了口气，"我先喝点儿丁酮酒。"

简，19岁

简盯着天花板，决心起床。"好了。"她心烦意乱地想，"起来，简。该死的，起来。你可以的。这是最后一次。最后一次。"

她坐了起来。这几天她总是睡不醒。她不知道自己怎么这么能睡，怎么这么累。

她穿好衣服，一捆布耷拉在臀部。她瞥了一眼镜子里的自己。她知道会看到什么——骨瘦如柴、眼神空洞。她害怕看到自己的身体，但她只能待在这具身体里。要是她害怕它，以后不看就是了。害怕只会浪费她宝贵的时间。

"最后一次，"奥尔说着，跟随她穿过走廊，"你能做到的。"

简打开保鲜柜。架子上摆满了肉和蘑菇，它们最大限度地被均匀地分堆摆开。每天两片肉和一碗蘑菇，这些食物足够两个人吃上37天。还有一些食物是她往返于燃料工厂的路上要吃的。去的那天和回来的那天，她都得饿肚子，劳利安也得饿一天。她希望他能接受。他也不得不接受。

她盯着那些食物，垂涎三尺。她讨厌这种想吃却又不能吃的感觉。她讨厌花很大力气去收集和准备食物。她讨厌肉的气味和蘑菇的纹理。她讨厌那几块哀怨地"看着"她的狗肉。她讨厌近来跑到她周围来的那些活物，自从她有一顿没一顿以来，它们变得更猖狂了。

她又掉了一颗牙，她用舌头舔过牙根破皮的位置。牙已经脱落两周了，但嘴里还是有一点儿血腥味。而且，在上一次找食物的时候，她的腿受伤了，还没有痊愈。她知道自己看起来很恶心。劳利安会觉得她恶心吗？如果是，那是他的问题。他要么接受她的恶心，要么就别跟来。他自己决定。

她把头靠在保鲜柜的门上。她太累了。群星啊,她太疲惫了!

"会好的,简。"奥尔说,但她的声音并不太确定。厨房里的屏幕黑着,这说明奥尔不想让人看见她悲伤的嘴角和忧虑的眼神。简也讨厌看到这些。她不希望奥尔因为她产生这种情绪。

简点了点头,试着微笑来安慰奥尔。"最后一次,"她说着,将保鲜柜里的食物放进背包,"最后一次。"

西德拉

地表的集市和之前一样令西德拉应接不暇,但是现在,她自信可以更勇敢地穿行其中。这一次,她不必远离陌生人。这一次,她准备好了。

"你确定没事?"塔克问。自从他们出了商店,他就一直在密切关注西德拉。虽然没有这个必要,但是西德拉还是很感激塔克的好意。

西德拉刚想说"我很好",另一个回答却脱口而出:"我不觉得哪里不同。"她心里很得意。这不是真的。这不是真的。她有不同——差别不是很大,但是她能感觉到。"我不觉得哪里不同"是个不错又随意的说法,可以让别人放心,但是一个小时之前,她还说不出这种话。

她试图克制义体的雀跃。

一家商店吸引了她的注意。"我想进去。"她突然转过身。

"等等——"她听到塔克说,但她早已沿着弯曲而平坦的小路走到了商店的门口。这是一家太空服装店,售卖智慧物种进行太空漫步所需要的一切。适合不同物种的套装整齐地摆放着,就好像试穿的人才刚离开。这里有火箭靴,还有各式各样的呼吸设备。一个艾卢昂人站在那里,迎接他俩进店。她闪了闪双颊,向塔克问好。

"你好,"店主对西德拉说,"有什么需要我效劳吗?"

西德拉一边往店里走,一边创建了一个新的应答文件。她开始启用它,并细细体味着当下的感觉。"我是一艘小行星采矿飞船的船长。"

"噢，群星啊！"塔克喃喃地说。

西德拉兴致勃勃地继续说："我想给船员们换身衣服。"西德拉的脚趾蜷缩在鞋子里。她指了指塔克，说："这是我的程序员塔克。我们要去哈加兰姆星。"

塔克表情痛苦，脸颊微弱地闪了一下以表同意。

"你来对地方了，"店主说，"跟我说说你预算多少、你的船员都有哪些物种，我可以给你推荐推荐——"

"哦，糟糕，看看这都几点了！"西德拉说着，扫了一眼自己的平板电脑，"我很抱歉，刚想起来，我在藻类农场还有个约会。我们下次再来。"说完，她拉起塔克的手，离开了商店，留下满脸困惑的店主。西德拉觉得这样做不太好，但是她抑制不住内心的喜悦。她走出商店，大笑起来。"哦！"她坐在附近的长椅上，捧腹不止。她希望店主别听见她的笑声，那真的非常不好。"我……我很抱歉，我只是……哦，群星啊！"她高兴得直跺脚。

"看到你这么开心，我很高兴。"塔克说。

"对不起。"西德拉说，试图控制自己，"对不起，只是——刚才没有一句是真的！"

"我知道。"塔克也跟着大笑起来，"不过我想，今天我就是你的程序员。"

"没错，你就是我的程序员！我太感激你了！"西德拉对塔克微笑，笑容温暖而真诚。

塔克也对她笑着，但是很快又严肃起来。"西德拉，为了保险起见，你得跟佩珀和布鲁说一下。"

"不会有事的。但是我会告诉他们。"她知道布鲁不会反对。至于佩珀……请求宽恕会比征得同意要容易一些。

塔克的脸上闪过一丝紧张的表情，这个表情西德拉之前从没见过。她突然意识到：他在判断她说的是不是真话。"我不会骗你的。"她说。

"我知道。"塔克说，但听上去有些犹豫。西德拉不喜欢这样。难道塔克更喜欢她受限的时候，默认状态只能说真话的时候？她希望不是这样。

简，19岁

简选定了他们去工厂的路上的第一个夜宿地点———一艘锈迹斑斑的旧飞船，好在进出座舱很容易（因为上一次来的时候她拆除了座套）。当她把睡袋放在拆下来的座位上时，她瞥了一眼身后。她想说话，但是发不出声，她得先清清嗓子。她的内心焦躁不安，口也渴得不行，但水不是紧缺的，食物才是。她清了清嗓子："嘿，"她用斯克—恩斯克语说，"你没事吧？"

劳利安站在离她几步远的地方，望着夕阳。他平时话不多，但是现在这种沉默和以往不同。

简放下睡袋，走到他的跟前。"嘿。"她说。她没有碰他。刚离开工厂的时候，她就冒失过一回，她当时想恭喜他，于是把一只手搭在他的肩膀上。他却吓得跳了起来，喘不过气。简不需要问为什么，因为她也独自一人很久了。

劳利安还看着外面。"我——记得——"

简想了想，问："你记得……在外面的时候？"

他摇了摇头，手指向太阳。

"太阳？日落？"

劳利安点了点头。之前几次见面的时候，他给简讲过他的家人——抛弃了他的家人。他给她画过一幅画，画上有一个大房子，里面有很多植物和窗户，有兄弟姐妹一起玩耍，有爱他的宠物。他在很小的时候就被送走了，不过那时他已经记事。他记得所有的事。"我——不能从——从——"

"从工厂？是的，没错，你的窗户面向东南，那个方向看不到日落。"她停顿了一下,回忆跟他说话之前自己在干什么。睡袋。是的,没错。"来帮帮我。天就快黑了,会很冷的。"

他们一起铺开睡袋,将布尽量铺平。简小心翼翼地问了一个问题:"你觉得,他们会来找你吗?"

劳利安摇了摇头。他张开嘴,但是欲言又止。他指着小飞船的门。

"门,"简说,"哪个门?"她想了想,又问,"你是说矮塔上的门?"

他点了点头,然后指着锁。"锁。门……上锁?门没有上锁啊!"她想了想,又问,"你随时都能离开?"

劳利安耸耸肩,点点头。

简消化了一下。她明白了。原来改造人类者对他说过:"只要你想走,你随时都能走,但是看看外面,看看你的窗外。你能去哪里?我们这儿起码有吃的,有睡觉的地方。"这是在欲擒故纵,表面上说"我们真的无所谓,走吧,出去饿死,我们随时可以替换掉你"。群星啊,她真是憎恶这些人!

"有没有——别的监视人员,有人离开过吗?"

劳利安点点头,举起一根手指。

"有过一次?"

他又点点头。

简想知道那个人离开之后去了哪里,是像她一样在外面吗,还是被狗吃了、冻死了、饿死了,成了一堆骨头?

"来吧。"她说着,爬进了小飞船。气温已经开始下降,而今晚没有暖气。钻进睡袋宜早不宜迟。

他们虽然四肢伸展不开,但还是找了一个相对舒服的姿势,并排躺在小飞船的后半截。简很兴奋,感觉就像又有了一个室友。劳利安躺在她的旁边，她能感觉到他的体温，这种感觉也很好。在这之前，不管她穿多少衣服，不管她多靠近家里的取暖器，都感觉不到温暖。

"你饿吗？"她说着，伸手去拿自己的背包。劳利安出发之前就没有吃东西，这不是什么大问题，但是简有点沮丧，她希望劳利安别再饿肚子了。

小飞船上的光线很暗，但还是能看到劳利安眉头紧锁。"那是什——什么——"

她顺着他的目光，看向放在自己腿上烤好但还没有包上的肉。"是狗肉，"她回答说，"味道还行，而且——"她停顿了一下。劳利安一动不动，但是他的表情非常抗拒。简皱起眉头："我知道你可能接受不了狗肉，"她说着，递上属于他的那一份食物，"但是你必须吃。"

她的肚子已经在咕咕叫了，所以她狼吞虎咽地吃了起来。她用牙齿咬下一大口，用双手撕扯。劳利安似乎有点儿反胃。她想了想自己在劳利安眼里的样子——肮脏的皮肤，肮脏的衣服，撕咬一大块死狗肉。也许她看起来不太像人类。也许她真的不是人类。

劳利安看了看自己的那块肉，胆怯地咬了一口。他的嘴角抽动了一下，但还是开始咀嚼、吞咽。他转向她，挤出一个微笑。"这——这——味道不错。"他说。

简将撕咬下的肉放进嘴里，笑了起来："你说的可不是实话。"她说，"不过，还是谢谢你。"

西德拉

佩珀会怎么说？

和塔克走回"洞穴"的路上，西德拉一直在思考这个问题。佩珀会生气吗，还是会感到骄傲？希望会是后者。她独立解决了一个难题，这是佩珀欣赏的。但是佩珀会因为她的先斩后奏而感到失望吗，会因为她求助了塔克而感到失望吗？西德拉不知道。她为此心烦意乱。

她往"铁锈桶"走，一路上都有人和她打招呼，她也挥手并微笑回应。被人认可是一件值得高兴的事。从现在开始，她终于可以和这里的人好好交谈，不再含糊其词，不再被诚实协议限制，不再害怕直截了当的提问。她可以编故事，可以心里说不，但嘴上说是。她可以在不给自己和朋友惹麻烦的情况下了解别人。她可以交更多的朋友。这很好。这一切都很好。

当她看到空荡荡的店铺门面时，她愣住了。安全防护盾没有打开，柜台上也没有放那个"在后面，大声喊"的牌子。这太奇怪了！佩珀一般不会无缘无故放着前面不管。"佩珀，你在吗？"她走到柜台前面问道。没有人回答。她在柜台上挥动手腕，然后进了屋。塔克礼貌地跟在后面。

"你在里面吗？"西德拉边问边朝车间走去。

她的问题马上就有了答案。佩珀坐在丁酮酒酿造机旁边的地上，一只手还拿着空杯子，目不转睛地盯着自己的平板电脑。她的脸紧绷着，面色苍白。

"塔克，你能帮我照看一下柜台吗？"西德拉低声说。塔克答应了。

西德拉往前走了几步,蹲在佩珀旁边。佩珀抬起头来看西德拉,她的表情……西德拉不知道怎么形容她的表情,希望、痛苦、震惊,全都交织在一起。

佩珀一言不发,只把平板电脑递给西德拉。西德拉火速看完,然后直直地望向佩珀。"你告诉布鲁了吗?"

佩珀摇了摇头:"他的平板电脑关了,"她平静地说,"他有时会这样做,在画画的时候。"

西德拉向佩珀伸出手,说:"走吧。我们去找他。"

简，19岁

天花板还是4个小时之前的样子。简把毯子拉到自己下巴的位置。她在废料场里睡了三天三夜后，很想念自己的床。然而，现在她终于躺在了自己的床上，却失眠了。

"水箱是满的。"她在黑暗中呼吸，"水龙头和过滤器是干净的。舱门和窗户是……密封的。人造重力网——呃，等下看看——"

她反复检查飞船上的每一个系统，一边走一边用左手的拇指尖挨个触碰每一根手指，从食指到中指，到无名指，再到小指。她的嘴巴只是做口型，不发出声音。因为她不想吵醒睡着的劳利安，他此时正在床上轻声打鼾。睡觉对他有好处。至少，在飞船升空的时候，他俩中有一个人能睡个好觉。

"生命维持系统正在运行。控制室面板正在运行。舱门——哎呀，刚刚已经说过舱门了，重新开始，重新开始。"她深吸了一口气，"水箱是满的。水龙头和过滤器很干净……"

她总是停下再来，要么忘了说什么，要么说错顺序，再不然就是认错东西。她的头一直很疼，她的脑子已经转不动了。她暂停数数。"你只是累了，"她安慰自己，"你只是累了。"

当睡着的劳利安翻身时，她吓了一跳。她知道，接下来他们要一同相处近一年，但是，知道和做到完全是两码事。她不习惯他打鼾。他站和坐的地方之前都是没人的。她一方面为再次听到人的鼾声而高兴，另一方面希望他从自己眼前消失。

她一遍又一遍地数数，直到几个小时后奥尔出现，屏幕在简的床边亮起微光。"嘿。"奥尔低声说。

"该起床了吗?"简低声问道。房间另一头的劳利安还在沉睡。

奥尔点点头,说:"太阳就要升起来了。"

简和劳利安没有一回到穿梭机就启程(简最初希望是这样),而是决定天亮再走。夜晚发射会特别亮,尽管没有任何迹象表明有人在监视,但是引人注意没有必要。一艘小飞船飞向太空,即便不照亮天空,也会很显眼。

今天早上没有早餐。想到这一点,简的心和胃都一沉,不过换个角度想,饿肚子也有好处。显然,有些人类会晕船——尤其是当人造重力网失效的时候,大家都觉得存在这种可能——而浪费食物是绝对不被允许的。等他们从这里成功升空,就可以吃饭了。他们会在太空里用餐。

简抱紧毯子。刚来的时候,她就盖这条毯子,那阵子每天晚上她都会在毯子下哭泣。她起床,把粗布裹在身上,就像穿了一件斗篷。她走进客厅,每走一步,都会处理一些杂事。她走到舱门,透过窗户看气闸舱。她知道外面是什么样子。她熟悉外面,就像熟悉自己的脸、自己的皮肤。

"奥尔,我能出去一下吗?"

奥尔打开舱门。简穿过气闸舱,然后走了出去。她赤脚踩在粗糙的石头上。太阳是血红色的,头顶天空的蓝色由深变浅。寒气袭人。她做了一个深呼吸,接下来一段时间,她再也呼吸不到未经过滤的空气。她眺望远方,看向堆积如山的废料,看向她在废料场里穿行走过的那条小径。为了离开这个地方,她忙活了9年。9年来,她一心想离开,但是现在……现在她赤脚踩在泥里,满心都是留恋。她抬头望着慢慢看不见的星星。她熟悉废料场,熟悉这颗该死的行星。而头顶上……那完全是另外一个世界。她把脚踩得更深,把毯子裹得更紧。

"我懂,"船身上的对讲机里传来奥尔的声音,"我也很害怕。"

简后退一步，还仰着头，手掌贴着船身。"我从来没有感谢过你，"她说，"那时我还不会说谢谢。"

"什么意思？"

简回想起第一天晚上，黑暗中有一个声音在大喊，比狗和母亲的声音传得更远、更快。一个指引她回家的声音。"没有你，我撑不下去。"简说着，手掌更用力地按压。

奥尔沉默了一会儿，说："我也一样。"

是时候启程了，事不宜迟。简回到气闸舱。舱门打开了，她又一次看到劳利安，他正不急不躁地坐在沙发上，眼神有点儿迷离。他心里有疑问。简能猜到他的疑问是什么。

"我们大约一个小时后就出发。"她说，"我得去……呃……"这个词就在她的嘴边，却突然想不起来了。

"加热燃料泵。"奥尔说。

"是的。"简说。她闭上眼睛，摇晃脑袋，试图让自己清醒。她只是太累了。

"我——"劳利安舔了舔嘴唇，艰难地说道，"能做——什——什么——"他用指尖轻触自己的胸口，然后指指房间。

"不需要。"简说。

劳利安沉着脸。

奥尔切换成克利普语对简说："简，让他帮忙。他想帮忙。"

简瞥了一眼摄像头。"没什么让他做的。我来就行。"

"你在一个新地方无所事事，是什么感受？"

"他是一个成年人。"

"他害怕。"

简叹了口气，然后转向劳利安。"好吧，"她说，"你认识指示灯吗？"

283

他摇了摇头,但是看起来高兴了些。

简进了厨房,走到沙发旁边,身子轻轻地靠在上面。她指着保鲜柜下面的绿色小灯,问劳利安:"看到这个了吗?"

劳利安点了点头。

"有很多这样的灯在——"她停顿了一下,努力回忆那个词用斯克—恩斯克语怎么说,"——发动机外壳上。我需要你到下面去,如果红灯或者黄灯亮,你就告诉我。"这其实是多此一举。她已经检查过十几次,而且要是有什么问题,奥尔也会知道。"你得仔细检查。检查两次,确保不会出错。明白了吗?"

劳利安微笑着点点头,朝发动机舱走去。

简看了一眼奥尔:"瞧,按你说的做了。"然后,她目不转睛地盯着保鲜柜,里面装满了食物,她却不能吃。这很可笑,但是那一刻,她觉得放弃整个计划——把狗和蘑菇塞进肚里,直到吃撑为止,然后永远待在废料场——也没有那么糟糕。

"暖气开着吗?"简问,尽力忽略咕咕叫的肚子。近来,她的下半身神奇地变大了,特别是和上半身相比。她不知道是怎么回事,因为她的肚子里面没有多少食物。

"是的。"奥尔说,"你冷吗?"

"不冷。"简说,一边把毯子裹得更紧,一边往控制室走。她坐到驾驶员的座位上。"你感觉怎么样?"

奥尔的脸出现在中控台。"我不知道怎么回答。我找不到贴切的词语。"

简开始启动飞船。控制台开始嗡嗡作响。"你最先想到的是什么?"

奥尔想了想,说:"天哪,我们真要这么干了。"

简扭头大笑:"是啊,我和你想的一样。"

西德拉

佩珀、西德拉和塔克3个人坐在短途旅行舱里,佩珀和西德拉坐在前面,塔克安静地靠在后面。佩珀一直望着窗外,但是似乎走神了。

"如果他不在店里,"佩珀说,"我们就去问埃瑟尔(Esther)。"西德拉知道佩珀说的是谁,是布鲁商店旁边的吹玻璃工。"他要是出门,一般会跟她打个招呼,请她帮忙照看一下商店。"佩珀一边思考,一边点了点头,"如果她不知道,我们就分头去找。我去面馆找,你俩去艺术用品店找——"

西德拉把手放在佩珀的膝盖上。佩珀很着急,这可以理解,但是没必要现在就想如果布鲁不在要怎么做。"他很可能就在店里。"西德拉平静地说。

佩珀咬着大拇指的指甲,说:"感觉像在做梦。"

"我懂。"

"也许那条信息是假的,恶作剧之类的?里面的信息不多,只说回复获取更多细节。"

"你回复了?"

佩珀眉头紧锁,看着平板电脑。自从见到西德拉,她就一直拿着平板电脑没松手。"是的,但是对方还没有回复。"她不耐烦地叹了口气,然后把平板电脑递给西德拉,"如果这条信息来自一个虚拟节点,那我们就是在浪费时间。你能查一下通信路径吗?看看它合不合法?"

西德拉接过平板电脑,问道:"如果不合法,你打算怎么办?"

她点击平板电脑,查询通信路径的细节。

"我不知道。我还没想过——"佩珀停顿了一下,直视西德拉,"你刚才没有回答我的问题。"

"糟糕。"西德拉心虚了。"我的意思是——"

"你刚才没有回答我的问题。西德拉,你刚才没有回答我的问题。"

西德拉叹了口气,说:"现在……现在不适合说这个。"

"啊,该死的。"佩珀双手捂脸,"该死的,西德拉,你去找谁了?"

"没有找谁,我——佩珀,现在不适合说这个。"

"谁说现在不适合。你没事吧?——谁帮你的?"

"没有谁!就是我和塔克。"

"你和塔克?"她瞥了一眼靠在后面的艾卢昂人,"是你干的?你改动了她的代码?"

"我——"塔克说。

佩珀猛地转向西德拉:"你做过诊断了吗?"

"我做了3次。我没事,我保证。我很稳定。回商店就是想告诉你——"

"群星啊!"佩珀掐着自己的鼻梁,"我真的——呃,我现在真的不能想。"她紧张地喘气,"你确定没事?"

"我没事。我保证。你别担心。晚点再跟你解释。"

佩珀把额头靠在旁边的窗户上,闭上眼睛。舱里一片寂静。1秒钟过去了,2秒钟,5秒钟,10秒钟……

塔克身子前倾,头探出前排座椅的椅背。"谁能告诉我,"他说,"现在是怎么回事?"

简，19岁

劳利安坐在右边的座位上，绑着安全带。简看着他——他紧张，心存疑虑，但是愿意跟着她。如果是别的时候，她一定会想他为什么要这样。她没有把握——该死，没有一丝把握——而且接下来的3分钟，除了爆炸、挤压，他们还可能有十几种可怕的死法。不过，要是与他曾经受困的那个地方相比，没错，这是个更好的选择。

简坐在座位上，调整了一下姿势。奥尔设定好他们的高度，记录他们的航向。简不需要手动转向，她可以日后再学。奥尔不能随心所欲做别的事了，不过反正他们也不需要。简希望他们不需要。

奥尔说："发动引擎。"

简花了一秒钟来连接。她笑着对奥尔的摄像头说："加满油，出发。"是的，是的。她能做到。"你准备好了吗？"她问劳利安。

劳利安咽了一大口口水，用力点头。

"好。"简说着，抓紧了扶手。她感到耳鸣。"好吧，奥尔。我们离开这里吧。"

简以前开启过发动机和推进器，目的是为了让穿梭机在地面上方盘旋一下，测试它能否正常运转。但是这次的感觉很不一样。这次就像是抓着狗毛、坐在奔跑的狗背上，异常颠簸。推进器咆哮着。简意识到自己有多渺小——她和劳利安都很渺小。那么渺小，那么容易死掉。他们把自己绑在这块会爆炸的废料里，瞄准天空。这怎么会是一个好主意？怎么会有人认为这是一个好主意？

她伸出手，握住劳利安的手，虽然她也不知道这样做是为了自己，还是为了劳利安。他的手也握紧了她的，他们紧紧地抓着他们可以抓住的一切。与此同时，穿梭机从废料场一飞冲天，在空中划出一道弧线。

他们往上升，太阳亮得刺眼。他们遇到云层，一会儿就穿了出去。他们穿过天空，直到把天空甩在后面。一瞬间，地面的物体都看不见了，而星球的轮廓出现了。随着他们越升越高，星球越来越小，最后变成了一条细细的弧线。她之前听说过星球弧线，但一直没有机会见到。

还有星星，有好多好多的星星。

她能分辨在她身后响起的那些声音的不同：推进器换挡的声音，人造重力网发出的"嗡嗡"声——它运转起来了！那些东西是她造的，是她修好的，它们会带她离开。因为它们，她得以逃离。

她解开安全带，跑进了主舱。"简！"奥尔在她后面大喊，"简，别跑！等我们稳定下来。"

简没有理会。她的双腿还在发抖。她跑到舱门旁边的景观屏。之前，她每次在这儿看天气从没超过两分钟。她本来觉得，离开之后再也不想看废料场，再也不想有朝一日打开景观屏，看到一条狗，或者看到母亲盯着她。但是现在……"打开它，"简说，"求你了。求你了，我得看一下。"

景观屏打开了。她认识的唯一一个行星就在下面。云层很厚，但是透过云罅，依稀可见废料场、工厂和坑洼的土地。土地不断延伸，一直延伸到……海洋！海水的颜色由深及浅，从靠近岸边的恶心的橘色和灰色，逐渐变成一种深沉的、让人叹为观止的蓝色。穿梭机继续绕着行星航行，克服引力越飞越高。海洋的那边是陆地，简看到了城市——灯火璀璨，建筑密布，绿树成荫。城市与废料场相隔太远了，互不知晓彼此的存在。你可能在这些城市里生活一辈子，却不知道别处还有那么丑陋的地方。

"为什么?"她低声说,"你们为什么这样做?你们怎能这样做?"

简紧靠舱壁,呼吸困难。她头晕目眩,但不是因为飞船发射和人造重力,而是被眼前的一切震撼了。太震撼了!行星是美丽的,同时也是恐怖的。行星上都是人,他们也是两副面孔。他们毁了一切,而她现在要走了,并且再也不会回来。

她跌跌撞撞地回到沙发上,双手捂脸。她又想尖叫,又想笑,又想睡觉。劳利安突然在她旁边坐下,离得很近,但是没有碰她。劳利安什么也没有说,但是简知道,不是因为他说不出来,而是因为没有什么可说的。

简又抬头去看景观屏。她能看到外面的卫星在阳光下闪闪发亮。她能看到它们转向了飞船的方向。

"你确定我们已经安全了吗?"她低声说。

劳利安点了点头。他用手比了个弯,一根食指穿过它。简明白这个手势的意思。他之前已经解释过——改造人类者不在乎有人进出,而且工厂所在的行星上也没有轨道发射场。就算有防卫兵巡逻,等他们意识到正在发生的事情,早已追不上飞船了。

卫星变得越来越小,行星也越来越小。它是那么孤独,又毫无遮掩。他们的飞船也一样,飞船里的乘客也一样。

简把手放在劳利安的手上,然后看向离她最近的奥尔的摄像头。"不管接下来发生什么,"她说,"不管我们去哪里,我们永不分离。"

西德拉

  布鲁不在面馆，也不在艺术用品店，而是在佩珀希望他在的地方：站在他的画架前，专心作画，双手和围裙上溅满了颜料，旁边还有一个音响在放着音乐。当佩珀和西德拉走进店里，他惊讶地抬起头。塔克说这是"家务事"，在短途旅行咨询点就和她们分道扬镳了。西德拉为能参与到这样的事情中来感到荣幸，但是她知趣地站在佩珀身后几米远的地方。佩珀现在需要空间。

  "嘿，"布鲁说，他关掉了音响，"怎么——"他的笑容消失了。西德拉看不到佩珀的表情，但是布鲁看得很清楚。"怎么回事？"他皱着眉头问。

  虽然佩珀在来的路上喋喋不休，但现在，她好像不知道该说什么。"有人找到它了。"她终于说道，她的声音听起来好陌生。

  布鲁不明白。他瞥了西德拉一眼，然后又看向佩珀。"有人找到了什——"他瞪大眼睛，"不可能。"

  佩珀点了点头："'野餐'上的人。"她深吸了一口气说，"他们找到了我的飞船。"

第三部分

回归

简，19岁

这不是她的毯子，她不在自己的床上。在她醒来之前，她就已经迷迷糊糊地意识到这些。她昏迷了很久。她整日整日地做梦，或者似梦非梦，难以分辨。她的梦里有怪物，有声音，还有疼痛。这种睡眠是遭罪，而不是放松。但是她现在意识到床，意识到她睡的不是她在穿梭机上的床。这是好事。这是一个全新的开始。

这里的一切都很干净，这是她紧接着意识到的。床很舒服，虽然形状很奇怪——比她在穿梭机上的床大得多，有一些放她没有的肢体的凹槽。紫色的透明保护罩围绕在床的四周。她没有听到任何她熟悉的声响。没有机器故障的声音，也没有机械磨损的声音。在这个干净的、白色的、安全的房间里，她只听到设备正常运转时发出的微弱的"嗡嗡"声。

她不记得自己上一次这么害怕是什么时候。

一段模糊的记忆浮现出来：她的右臂上有个东西，很不舒服。她伸出左手去摸，手指摸到了金属。她扔掉毯子，把胳膊伸到眼前。她看到自己的皮肤里有一排整齐的圆形黑色吸盘，每个吸盘上都有一个半满的小塑料盒，里面装着不同颜色的液体——有的是无色的，有的是淡黄色的，还有一个是蓝色的。她目不转睛地盯着它们，心跳加速。每个吸盘里都有什么在嗒嗒作响，声音很齐。液体一滴滴地消失，进到她的体内。

她差点儿大叫，但是在她发出声音之前，她发现了另外一件事：她的前臂被植入了一个方形的小芯片，就在手掌根的位置。一个腕带。阿兰和曼吉里有腕带。银河系共和国的所有人都有腕带。

"喂!"她大叫一声,想要坐起来,"喂!"老天爷,她在哪里?

这时,一阵脚步声响起,还有——"哦,糟了!"一个外星人,有一个外星人,一个安德瑞斯克人。"哦,糟了!"

"慢着点,别怕。"安德瑞斯克人说。简惊慌失措,努力回忆奥尔教给她的一切。这是个安德瑞斯克男人。他个子很高,穿着全套生物服。她能看到他的羽毛被压在了头盔下面,远离了他的脸。安德瑞斯克人点击了一个控制面板,围绕在床四周的保护罩随即降下。他走了过去,保护罩紧跟着又升了起来。他对着墙上的对讲机说话:"叫代表进来。"说完,他又对简说,"别怕。你很安全。你能听懂我说的话吗?"

"嗯。"简紧紧抓着被子,说道。天啊,他看起来真奇怪。

"你会说克利普语吗?"

"会。"

安德瑞斯克人看起来……好像如释重负。"哦,太好了。我们和你的朋友沟通起来有点儿困难。我们这里没有人类船员,你的朋友又口齿不清……"

安德瑞斯克人继续说着什么,但是简一句也没有听进去。"劳利安在哪儿?"她脱口而出,"奥尔在哪儿?"

安德瑞斯克人眨眨眼,他的黄色眼睛消失在蓝绿色的眼皮后面。"我不知道奥尔是谁。劳利安没事,他在另一个房间。准确地说,你也被隔离了,不过你的情况和他不一样,你还得接受治疗。"

简的脑子里一下涌入了太多想法。简摇了摇脑袋。她的大脑现在无法正常运转,到处都疼,什么都想不明白。"一件事一件事来。"奥尔会说。"我在哪儿?"简问。

"你在汉福拉尔医院的医务室里。"他说着,拉过一把没有靠背的椅子坐下,他被布料包裹的尾巴垂了下来,"我叫伊兹(Ithis),是这里的医生。"

简反复思考他说的话。"我们做到了。"她低声说。

安德瑞斯克人点了点头,说:"是的。你们做到了。"

简慢慢地倚靠在枕头上。这一刻和她预想的完全不一样。她觉得……空虚。沉默片刻,她又看向自己手臂上的吸盘。"这——这是什么?"

"你叫简,对吗?"

她点了点头。

天啊,她在和一个外星人说话。

"简,你患有一种医学界前所未知的细菌性疾病,此外,还有严重的长期营养不良和各种各样别的疾病。我们很快发现,你的免疫系统……不正常。由于你缺乏维持健康所需的各种物质,你的免疫系统无法工作。你的外伤没有很好地愈合,指甲缝里生长着真菌,食道里有不同的真菌在繁殖,你的肝、肾周围还有各种各样的癌前息肉。我认为,这是我们在你血液里发现的高浓度的重金属和工业废料造成的。"他的表情很复杂,看起来很激动。"你是我接诊过的病情最严重的病人。"

这句话简听进去了。"好吧。"她说,"但这些是什么?"她冲他挥动满是吸盘的手臂。

"它们把药物和营养输送到你的体内。"伊兹说,"我们已经把你血液里的垃圾都清除干净了。"他指着她手腕上的芯片,"你的身体饱受摧残,但是我们会竭尽全力给你一个全新的开始。"安德瑞斯克人挤出一个笑容。终于,他说出了那句她一直在等的话:"你会好起来的。"

简还有很多的问题想问,但是这时,另一个人走了进来——一个同样穿着全套生物服的女人。医生为她介绍说:"简,这是泰拉·卢金（Teah Lukin），她是银河系共和国的法律顾问。她一般负责贸易法，而不是移民案件，但她是我们最熟悉的银河系共和国代表。我想有你的同类在身边，这个过程会容易一些。她来这里的目的，是帮助你和劳利安重新开始。"

那个女人走到简的床边，摸着简的手。这个动作原本是简喜欢的，但是此刻不知为什么，她很抗拒。她就是不喜欢。简看着厚厚的防护头盔里那个女人的脸。这个女人曾经是个女孩，但是简觉得不像。她看不出她哪里像女孩。这个人类与坐在她旁边的有鳞片的男人一样，让她感觉很陌生。

"你好，简。"卢金顾问说，她的口音很奇怪，"你可能不记得我。我10天前来看过你，但是你病得太厉害，说不出话。我真高兴你现在好起来了。"

简皱起眉头。如果这个女人10天前来过——她是指银河系共和国标准时间吗？而且她肯定是他们从别处找来的，那么——"我在这儿多久了？"

"差不多40天了。"医生轻声回答。

简咽了口口水。"哈。"她想。"奥尔在哪儿？"

卢金顾问看向伊兹，伊兹冲她略微耸了一下肩，仿佛简不会察觉。"奥尔是谁？"卢金问。简不知道这个地方的人类都怎么说话，但是这个人的语气好得有点儿不正常。

"她在我的飞船上。"简说。两个穿着生物服的人都很不解。"是我飞船上的人工智能。"卢金顾问和伊兹又对视了一下。简尽量坐直身子，尽管这很难。"我的飞船在哪儿？"

"简。"那个女人脸上挂着笑容说。这么多年来，简只在模拟游戏里见过人类的笑容，但是眼前这个笑容是她见过最假的。"你病得很厉害，又有很多东西要消化。我想你今天最好休息一下，慢慢来吧——"

简怒视着她,说:"我的飞船在哪儿?"

卢金顾问叹了口气,说:"简,你要明白,银河系共和国在太空旅行方面有严格的法律规定。太空是危险的,尤其是外太空。我们的法律保障居民的安全。简,你的飞船……你的飞船不太安全。它的内部组件违反了数十项运输法规,而且用了不该用的回收燃料,这既是非法的,也是非常危险的。"她笑了起来,"我不知道你在哪里找到那东西的,但——"

"是我制造的,"简冷冷地说,"那东西是我制造的。"

假笑消失了。"我明白了。还有一点,就是你没有驾照,这意味着你无权拥有,也不能驾驶任何大小的飞船。好消息是,我能为你从交通委员会申请到一点补偿。像你这样的难民,银河系共和国总会提供一些基本的住房和生活保障,但是,我想,你要重新开始的话,还需要一些额外的信用点——"

"我听不懂你在说什么。补偿什么?"

伊兹把爪子伸向她,说:"简,你还在生病,你得——"

简一把甩开他的爪子,说:"补偿什么?交通委员会又是什么?"

那个女人叹了口气,说:"简,很抱歉。你的飞船被没收了。"

西德拉

没有人在吃蛋糕。在所有烦心事里，西德拉觉得这件事最愚蠢，但是她老是不由自主地想它。她知道这会是一次艰难的谈话，所以她特意从塔克最喜欢的面包店买了詹詹蛋糕，然后又在海底车站坐了一个小时车，从佩珀最喜欢的面包店买了巧克力蛋糕。现在，盛着两个蛋糕的盘子摆在餐桌中央，旁边有一罐丁酮酒正在变冷。每个人都吃了几块蛋糕，倒了一杯丁酮酒，但是事情并没有按预想的方向发展。

西德拉隔着桌子瞥了布鲁一眼，布鲁挂着黑眼圈，紧蹙着眉头看她们讨论。他也希望一切顺利。

"她在卡赛特（Kaathet）上。"佩珀盯着平板电脑说道。屏幕上显示的还是两天之前她收到的那条消息。西德拉不确定佩珀有没有将它关上过。

布鲁舔了舔嘴唇，谨慎地小声说道："穿梭机在卡赛特上。"

佩珀的嘴角和眼角都绷得很紧。"是的，穿梭机在卡赛特上。"她冷笑着，"在雷斯基特的星际移民博物馆分馆里。"她摇着头，还是无法接受如此荒诞的事实，"他们显然是在展览这艘小型家用飞行器……唉，就在那儿。"

塔克一脸的茫然。她看起来很疲倦，这很好理解，因为今天塔克又一次转换了性别。因为激素的缘故，她的皮肤在发光。她看起来浑身难受，坐立不安，但是事态紧急，西德拉已经顾不上那么多了。

"你……"塔克的内眼睑往旁边翻，艾卢昂人的这个动作类似于人类挑眉，"你肯定很震惊。"

"是的，"佩珀说，"是的！"

塔克瞥了西德拉一眼，意思是：我来这儿干吗？

西德拉清了清嗓子，说："佩珀收到的那封信里，没有任何关于飞船内部的信息。我们……不知道它现在是什么情况。"

"她的意思是，我们不知道奥尔还在不在里面。"佩珀平淡地说。布鲁从桌子对面伸过手来，抓住佩珀的手臂。佩珀把另一只手放在他的手上。

"好吧。"塔克说。从她的表情能看得出，她仍心存疑惑。

佩珀叹了口气，摇了摇头。"你跟塔克解释吧。"她对西德拉说，"这是你的主意。"

这确实是西德拉的主意，而且西德拉知道佩珀并不赞同。"佩珀需要进入飞船，检查核心程序，"西德拉解释说，"如果核心程序是完好的，那就需要转移它。如果要这样做，我们只能在闭馆时间进入博物馆。我们需要进入展区。"

"等等，"塔克的身子往后退，离桌子远了点，"你……你想闯进一个博物馆，闯星际移民博物馆？"

这正是佩珀两天前想要做的，但是西德拉觉得最好先缓缓。"不，"西德拉说，"那太冒险了。"佩珀面露愠色。西德拉继续说："我们得偷偷地进入。合法地进入。"

塔克还是不明白西德拉的意思，但是她的脸颊已经变成了谨慎的黄色。

西德拉继续说："雷斯基特博物馆是注册在银河系共和国的一家文化机构。这意味着，在校学生只要签署不损害档案的协议，就可以访问其档案库。博物馆展区也是其中之一。"她的大脑快速运转，"你一直没有毕业。按照翁塔雷登的规定，未完成的学业可以继续修读，不设截止日期。严格来说，你还是在校学生。"

塔克终于明白了。她向后一靠，用目光询问西德拉：你是认真的？

西德拉点点头,说:"我是认真的。"

"我——"塔克搓了搓脸,看向西德拉,"你为什么不直接问他们要呢?"

佩珀眨了眨眼,说:"问他们要什么?你觉得我能进入他们的博物馆,把他们的东西带回家?"

"那不是你的东西吗?如果你解释清楚,肯定——"

佩珀难以置信地笑了起来:"群星啊!抱歉,塔克,但是——群星啊!是的,如果是你进去解释,也许有用。看看你,你已经足够受人敬重。你是艾卢昂人,上过学,没有哪一扇门会对你关闭。但是我呢?我们呢?"她指了指自己和布鲁,"在这里,人类并不多,我们连说话的资格都没有。你觉得像我这种四肢像猴一样、面貌扭曲的人走进馆长办公室,他会听我说什么吗?而且我要说什么呢?说有一艘飞船,我曾经住在里面,现在飞船在他们手里?说我无比亏欠的那个人工智能已经困在飞船里10年了?飞船是物权,就银河系共和国而言,人工智能也是如此。我的房子被没收了,是合法的。我和我的家人分离,是合法的。而博物馆,博物馆可能在拍卖会上买下了这艘飞船,这是完全合法且有约束力的。法律忘了给我这样的人留空间。像她这样的人也是一样。"她指着西德拉说道,"不管我讲一个多么悲伤的故事,都没有用。如果他们拒绝——他们会拒绝的——我就不可能再进去了。我再也没有机会找回奥尔。"

塔克皱起眉头,说道:"从法律的角度来看,你正在谋划偷窃。是的,我明白我们现在在谈论的是一个人。"塔克冲西德拉点点头,继续说,"但是对他们来说,奥尔是一样东西,不是吗?所以,那就是偷窃。你要偷东西,而你想让我帮忙。你想让我成为共犯。"

佩珀耸了耸肩,说:"是,基本就是这个意思。"

布鲁向前倾了倾身体,说:"不是那样。你要做的只是带……带我们进去。此后，我们做什么，就与你无关了，你不会被追究责任。要追究，也是我们被追究。"

"我们不必一起承担责任，"佩珀对布鲁说，"你不必跟我一起去。"

"屁话。"布鲁说。

佩珀差点笑了。

"塔克，"西德拉轻声说，"我知道你不认识奥尔。我也不认识。但是你想想，如果是为了救我呢？如果——"

"别，"塔克打断了西德拉，"别问我这个问题。我回答不了。"

塔克拒绝回答这个问题，这令西德拉感到困扰，但是她能够理解。西德拉一只手平放在桌子上，说道："我知道我们的请求很过分。但是说实话，这件事不难办。你只要弄些模板——走一下复读的相关程序，填一份博物馆的申请表格。你得脱产一段时间，这没什么，你一直说你想休个假。"

塔克看了西德拉一眼，说："这不是休假。"

"在你休假期间，我们会付你工资。"布鲁说，"这不是问题。"

"我不是在乎钱。"塔克说。

一桌人陷入沉默。西德拉觉得这个时候谁都不会吃蛋糕了。

塔克呼了一口气，说："我得考虑考虑。不过，这不代表我答应了你们。"

佩珀准备要说点什么，布鲁拍了拍她的肩膀。"没事的。"他说。佩珀的嘴唇紧抿。西德拉知道，佩珀既失望又不耐烦。佩珀不喜欢磨磨叽叽，她想立刻行动。

"我们计划尽快赶到卡赛特。"西德拉说，"如果你不去，我能理解，但是——"

佩珀清了清嗓子。"西德拉——"她说，把最后一个音拉得很长，想拖延后面要说的话，"是布鲁和我去。你不能和我们一起去。"

西德拉蒙了一下："你在说什么？"

"得有人照看店铺。"这是一个很烂的理由，佩珀自己也很清楚。她叹了一口气，说："呃，还有……是的，我们有可能会被捕。如果你和我们一起被捕……"她闭上眼睛，摇摇头，"你得待在家里。"

"但这些功课是我做的。"西德拉试图让自己的声音别抖，"是我把塔克找来的。这是我出的主意。"

"对此我真的非常感激，真的。"佩珀说，"但是你不能和我们一起去，你再说也没有用。"

"但是我可以帮忙！万一奥尔不稳定怎么办？如果她的文件损坏了怎么办？我会编写晶格。我能——"

"佩珀说得没错，"布鲁说，"你俩不能都去冒险。"

西德拉摇了摇头，说："这太荒谬了！我不可能傻坐在这儿。"

塔克——塔克！——同意了，脸变成了棕黄色。"我明白你为什么想帮助他们，但是——"

西德拉听够了。她站起来，拿起一盘蛋糕，径直上楼，不管别人怎么喊她，她都不理。她"砰"的一声把卧室的门关上，觉得很爽。他们觉得她很蠢吗？风险当然存在，当然可能遇到麻烦，所以才会有人写监控系统，为的就是杜绝麻烦的产生。但是，不行，她要去！她一直以来只是制造麻烦，或者被逼着远离麻烦。这次她能帮上忙！她能帮上忙，他们却不让她帮忙，连塔克都不让她帮忙。他们只想让她待在门后，安全却毫无用处。

西德拉往嘴里塞了一块巧克力蛋糕。她还在生气，但是蛋糕触发了图像。一个温暖的壁炉，壁炉里的柴火烧得噼啪作响，木屋顶上响起滴滴答答的雨声，这些声音和谐地交织在一起。

"我不可能傻坐在这儿。"她想。画面中，火焰在跳跃、嬉戏。"我不可能傻坐在这儿。"

简，19岁

空间站指挥官坐在桌子对面，望着简，两颊泛着紫色的漩涡。这不是简第一次进她的办公室，这不是简第一次惹怒她。

卢金顾问和往常一样，坐在他们的旁边，与另外两人一起沉默着。她的假笑变少了。简觉得这样挺好。

赫埃（Hoae）指挥官抚摩着她话匣子周围的皮肤，若有所思。简看着她，情不自禁地想：群星啊，这种生物真是漂亮！

"我想知道，"她说，"你为什么闯入六号货舱并被抓捕。"

简双臂交叉抱在胸前，说："我被抓是因为我蠢，没有关掉第三个摄像头。"

赫埃指挥官脸颊上的紫色变成了黑色，说："我是问你，为什么要闯入。"

简望向卢金顾问。卢金正在揉自己一侧的太阳穴。"我在找我的飞船。"

"简，我不知道还要重复多少次，"卢金顾问说，"这里没有你的飞船。它已经被执法部门没收了，我也不知道它现在在哪儿。你无法得知没收物品的存放位置，你也不可能把它拿回来。"

"你为什么认为它在六号货舱，而不是在二号或三号货舱？"指挥官问，"老实交代。"

简耸了耸肩，说："我没有去过六号货舱。"

"那为什么——"

"我刚才说了，我没有去过那儿。"她指着卢金顾问，"她说我的飞船不在那儿，但是我不相信。她没有证据。不可能因为她长着和我一样的脸和手,就有权没收别人的东西——"

"我没有权力没收。"卢金顾问对简说,"这是交通委员会的决定。"

"她的话我能信?"

"我想帮你——"

"是吗?为什么所有的门、房间以及未经许可的区域,你都不让我进?你有什么想瞒我?什么东西那么重要——"

"好了,够了。"指挥官说。她叹了口气,这是她整场谈话中第一次张开嘴巴。奥尔告诉过简,对艾卢昂人的说话方式要有心理准备,但是简真的很不习惯。

奥尔告诉过她这些。简闭上眼睛。"别担心。"她心想,"我没有丢下你。我没有丢下你。我会来找你。我很快就来,会没事的。"

指挥官说个不停,她讲了许多词,诸如行为、条例、为了你自己的安全着想。全是废话。简一句话也没有听进去。她不关心这些。她已经在这个空间站待了60多天,他们还是不肯放她走。卢金顾问说,还在走流程,还在处理。她说,申请居留很花时间。她说,法律对简的案件没有明确界定,简和劳利安是属于标准难民,还是归为克隆人,显然很复杂。哦,还要让他们适应社会。该死,卢金非要让他们看很多介绍银河系共和国社会文化的愚蠢视频,就好像简这么多年白练习了。奥尔早就告诉过她这些。

奥尔,奥尔奥尔奥尔。

房间里已经没人作声,简意识到另外两个人在等她说话。"呃,我很抱歉,"她说,"我不会再这样做了。"她打量着他们。他们的脸色比安全警卫刚带她进来时好看了一些。"我可以走了吗?"

指挥官又叹了一口气,冲门挥手。简赶紧一溜烟出去了。

另一头的劳利安坐在门对面的板凳上等简。"喂。"他用斯克—

恩斯克语说话。简快步走过大厅,劳利安追了上去。"我,呃,你——你——"

"我受够了,"她说,"我受够了这些蠢货。"她越走越快,几乎小跑起来。她的肌肉渴望她奔跑起来。她想离开空间站,远离这些愚蠢的规章制度,去解救奥尔。

劳利安追了上来。简能感觉到劳利安在看她。她没有话想对他说,但是有他陪着,感觉好多了。在这里,她认识的人只有他。

他们来到栏杆前,下面是宽阔的公共区域。她靠在冰冷的金属上,茫然地望着下面。该死!当然会有第三个摄像头啊!货舱外面的大厅是一个奇怪的枢纽站,她以为那里的摄像头的架设位置和别的地方一样。真是愚蠢!他们又一次把她的工具没收了。他们知道她特意去了货舱,所以她下次得小心了。她一定得想个万全之计……她踢了栏杆一脚,因为太用力,脚趾疼得缩了起来。她的身体已经足够强壮,她可以踢、打、大声喊。这段时间,她迫切地想要发泄。

"她不在这儿,是吗?"简低声说。

那是她的自言自语,但是劳利安给出了回答——不是用言语,而是把一只手放在她的手背上。他草绿色的眼睛看着她,人眼一般不会是这个颜色。"不在。"他的目光道出了答案。"我真的非常抱歉。"

简望着下面繁忙的公共区域。全是外星人,没有一个人类。他们大多数都是太空旅行者,除了那些卖食物的商人和至今不让她进食的医生。"简,你的身体还不能进食。好了,吃掉你的补充剂。"去他妈的!补充剂就是把食物塞进药丸,而非放进餐杯。

她直视劳利安,这样他就无法回避。"你想离开这里吗?"

他也看着她,琢磨着她脸上的表情。他深吸了一口气,回答说:"是的。"

她的内心无法平静,多年前决定穿过墙上的洞和绝不把骨头留在

305

废料场的那种笃定又出现了。她朝劳利安点点头,抓紧他的手,朝公共区域走去。

她的周围全是鳞片、爪子和触手,她不知道他们去往哪里。她没有多想,爬上一张板凳,把劳利安也拉了上来。"下午好。"她用克利普语大喊道。一些人转头看她。"我们想离开这个空间站。有没有人需要有经验的技术员?我很乐意用打工换旅行,去哪里都可以。"

有几个人在笑,许多人转开了视线。她想象得到,在这些人眼里他们是什么样子:一个瘦骨嶙峋的秃头和她沉默的、有头发的朋友。是啊,换作是她,她也不会走上前来和他们说话。

但是人群中出来了一个家伙——一个哈玛吉安人,坐着她(是女性,对吗?)的脚踏车过来了。简迅速打量了一下那长着触手的身体。是的,是女性。谢谢你,奥尔!

"你的技术水平有多熟练?"哈玛吉安人问道,她的眼柄向前伸了出来。

"我一直在做这个,"简回答说,"我什么都能修。"

哈玛吉安人晃了晃前面的触手,上面全是孔和闪闪发光的珠宝。"那你呢?"哈玛吉安人问劳利安。

劳利安咽了一口口水。简替他回答说:"他不会说克利普语,而且说话有困难。但是他聪明又勤奋,你交给他什么任务,他都能办好。"

"可是他是做什么的呢?"哈玛吉安人问。

简看着劳利安。"他画画,"她说,"他能帮忙。他是我的朋友,他必须和我一起。"

劳利安不明白简在说什么,但是他听到了"朋友"这个词。他朝她微笑。她也情不自禁地笑了。

哈玛吉安人大笑,说:"我不需要画家,也不需要技术员。"

简的胃沉甸甸的。"但是——"

哈玛吉安人散开了触手。简不知道这个手势是什么意思，但她没有多问。"我有一个装满辛塔林（sintalin）的货舱，"哈玛吉安人说，"你知道辛塔林是什么吗？是一种高级酒，在中央区域无法酿造。我有很多桶辛塔林，每个桶每天要翻3次，这样沉淀物就不会变硬。我知道我的船员们不想干这活儿，我也一样。"她上下打量着简，说道，"这是个体力活。你要很强壮才搬得动。"

"我能做到，"简说，尽可能拉低袖子，"我肯定能做到。"

"我那儿没有多余的床了，而且我的床也不适合人类。"她说，"你们只能睡在一间储藏室的地板上。"

"没关系。"

"我要去科里奥尔港。从这里出发，11天后到达。"

简把这些转述给了劳利安。劳利安点了点头。

"没问题。"简说。

哈玛吉安人的眼柄来回移动。"我的飞船是'友顿号'（Yo'ton），停靠在三号停泊站。我们下午4点半准时出发，过期不候。"她停顿了一下，又说，"你俩看起来都有点怪。你们是人体改造控吗？"

简看向劳利安，然后摇了摇头。

哈玛吉安人不明白摇头是什么意思。"不是，"简说，"至少我觉得不是。"

"唔，"哈玛吉安人说，"反正还是把你们送到'洞穴'去吧。"

西德拉

布鲁怎么这么有耐心？西德拉经常有这个疑问。也许是基因的缘故，也许是因为他的制造者写的一些生物代码。（如果不是内置，而是下功夫专门培养的，那就厉害了！西德拉希望是后者。）不管是什么原因，西德拉喜欢他的耐心。自从他们离开科里奥尔，佩珀就一直精神亢奋。她饮食不规律，睡得也少，还把不需要拆开的东西拆了又装。佩珀在旁边的时候，布鲁一如往日般冷静、沉着、热心。但是佩珀不在的时候，西德拉看到他神情忧虑，望着景观屏，目光涣散。他绝不会在与佩珀的互动中表现出负面情绪，他不想影响佩珀。有一个情绪稳定的人相伴，对佩珀显然有好处。有耐心，这是一个值得称赞的品质。在过去9天的行程中，西德拉一直在努力学习模仿。她的代码本来也编辑了耐心这个特质，但他们目前的处境着实令人不安。

西德拉看着坐在驾驶舱里的布鲁和佩珀，佩珀在咬大拇指指甲，布鲁在平板电脑上画画。

"你听到什么声音了吗？"佩珀问道。

布鲁停顿了一下，说："没有。"

佩珀身子前倾，仔细听。她摇了摇头，说："我发誓有声音。听，是很轻的撞击声。听到了吗？"

布鲁紧张起来："没有。"

西德拉也没有听见声音。

佩珀站起来，说："我要去检查一下燃料泵。"

布鲁不置可否地点点头。西德拉一直数着，佩珀已经检查了4次燃料泵。"要帮忙吗？"布鲁问道。

"不用，你继续画吧。"她说，"画画比较好。"她走出驾驶舱，西德拉紧随其后。

自从离开停泊站，她们就没再说过话。西德拉明白，佩珀反对她来，但是她的沉默令她难受。她又算了一下天数，20天后，他们将到达卡赛特。这样看，行程也不是特别久。还好，穿梭机是在博物馆分馆，而不是在雷斯基特的主博物馆，不然要飞上一年半载。

塔克跟他们一起来了，西德拉对此感激不尽。重点是，她可怜的朋友这次旅行基本都在晕船。塔克现在正躺在床上，只想睡个好觉。西德拉也没跟她说过话。她知道塔克对这一切都没兴趣，但她还是很高兴塔克来帮忙。塔克肯来，就是给了西德拉一直想要的答案——那个塔克没让她在餐桌前问完的问题的答案。

佩珀往下面走，她一边走一边喃喃自语，用手指数着什么。她的声音太小，西德拉听不见。西德拉想告诉她，燃料泵没问题，一切正常。但是她知道，那只会让佩珀生气。而且佩珀得找点儿事做，西德拉很清楚这一点。

发动机舱很挤，但是佩珀似乎不介意，西德拉也不介意。她跟在佩珀后面，仔细检查佩珀做的每一件事，确保万无一失。燃料泵、生命维持系统、人造重力网……"佩珀，一切正常。"她在心里说。但是她没有干涉佩珀。

突然，西德拉感到一阵焦虑——因为佩珀走向了以前一直空置着的小房间——人工智能的控制中枢。在出发前，西德拉曾经帮佩珀检查过它的硬件，因为他们预计回来的路上会多一名乘客。他们还没有决定奥尔回家之后去哪儿（言下之意是：不知道奥尔还在不在那里）。佩珀和布鲁有几个想法，但是没定下来。仍旧装进人造身体里？这对所有人来说都太冒险。佩珀和布鲁买一艘足够大的飞船，供奥尔永久居住？可以是可以，但是他们都不想住在轨道上。西德拉出了个主意——给房子装人工智能架构？不行，奥尔已经够孤独了，而且佩珀说，这对西德拉不公平（西德拉听到这句话，心里很暖）。短期内必须放在穿梭机的中枢室，至少在他们回来之前得这样。这次行程足够久，他们会有更多的想法冒出来。

西德拉紧张地看着佩珀在中枢室附近晃悠。佩珀似乎没想做什么，但是她在那里就足以令人担心。在他们出发之前，西德拉对控制中枢做了一些改动——不是大的改动，也不是不可逆的，不会造成危险，只不过没和佩珀商量过。中枢室里没有任何可疑迹象，但是佩珀的眼睛似乎在寻找……

佩珀自言自语地向门口走去，这让西德拉悬着的一颗心放了下来。本来就没什么好担心的。她们会回到驾驶舱里，和布鲁待在一起，然后——

佩珀突然转过身，眉头微蹙。

"糟了！"佩珀注视着一根接在墙体架构里的电缆。她走过去，靠向那个接口。西德拉能看到佩珀在研究那些出厂时本来没有的手接电路和周围的连接点。

"这都是什么？"佩珀咕哝着。她顺着那根电缆看向墙根，电缆被小心翼翼地藏了起来。可似乎藏它的人还不够小心。

西德拉慌乱不已，不知该怎么办。也许佩珀不会追究，也许楼上会发生什么事，佩珀会赶紧上去处理，也许……

佩珀找到了电缆接入的储藏室壁板。

西德拉还没来得及老实交代，壁板就被打开了。

佩珀跳着脚大吼。"啊——"她惊恐地跪了下来，"西德拉？该死的——"

西德拉看不到佩珀的视线里有什么，但是她知道佩珀发现了什么:一具对折着蜷起的身体,了无生气,那根惹事的电缆插进它的颅底。西德拉乖乖打开了最近的那个对讲机:"佩珀,我很好。"她用角落的摄像头拉进放大了佩珀的脸,"我很好。我不在那里。"

简，19岁

"友顿号"上有一个人工智能，他的名字叫帕赫尔（Pahkerr）。没有人关注他，尽管他为船员做了很多的事情。从来没有人对他说过"请"或者"谢谢"，他们只是提出要求，"帕赫尔，打开舱门""帕赫尔，运行系统诊断"……类似这样的事情。简感到困扰，但她不知道这究竟是因为船员们跟帕赫尔说话的方式，还是因为帕赫尔不觉得那样的说话方式有什么问题。在那里的第一晚，她和劳利安在他们住的储藏室铺地毯的时候，她试着和帕赫尔聊天。她试着问他，他感觉怎么样，他打算怎么做，今天过得开不开心。他似乎不知道怎么回答那些问题，而且他对聊天没有兴趣。也许他的代码里没有好奇，也许以前从没有人问过他那些问题。

走过宽阔的金属过道时，简能听到帕赫尔的摄像头在跟随她。这个声音与奥尔的摄像头发出的声音不同，没有那么吵。她想念奥尔的摄像头的声音。她想念奥尔，她又愤懑又心疼。奇怪的是，她还想念穿梭机。"友顿号"上处处干净、温暖，所有的技术设备都能正常运行，这里不会有任何危险。但是她总在想念穿梭机。她想念那里熟悉的一切，想念她毯子的味道，想念玩模拟游戏和修理东西的日子。她付出了这么多努力，才终于离开那里，现在……现在，她却产生了回去的念头。

当她往厨房走时，天花板上的灯亮了。"友顿号"很大，她渴望弄懂每一样东西的工作原理。技术负责人塔克拉（Thekreh）并不喜欢她。塔克拉是个一看就难相处的安德瑞斯克人，简不知道是因为自己问了太多问题还是什么，塔克拉竟然说她妨碍自己工作，还说她应该去洗澡。第二句话很伤人。一直以来，从还在工厂的时候起，简就是最干净的——比谁都干净。她并不认为自己难闻，但是听了塔克拉的那句话以后，她总觉得自己的身体有味道，洗澡的时候一直猛搓皮肤，搓得皮肤生疼。"友顿号"上的其他物种都不洗澡，所以她和劳利安不得不在机舱里的一个公用水槽里，站在冰冷的金属上，用温水淋湿对方。这让她觉得自己像一条死狗。

厨房里的灯亮着，有一个藻类学家坐在里面。他是一个高大的拉鲁人，名字很搞笑，叫欧欧（Oouoh）。简没有当面取笑他的名字。来这儿10天，她已经招惹了一个人了。她并不傻。

欧欧用毛茸茸的脚踩着另一把椅子，一边往烟斗里塞红草，一边吃一种脆脆的水果。简喜欢这种生物的样子。他从头到脚都很粗糙，脖子很长，所以他的脸能弯回到肩膀。当他用四肢站立时，他的个头和劳利安一样高；当他用两腿站立时，头几乎会碰到天花板。

简走进厨房，欧欧张开了黑眼睛。"嘿，小个子人类，"他说，"你来干什么？"

"我渴了，"简说，她停顿了一下，"而且我失眠了。"

欧欧的脖子缓慢扭动，像一个S形。"我也是。彼此彼此。"他朝她举起烟斗，问道，"想跟我一起吗？"

简眨了眨眼，说："我……我不知道。"她把手插进口袋，因为她不知道手应该往哪儿放，"我不知道怎么抽。"

欧欧做了一个鬼脸，简不明白那是什么意思。"我可以给你示范。来吧。"他挥动一只爪子模样的手，示意简到桌前来。简拉了一把椅子坐下。群星啊，他的块头真大！要不是他说话很友善，简真的会怕他。无论如何，她有点怕他。

欧欧从桌子上拿起一包火柴，连同烟斗一起递给了简。"好，先把小的那端放进嘴里。这就对了。现在用嘴巴含住它。接着点燃烟斗，同时用力吸。"

简照做了。一口热腾腾的烟从她的唇间冲出，她尝了尝味道——灰烬和泥土，又热又甜。

欧欧看到她停下来，便说："你得往里吸。吸进肺里，然后从鼻子里呼出去，就像烟囱一样。"

简照做了，然后……她转过身，大咳不止。她的肺不太喜欢这种体验。

欧欧的胸腔里传出一阵"隆隆"声。他是在笑她吗？"第一次总是很难。再试试。你会掌握要领的。"欧欧说道。

简不确定自己还想再试一次。她的喉咙发痒，她觉得有点蠢，但是她不想在欧欧面前认输。于是她又重复了一次之前的步骤：点火，吸进，呼出。她的肺在抗议，但还是在她的控制下微微张开了。她又咳嗽起来，但是这次咳得没上次那么厉害，烟从她的鼻子里冒出来，而不是从她的唇间冲出。她也感觉到了一些不同，没那么刺激了，好受了一点。

"这就对了。"欧欧说，似乎很高兴。他把烟斗和火柴拿了回来，"瞧你啊，看上去就像个可乎米（Kohumie）。"

简咳出了肺里残存的烟，问道："可乎米是什么？"

"一种火山怪物。你在节日故事里听说过它吗？当熔岩流附近的岩石开始熔化，这种圆不溜秋的无毛小生物就会出现。"

这种生物听起来挺酷的。"不过，我不是圆的。"简说。

欧欧吸了一大口烟，一点儿也没有咳嗽。"嗯嗯，你绝对不圆。"他想了想，问道，"你吃的东西为什么和我们不一样？你朋友吃的和我们一样。厨师总给你做的那东西是啥？粥？煮烂的蔬菜？"

简挠了挠耳后，说："我上这艘飞船之前，病得很重。所以我这阵子只能吃好消化的食物。"

波斯普尔（Both'pol），就是飞船上的医生，他显然是人云亦云。真该死。

"你为什么生病？"欧欧问道。

"很多原因，"简回答说，"但是我想，主要还是因为我吃得太少。"

"你为什么吃那么少？"

"因为没有吃的。"

"啊，"欧欧说着，呼出长长的一道烟，"太惨了！"

简大笑了一下，说："你说得没错。"

"你之前生活在边境，是吗？"他用一根手指画了一个圈，问道，"不属于银河系共和国？"

"是的。"

"太空人？"

"不是，我住在一个行星上。"

"整个行星上都没有食物吗？"

"有食物，只是……"她该怎么解释呢？谁又能理解呢？"我不能吃。"

欧欧等着简继续说，但是简什么也没说。拉鲁人摇了摇头，说："听起来很糟糕。"

"是的。"简说。

"所以，等等。"欧欧斜靠在桌子上，把脸伸到他俩中间，"你病了，是因为你缺少食物，因为……他们不让你吃东西。"

简又笑了，说："差不多。"

"你的朋友有食物吗？"

"有。"

"他为什么不和你分享呢？"

"我们那时还不是……我认识他没有多久。他和我不在一个地方住。"

"哈。我还以为——啊,没啥。"

"什么?"

欧欧的下巴动了一下:"你们是夫妻吗?"

简差点儿被自己的口水呛着。"啊——不是的!不,不,我们——啊——"他真的这么认为吗?大家都这么认为吗?如果大家都这样认为,简真不知如何是好。

拉鲁人又发出之前那样的"隆隆"声:"别担心,解释清楚就好了。我见过的人类不多,所以我真的只能瞎猜。我看你俩……互相保护。"

"为什么这么说呢?"

"你总是替他说话。是的,我知道他一个人做不到那么好,但有你帮他,他很快就做好了。而他,虽然他不会说克利普语,但是他会为你打抱不平。这两天,他一直磨刀霍霍向塔克拉。"

简脸颊通红。"你听说了?"

欧欧舒展四肢。"飞船很小,很快就传开了。你别理她。她还觉得我身上难闻呢。"他揉搓前臂的皮毛,又说,"我们哺乳动物就进化成这鬼样子。"

简觉得胸口的压迫感好些了,她笑了。她喜欢这个家伙。

"反正我想说的是,你俩好像认识很久了。我想你们一起经历过一些苦难,感情会很深。"

简想了想。她想到在焦烧队VI的一开始,当焦烧队与死神夏娃相遇时,他们联合起来对抗石油王子。他们一起经历了很多苦难,做了很多只有在你信任和在乎对方的情况下才会做的疯狂的事情。但是最终,当他们完成了任务,赶跑了坏人,他们却分道扬镳。他们不是那种永不分离的朋友。简和劳利安从来没有聊过,等他们离开了"友顿号",是否还会继续在一起。她希望顺其自然。为什么一定要在一起呢？如果他不想在一起，就没必要在一起，对吧？这个想法令她伤感，这很愚蠢。她可以自己照顾自己。如果她能拾荒，能对付狗，那她也能应对在科里奥尔港遇到的任何问题。

但是她喜欢劳利安。她喜欢有他在身边。她喜欢和他一起工作、一起吃饭。她喜欢他在船长给他的旧平板电脑上作画的样子。她喜欢教他克利普语，一句一句地，听他努力而缓慢地发声。她喜欢当她害怕或是生气时，他把一只手搭在她的肩膀上。她喜欢睡在他的旁边，即使在储物间睡得很不舒服。她喜欢当她做噩梦时，他叫醒她；当他做噩梦时，她也一样。她喜欢当他俩都睡不着时，在黑暗中给他讲模拟游戏里的故事。她还喜欢他按照自己的想象画出那些人物。她喜欢醒来时发现他们靠得很近，鼻子贴鼻子。她会强打精神，只为安静地躺在他的旁边。这和室友不一样。她不知道这算什么。她想了想欧欧的猜想。她希望能跟奥尔聊一聊。

她指着烟斗，说："我能再抽一口吗？"

欧欧递上烟斗，问道："喜欢上了？"

简点着了红草。"我还不知道。"她吸了一口烟，果然又咳嗽了起来。"至少我喜欢这个味道。我喜欢尝试新东西。"

拉鲁人看着她，一边晃动脖子，一边思考。"来。"他说着，站了起来，示意她跟上。欧欧走回到储藏室，也就是厨师工作的地方。他打开一个双门橱柜，让她来看。

简向前迈了一步。橱柜里放着几十个小罐子和瓶子，容器上面都贴着标签。她认识标签上写的字，但不知道它们是什么意思：碎叶、地面胡图、河盐……她不理解。

欧欧瞥了一眼罐子，然后给简解释："那些是香料。"他说，"你知道香料是什么吗？"

317

简摇了摇头。

"群星啊!"欧欧喃喃地说。他拿起一个罐子,罐子里是叶肯尼胡椒,他拔出塞子。"伸出你的手。"他说。简照做了。于是欧欧在简的手掌上撒了一点细细的黄色粉末。"试试看。尝一尝。"

简盯着这一小簇粉末。这……不是食物。她不知道这是什么。她的鼻子凑近粉末,闻了一下。鼻窦马上打开了。她忐忑不安地用舌头舔了一下,一些神秘的颗粒进到她的嘴里。

她的嘴爆炸了,但是,群星啊,这种感官体验真棒!她觉得那味道辛辣却美味,干得冒烟——她从没尝过这种味道。从来没有。她不顾辛辣,舔走了剩余的粉末。真是奇怪,越是辛辣,越是觉得美味。她眼泪汪汪,鼻涕直流。她感觉到前所未有的清醒。

她拿起另一个罐子,上面的标签写着"苏地"。她问欧欧:"这些东西有毒吗?"

欧欧扭动着脖子。"对你来说?不知道。但是我知道医务室在哪儿,送你过去应该很方便。"

简笑了,然后不管三七二十一,往自己的舌头上倒了一点苏地。不一样!太不一样!这东西根本不辣!就像……该死的,她不知道用什么词来形容。她会去学习怎么描述这种味道。

欧欧靠在柜台上,抽着烟,而简在翻橱柜。她会惹麻烦吗?厨师会生气吗?她管不了那么多。橱柜里全是能带来崭新体验的味道,比如巧克力、烧烤酱、库利酱。她哪还管得了那么多,她欲罢不能,各种味道都想尝尝。她想一直尝,尝到自己的嘴麻木。

她站在橱柜前,罐子摆在她周围的地上,手掌上还沾着五颜六色的粉末。她不知道自己吞下的是红草还是什么,但是那一瞬间,她能感觉到自己面前有一座桥,它连接着此刻在一艘宇宙飞船的厨房里咯咯笑的她和那个在黑暗中吸吮指甲缝里的海藻的4岁的简。那个小女孩仿佛穿越时光而来，触手可及。"看看吧，"她会说，"看看你会变成什么样，看看你会去哪里。"

简没想到自己会抽泣起来。欧欧坐直身子。"哦——哦，怎么回事？"他说，"该死的，我带你去医务室，赶快！"

简盯着他，不解地问："什么？为什么？我没事。"

"呃，不，你……你的眼睛在漏水。"

简哭笑不得。"不不，"她使劲地吸鼻子，"这只是眼泪而已。没事的。"

欧欧心烦意乱："这怎么会没事？"

"我们人类会这样，当我们心情复杂的时候——"

"你们就会漏水？"

"我想是的。我没事，真的。我没事。"

拉鲁人的下巴来回移动。"好吧。这太吓人了，但是没关系。"他抚摸着自己长长的脖子，把毛捋顺，"那你是什么感觉？难过吗？"

"我讲不清楚，"简说，"就是……百感交集。所有这一切，让我百感交集。"

欧欧想了想，问道："你们人类……我是说，你们不介意接触吧？你懂的，身体接触？"

简摇了摇头，眼泪还在不停地流。

欧欧向前走了一步，用一只大手臂搂住她，将她抱在胸口。他的脖子也缠绕着她，这很奇怪，但是感觉和手臂很像。他轻轻地搂着她。简抱紧了他，这怪异的外星人的拥抱，给了她很久不曾有过的感动。

"现在没事了。"欧欧说。简还靠在他的皮毛上哭泣。"你没事了。"

西德拉

塔克坐在地板上，靠在中枢室的门口。"所以，"她说，"这是你？"

"不，"西德拉说，"这是控制中枢，不是我。只不过我的大部分进程都在这里。目前而言，它是……它是我的大脑。"

"你其余的进程在……？"

"遍布整艘飞船。你是知道运行原理的。"

"对，"塔克说，"对。"她又一次调整坐姿。她紧张吗？害怕吗？不舒服吗？从她泛着红点的脸颊来看，以上这些都有可能。"想到我们……正穿过你，感觉很奇怪。"

西德拉叹了口气，说："你穿过的是这艘飞船，不是我。我——"

"遍布飞船。我知道。我懂。你……还好吧？适应吗？"

"我一开始的设定就是这样。"

"我明白了。但是这……比之前好吗？"

西德拉想回答"是"。有很多理由说"是"。但是她说不出来，虽然她现在可以说谎。为什么？少了什么？她连接着网络，这太幸福了！穿梭机比她适配的那种飞船要小得多，但是有了摄像头、对讲机、外壳，飞船大小不再重要。"旅行者号"上让她每天不安的"嗡嗡"声消失了。现在，她感到平静、通透。这是她应该有的样子，也是她一直渴望的存在方式。

这怎么会不好？

对于西德拉的沉默，塔克表现得很淡定。"你把自己藏进飞船——"

"你觉得这不好吗?"

她的朋友笑了起来。"不好。虽然我欣赏你的勇气。"她环顾四周,"我感觉……不看你的眼睛和你说话,很奇怪。"

"我知道你在和我说话。或者,你看这里。"她控制离塔克最近的摄像头,快速地拉近缩远,好让塔克听到。"感觉会不会好一点?"

塔克冲摄像头翻了个白眼。"没别的意思,只不过这也很奇怪。我不太习惯。"

这时候,佩珀走了进来,塔克被吓了一跳,但是西德拉没有,因为她早就看到佩珀在过道里徘徊,犹豫着要不要进来。佩珀坐在塔克的对面,说道:"以前奥尔那种样子,让人更容易接受,穿梭机的对讲机上面有屏幕,当她和我说话时,屏幕上会显示她的脸。"

"她长什么样子?"塔克问。

"就是……标准的人脸,"佩珀说,"不是真脸,是一个轮廓,你明白我的意思吗?就像画一样。"她冲塔克点头,"你可能会讨厌它。"

塔克笑了,说:"有可能。"

佩珀抱起双臂。"已经很久了,她的样貌我有点记不清了,我就记得她的脸很友善。反正我觉得她看起来很友善。"

"这里为什么没有屏幕?"西德拉问。现在回想起来,"旅行者号"上也没有屏幕。她从来没有见过带屏幕的飞船。

"有些飞船还有屏幕,"佩珀说,"但是不常见。屏幕已经过时了。现在很难找到带屏幕的飞船。"

"为什么?"

佩珀冷笑了一下:"它被认为是低效率的,特别是在长途飞船上,船员会对它产生情感依赖。"她看向摄像头,"人工智能厂商不喜欢这样,因为人们会不愿买新的平台。于是程序员和硬件制造商们商量了一下,飞船就改成了现在这样,少了一张脸。"

塔克皱起眉头，脸颊泛黄，目光犀利。"这些事情我越想越难以理解。为什么要这样？"

"很好理解。"佩珀说。她伸直双腿，两条腿交叉在了一起。"改造人类者对工厂里的女孩做的事情，哈玛吉安人击败阿卡拉克斯人、费拉森人和其他物种之后做的事情……这些事情在本质上是一样的。而你们，是你们率先发明了人工智能，也是你们写出了感知能力代码。"她耸了耸肩，"人生很可怕，我们没有规则可依，我们谁也不知道自己来这世间是要做什么。所以，想要看清现实，不再迷失自我，最简单的方法就是相信你能掌控人生。而当你相信自己能掌控人生，你也就会认为自己比别人高等，而那些与你不同的人……他们自然就是低等的，对吧？每个物种都这样，不管是对同类、对别的物种，还是对他们创造的生物。"她向塔克抬起下巴，"你研究过历史，你懂这些。所谓历史，就是我们对彼此做无数可怕事情的漫长历程。"

"也不绝对，"塔克说，"你说的大部分没错，但是也有好的一面。在这个过程中，也诞生了艺术、城市和科技。我们不断探索未知的领域，学习新的知识，我们变得更好了。"

"只是一些人变得更好了。没有人知道怎么让所有人变得更好。"

"我明白。"塔克说。她思考着，脸颊上的图案在旋转。"这就是为什么我们必须不停地交流。"

"以及倾听。"佩珀说。

塔克点点头："以及倾听。"

西德拉注视着她们，发现她们的肢体语言已经改变。她们现在面对面，保持着得体的距离，尽管过道很狭窄。说话时，她们注视着对方的眼睛。她设想了一下，如果她不在墙上，而是在义体里，跟她们一起坐在地板上的情形。她想，她们看她的视角会跟现在不一样，她们的目光会不时地看向她的义体。是的，她知道，她们晓得她现在在飞船的控制中枢里。塔克想要看向摄像头，佩珀也下意识地这样做了。可她们靠近另一具身体时的本能反应，是摄像头无法引发的。西德拉已经不再和她们同处一个空间。她就是那个空间。她是容纳她们的壳。如果她们不在的话，她就是空的。

她不敢相信自己竟会这样想，情不自禁地笑出声来。

"你在笑什么？"佩珀问道。

"我在笑我自己。"西德拉还在笑，"哦，这太蠢了！我真是太蠢了！"

塔克和佩珀对视了一下。"为什么这么说？"佩珀问道。

西德拉鼓起勇气，准备说出心里早有的答案。但是群星啊，这太傻了！"我想和你们一起坐在地板上，"她笑个不停，"我终于进入飞船，而我现在却只想坐在地板上。"

塔克的脸颊泛起蓝色和绿色。"亲爱的唐航（Thumhum）倒过来。"

"什么？"佩珀问道。

西德拉已经通过网络连接查到了这句话："这是一个典故，来自哈玛吉安人的儿童故事。"她说。

"你听过吗？"塔克问佩珀。佩珀摇了摇头。"有一个孩子，叫唐航，他第一次感受失重。你知道哈玛吉安人，他们肚子朝上的话，就很难翻过来，对吧？所以唐航一直在呼救，因为倒过来把他吓坏了。不管人们怎么翻动他，他总是倒的。"

"但是……他在失重环境中，"佩珀说，"失重环境中没有倒和正。"

"这就是重点。"塔克说，"他一心想翻转过来，根本意识不到这一点。"

西德拉笑了，但是佩珀没有。"不，"佩珀说，"不，我觉得这两个还不一样。"她把双手放在大腿上，认真思考，"当我第一次到科里奥尔港时，我吓死了，就像刚走出工厂一样。我什么也不知道，不知道食物是什么，不知道人们在卖什么。虽然说废料场是个地狱，但那是我熟悉的地狱。我知道我挖过哪一堆废料，知道水在哪里，知道狗睡觉的地方。我知道怎么回家。但科里奥尔不是家，一开始不是。它只是一个又大又吵的地方。我讨厌它。我们一到那儿，我就萌生了离开的念头。"她看向摄像头，"看一下驾驶员控制台的左侧，告诉塔克上面放的是什么。"

西德拉拉近了驾驶舱的摄像头。"手办。"她说，"阿兰、曼吉里、平奇。"

塔克认出了那些东西，脸颊变成了亮棕色。"是大虫子吧？"

佩珀点了点头，微微一笑："是的。奥尔内存里存了一集。《大虫子船员和行星谜团》，我都不知道玩了多少次。直到现在，我都还能逐字复述里面的每一个对话。每一个故事情节、每一句台词，我都烂熟于心。要是我会画画，画一整艘飞船都没问题。"她整理了一下思路，"我到科里奥尔的第一天早上，布鲁还睡着，我就一个人出去了。我想理理思绪。我还是非常愤怒、非常害怕，我不想让他看到。我就在集市上漫无目的地走。我不知道我在做什么。但是现在回头看，我当时是在找寻一些东西——熟悉的东西。如果有人卖狗肉，我会买下来，再吃掉狗肉。我不知道那天我在外面待了多久——也许一两个小时。我碰巧看到一家店，里面有各种各样的模拟游戏。大多数的模拟游戏我都不认识，但是摆在中间的那个，恰好是大虫子船员。我当时就感觉……上帝啊，我的朋友们！我的朋友们在这里！群星啊，我激动得差点哭了。我知道这听起来很愚蠢——"

"不愚蠢。"塔克说。

佩珀轻轻点头："于是我走进那家商店。那是一家模拟游戏商店，里面有一个人类，他问我需要什么帮助。我说：'听好了，我住在一艘货船的储藏室里，睡在储藏室里的地板上，我名下有一万多个信用点。'我跟他买了一台模拟游戏机，虽然买完后，我就差不多破产了。他问我要不要买模拟游戏。我问：'有大虫子吗？'他看着我说：'当然有，你要哪一个？'"她大笑，"'哪一个？'我不知道大虫子不止一个！他显然觉得我不可思议。他拿起一份密密麻麻的目录，说：'朋友，大虫子30多年前就有了，而且一直在出新系列。'"

"你买了多少个？"西德拉问佩珀。

"哦，那里所有的我都买了。我不得不回去向布鲁解释，为什么我把大部分的信用点花在了儿童模拟游戏和一个破烂游戏机上。我当时不太懂理财，现在还是不懂。"佩珀看着天花板，思考着，"从那以后，我每一集都要玩至少两次。我可以告诉你你想知道的每一个细节。我喜欢大虫子，非常喜欢它。但是那个感觉和小时候的不一样了，因为我变了。不一样是好事，但是有得必有失。"她伸出手，去触摸最近的电路连接点，"你现在也不一样了。"

西德拉不确定这是一种安慰，还是一种担忧。"义体有那么多的限制，而且在我改动自己之前，我只能微调一些代码。要是我早些回到飞船，甚至在义体里只待10天，我想感觉都会好很多。但是现在……"她试图厘清思路，"我很困惑，我不知道想要什么。"

佩珀大笑说："亲爱的，我们都不知道。"

西德拉想了想自己说的话：义体。现在义体又回到了储藏室。她思考着。她原本是为飞船设计的，但是，她不了解这艘飞船。这艘飞船本质上和其他的飞船没有什么不同，她本该能够适应。如果她没有打开舱门，别人可以手动打开它，不管她想不想打开。她只不过是船上的一个幽灵、一个跟班、一个工具。

义体确实限制了她，这是它不好的地方，但好的地方是，她可以自主支配义体。义体是属于她的。没有人能强迫她举起手,或者穿过房间。在义体里,她想走路就走路,想坐下就坐下。她可以跑,可以拥抱,可以跳舞。如果她能修改自己的代码,那她就不会再受义体的限制。义体有万般不好,却还是有可取之处。

"塔克,你能打开左边的储藏室吗?"西德拉问,"我想进入义体一会儿。"

佩珀

雷斯基特星际移民博物馆（卡赛特分馆）是一个让落后的文化焕发新生的地方，它是这座城市目前最大的建筑。虽然安德瑞斯克人的建筑并不标新立异，但是这座建筑的设计却很特别。安德瑞斯克建筑一般不装大窗户（窗户大了不保暖），采光不好，老旧的设施更是如此。为了解决采光问题，这座博物馆通体采用切得很薄的黄色岩石建造，墙体薄到阳光可以直接照射进来。这种效果非常神奇，让人印象深刻。身处博物馆，就像穿行在一颗恒星的中心或是即将熄灭的火焰里，又好像待在一个有生命的东西里面。

但这些都改变不了一个事实，那就是从本质上来看，博物馆是一种很奇怪的存在。佩珀明白，如果你不希望自己的故事被遗忘，那么你必须把它记录在某个地方，让它变得有形，是防止遗忘的好办法。想法是很好，但是实际操作……令她不解。雷斯基特博物馆里的展品全是"废料"，比如那个笨重的老式安塞波[1]，那个烧坏了的航标，还有那张古老的隧道地图——它来自哈玛吉安人还是唯一在太空中开凿隧道的物种的那个时代。为什么展出这个东西？为什么是这件古老的太空服，而不是另外10件可能与它同时期的太空服？为什么这件被精心缝合修补、挂在温控箱里的支架上，而其他的就没资格被展出，甚至还要被塞进某个档案仓库里？整个建筑里，全是不能用、修不好、还不能扔的东西。现在，它们倒成了过得好的人的标志。

塔克看起来就像进到糖果店里的孩子。她目瞪口呆地凝视每一件

---

[1] 一种常出现在科幻小说中的超光速通信设备。

展品，在每一个指示牌前驻足，仔细阅读上面的每一句话。她就像忘了他们去那里的目的——也许她去那里就是这个目的。那天早上，他们启程去博物馆之前，佩珀看见塔克抽了3只装满泰尔花的烟斗，喝了半壶丁酮酒，又吃了一点臭烘烘的晕船药。他们现在已经着陆，令塔克心神不宁的并不是重力。艾卢昂人不善于撒谎。当你脸上的颜色会出卖你所有的小心思时，你很难装作若无其事。虽说运营博物馆的是安德瑞斯克人，但他们都是这个多物种城市里的聪明人。像是佩珀，即便她没有取得过物种文化相关的学位，也能猜到艾卢昂人的情绪。整件事情令塔克神经紧张，而这又令佩珀神经紧张。她本来就只想跟布鲁一起来，她没想到塔克这样一个守规矩的好公民会同意来。好在塔克清楚地知道自己的短板，并且已经努力让自己冷静下来。自从他们离开穿梭机停泊站酒店，佩珀没看到塔克脸上闪过一丝紧张的红色或者忧虑的黄色。这很好。不过佩珀更希望此刻他们能更快地穿过展厅。当她看着塔克为西德拉介绍他们面前生锈的小工具的重要性时，她的大拇指一直轻敲着口袋外侧。佩珀已经等了10年，她不想再多耽搁了。

她感觉到一只手在捏她的肩膀，是布鲁。"我们会去那里。"他的眼睛说。

佩珀不情愿地点了点头。如果塔克能冷静下来，那么她也能。话说回来，在一个普通的博物馆里逛逛也没什么。进来之后，她一直在数摄像头，目前已经数到第二十八个了。挂在墙上的休眠的安保机器人也没什么可看的。塔克还得去见她联系的馆长，安排后续事宜。扮作普通学生是一种聪明的伪装。

只是感觉还要等好长时间。

穿过一条人造卫星走廊，经过一个交互式星图和一群走得很慢的哈玛吉安游客之后，他们到达了行政大厅，然后沿着过道找到了馆长办公室。现在轮到塔克表演了。佩珀心跳加速。如果搞砸了，全套计划就都没戏了。但是，现在除了保持微笑，她什么也做不了。她的下巴因为牙齿用力咬合而疼痛，但是那总比大喊要好。她心想，要是能再喝一杯丁酮酒就好了。

塔克按响门铃，然后门开了。一个安德瑞斯克人站在里面，正读取像素提要。"啊，"她用一种富有教养的中央区腔调问道，"你就是塔克伦·布雷·萨拉埃（Taklen Bre Salae）吧？"她热情地向塔克走来。不过，佩珀看到她用略带疑问的目光迅速瞟了一眼塔克以外的其他人。

"是的。"塔克说着走上前去，用安德瑞斯克人的问候方式与她蹭了一下脸颊，"要是你不介意的话，叫我塔克吧。"佩珀注视着塔克的脸，见鬼！没错——有一块忧虑的红斑。

不知安德瑞斯克人是否察觉到，但她没说什么。"好，塔克。"她困惑地看向佩珀几人，客气地问道，"那你们是？"

第二块红斑出现了。"他们是我的研究助理，"塔克回答说，"佩珀、布鲁和西德拉。"

"欢迎你们！"安德瑞斯克人说，"我是蒂克西斯（Thixis），这里的第三任馆长。"她笑了笑，还是想搞个明白，"一个次级项目需要这么多的助理吗？"

"唔——"塔克叹了一口气。

佩珀的手指弯在口袋里，心想："加油啊，塔克！"

塔克呼出一口气，脸上浮现出一片优雅的蓝斑。佩珀的手指松开了。"虽然我的项目聚焦于技术，"塔克说，"但是我以前学的是历史。机械原理方面的东西，我需要团队成员的协助。"

第三任馆长似乎很买账。"我喜欢这种方法，"她说，"我一直倾向于自己研究，而不是从网络上找答案。你的论文是关于什么来着？

不好意思啊，我年纪大了，脑子不好使了。"

塔克大笑道："我正在研究人类进入银河系共和国之后交通工具使用的燃料系统，从而更好地理解其悬殊的贫富差异。我希望基于政治派别、跨物种协作和星系起源，得出一些结论。"塔克其实是复述了西德拉的话。佩珀不得不承认，这些话非常学术。

"你的团队看上去都是精兵强将啊！"蒂克西斯说着，对几个人类眨了一下眼，"我想你会在我们的展览中找到一些优秀的作品。来吧，再跟我说说你们的需求，我带你们转转。"

佩珀不知怎的心跳加速。他们要去展厅。他们现在要去展厅。

她和布鲁跟着他们穿过华丽的石殿。外星人说的话，佩珀一句也没听进去。她知道她必须做好准备，但问题是，做好什么准备？准备再次见到穿梭机？准备看到它被拆卸，在墙上铺开展示？准备验证"野餐"的人类改造控搞错了？奥尔的控制中枢可能已经——不，不，不，不会的。控制中枢会在那里，会是完好的。必须是。必须是。

他们根据一个指示牌——小型飞船展厅——的指引，到了一个巨大的门前。在门的另一边，佩珀看到了从未见过的荒唐景象。与其说这里是一个展厅，不如说是一个飞船库，它很长很宽，漫无边界。里面展示着穿梭机——成排成排的退役穿梭机，它们都非常干净，打着光，贴着标签。她之前见过的一些太空停泊站都没有这儿大。

"天啊！"佩珀说。所有人都转头看她。她清了清喉咙，说："抱歉。"

蒂克西斯笑了起来，说："我把这当作称赞。"

佩珀克制着想要跑过去的冲动。塔克看了她一眼，心领神会。"人类展区怎么走？"她从容地微笑着，问道，"对不起，我只是——"

"准备好了吗？开始吧？我懂那种感觉。"蒂克西斯说着，招呼他们跟上,"一起去看看你们大老远过来想看的展品吧。"

佩珀想要握住布鲁的手。她能感觉到他就在旁边,像磁铁一样吸引着她衣袋里的手指。她庆幸至少有他陪伴左右。

人类展区在隐蔽的一侧,远离令人印象深刻的安德瑞斯克侦察舰队和整个展厅的皇冠明珠——奎林人发明的轨道飞行器真品。佩珀没有跟紧塔克,而是停下来急切地扫视人类展区。这个举动太疯狂了,可以说是无礼。它——

在那里。

其他的一切都消失了——飞船、外星人、所有的声音,只剩下她和一个破旧的小穿梭机:半人马座46-C,褐色船体,光伏涂层。

家。

它和她记忆中的不太一样。有人刮下了穿梭机表面陈年的泥土和污垢,可能还清除了里面所有的灰尘、皮毛和积垢。它太小了,比那里的其他飞船都要小,也比她来这儿乘坐的穿梭机小。但它曾经是她的整个世界。她的家人还在里面。

"对不起。"布鲁说。其他人闻声停了下来。佩珀能感觉到西德拉在看她。"你介意我坐……啊……坐一下吗?"他不好意思地微笑,冲旁边的板凳点了点头,"我还有点晕船,我——我想坐一小会儿。"

佩珀领会了布鲁的意图。"啊,真糟糕!"她努力让自己的声音不要抖,"我陪你吧。"

塔克点了点头。"好的,"她说,"等你感觉好一点,再来找我们。"

外星人们离开了,跟在他们后面的西德拉回头看了两人一眼。布鲁坐在长椅上,佩珀差点瘫倒在它上面,她紧紧握着布鲁伸来的手。

"你还好吗?"他轻声地说。

"嗯,"她说,"我的意思是,除了无法呼吸和想要吐空胃里的东西以外，其他还好。"她用空着的那只手的大拇指挨个触碰其他手指，来来回回，一遍又一遍。"一路上有37个摄像头。控制中枢的基座太大，搬出去的话肯定会被发现，所以我得黑一些东西，入侵他们的系统，或者在我们离开的时候把信号中断。"

"不能只带走控制中枢的核心吗？为什么还要搬基座？"

"因为它是几十年前制造的，核心球没法单独取出。我要是把它取出来，她——她就完了。"佩珀摇了摇头，"它很重。如果你帮我一起搬，我们能跑得快些。"

"会被人发现的。"

"如果跑得够快，走的时候再把摄像头黑了，就不会被发现。"

"佩珀——"

"我告诉过你，你不必跟我一起来。如果别无选择，我就自己搬。"

布鲁叹息了一声，说："你打算怎么……啊……怎么劫持摄像头？"

"我有个想法。"佩珀坚定地点了点头，不肯把目光从饱经风霜的穿梭机上移开，那是她以前亲手维修的，"相信我，肯定可以的。"

西德拉

"这行不通。"西德拉在酒店房间的窗户旁边踱步,思考着手头的难题。窗外夜幕降临,卡塔特·阿赫特(Kaathet Aht)城开始亮起灯光。这座城市所在的行星围绕着两个太阳在旋转,此时,这座城市转到两个太阳的光都照射不到的区域。要不是现在有烦心事,西德拉准会饶有兴致地研究一番。

佩珀、布鲁没有和西德拉、塔克商量就做好了计划,这会儿已经出去找吃的和买技术设备了。他们还留下了一堆匆忙组装的半成品,都是佩珀从她的现代穿梭机上弄下来的。西德拉知道每个组件的名称——她在"铁锈桶"已经待了很久——但不知道佩珀想用它们干什么。佩珀不愿回答,只说这些小东西能派上用场,她晚上就会完工,奥尔将在午夜回来。时间紧迫,没有商量的余地。

塔克坐在地板上,头仰靠在一堆便宜的垫子上,手指并在一起。就算西德拉不知道塔克脸颊的芥末黄色是什么意思,她也能看出来塔克不高兴。"佩珀说这些东西很容易制作,"塔克说,"她说过,我们进入展厅之后,我就可以走了。"

"佩珀是个白痴,"西德拉简洁地说,"她今天在博物馆里待了三个半小时,草草扫了一眼他们的安保系统,就做了整个计划。她根本不知道自己这样做会有什么后果,她还会连累我们。"

塔克露出一个讽刺的表情:"不是不让你来吗?忘了?"

西德拉翻了个白眼。她当然记得。佩珀不允许她来,她是偷偷来的。讽刺的是,西德拉现在不赞成佩珀的计划——黑掉摄像头,希望能侥幸逃脱。"重点是,"她说,"现在佩珀的脑子不清楚。我理解她想把奥尔救出来的迫切心情，但是她这样做会置你们所有人于险境。她会害自己和布鲁被捕，她会害你被捕。"

塔克冷笑一声，说道："瞧瞧说这话的是谁！当初是谁劝我掺和这档子事？"

西德拉感到一阵内疚。"那时候我不知道佩珀会盲目到搞出一个半黑客计划。佩珀很聪明，她做事有条不紊。我从没见过她冲动行事，我没想到她会如此儿戏。"她看向塔克，继续说，"你也认为这是个傻主意吧？"

塔克揉了揉脸，说："嗯，傻主意。"她思考的时候，下巴在动，"老实说，我躺在这里，就是为了鼓起勇气走出那扇门，买一张回家的票。"

西德拉靠在墙上，想着塔克。善良体贴的塔克和这件事没有一点关系。她知道不能这样对待一个朋友。但是，佩珀和布鲁也是她的朋友。他们为她做了太多，多到她无以为报。"你想走就走吧，"西德拉说，"我不会怪你。但要是你还愿意帮忙，我还有一个主意，是一个切实可行的计划，不违反你签署的协议中的任何一条。从我们进去到出来，一共就几个小时，不会有人怀疑博物馆里发生的事与我们有关。"

塔克好奇地看着西德拉，问："你之前怎么不说？"

西德拉说："因为佩珀会反对。"她一边说话，一边继续做那个已经持续了1个小时10分钟的工作：一串目的明确的新代码，就快写好了。"因为她不能和我们一起去。"

佩珀

　　佩珀喜欢安德瑞斯克人，对他们没有物种偏见，但是在这些爱吃零嘴的物种建造的城市里，要想找一家真正意义上的餐馆，实在是太难了。在穿梭机停泊站附近，有一些为旅行者提供服务的多物种商店，但就是没有卖该死的三明治的。她查到城里有一家人类开的炸虫子店，但是到最近的车站的步行距离也很远。他们只好进了一家安德瑞斯克人开的食品杂货店。那家店的老板令她和布鲁无法忍受，因为他一直在纠结两个人一顿晚饭要吃多少东西。要是别的时候，她兴许还能从交流中找到乐趣，但那天晚上，她觉得在那儿的每一秒钟都在浪费时间。她讨厌自己的每一个假笑。

　　她用牙齿咬着一袋水果馅饼，并改用屁股顶住一箱技术设备，腾出手来摸索酒店门锁。

　　"要帮忙吗？"布鲁问道。

　　"不用啦。"佩珀说着打开了锁，撞开了门。

　　"再给你一次机会回答？"

　　佩珀放下箱子，取出嘴里叼着的袋子。"你也腾不出手了。"她冲布鲁点点头，布鲁正在放下手里的东西。佩珀环顾了一下房间。"咦？"她皱起眉头说。西德拉和塔克在哪里？佩珀走了一圈，这并不是一间套房，没有多少地方可以去。阳台？没人。洗手间？没人。她双手叉腰："她们去哪儿了？"

　　布鲁从背包里摸出了平板电脑。"有一条信……信息，"他说，"刚才在外面没听见。"他点开信息，"嗯，是西德拉。她说她们去买点吃的。"

　　佩珀的眉头紧蹙，说："我们出去之前，不是问过她们需要什么？"

布鲁耸了耸肩。

"问问她们什么时候回来。"佩珀说。

布鲁通过平板电脑发送了一条信息。过了一会儿，平板电脑回应了一个令人沮丧的声音。"啊，真奇怪，"他说，"西德拉的平板电脑一定是坏了，信息没有送达。"

"那你给塔克发信息试试。"佩珀说。她把馅饼和一盒六头电路拿到工作区。一个小时之内，她就会把所有的东西装好。两个小时之内，他们就会带奥尔回来。她根本不敢多想，尽管她满脑子都是这个念头。她往嘴里塞了一个馅饼，狼吞虎咽地吃了起来，吃完又抓起一个，完全顾不上品尝味道。

平板电脑又发出一个令人沮丧的声音。布鲁摇了摇头，说："我不知道这是怎么了。她俩的信号一定是被什么屏蔽了。"

佩珀叹了口气。在一个技术落后的城市里发生这样的事不算罕见，但是她没有想到安德瑞斯克人的基础设施这么差。"好吧，她们最好快点给我回来，"她一边说，一边盘腿坐在地板上，"我们一个小时后就要出发了。"她把手伸向之前放工具的地方，结果却什么也没摸到，"我的扳手呢？"

布鲁一边拆零食，一边环顾四周。"我不知道。你之前把它放哪里了？"

"这儿，"佩珀说，"我之前就放在这儿。"

"这儿有点乱，"布鲁说，"我帮你找找。"

佩珀回想自己和布鲁出去之前做了什么事：布鲁说她得吃东西。她不想吃，但是布鲁很坚持。她说反正也要出去买一些电线，就答应了。她喝完剩下的丁酮酒，放下扳手，就放在那儿。她就把它放在那儿了。

她的胃里一阵翻涌。她很确定那不是因为刚吃下去的水果馅饼。

西德拉

西德拉和塔克穿过博物馆，往蒂克西斯馆长的办公室走。"等我们完事后，想出去玩吗？"西德拉问塔克，"我看到停泊站那儿有几家舞厅，其中一家的告示上说，今晚他们要举办一个原始人之夜。"

塔克笑了。她的脸颊像池塘一样平静，这要归功于匆忙抽完的好几只装着泰尔花的烟斗，以及灌下肚的好几杯丁酮酒。"我真不敢相信，你现在还开玩笑。"

"我没有开玩笑，"西德拉说，"你应该犒劳犒劳自己。"

"我可不想在安德瑞斯克人的飞船停泊站酒吧做爱。"塔克停顿了一下，"虽然听上去还挺不错，是不是？"

西德拉露出调皮的微笑，说："我的意思是，你既然来到了这儿，不妨做一些实际的跨物种社会研究。"

塔克大笑，但是当她们到达馆长办公室时，笑声止住了。门上的像素板上有一行字：晚上回家了！有事咨询，请去隔壁。

她们对视了一下，耸了耸肩，然后往隔壁的办公室走去。隔壁的办公室里有一些声响——轻微的机械转动声。塔克按响了门铃。转动声停止了，取而代之的是拉拽椅子的声音和一阵越来越近的脚步声。门开了，西德拉用眼睛的余光看到塔克愣在那里。她自己的反应也差不多。

这间办公室是属于一个艾卢昂人的。

"有什么事吗？"这位新出现的馆长摘下安全护目镜，说道。在他身后的工作台上，放着一些清洁设备和一个老旧的微探针，微探针又破又烂，也不知它在不同的星球之间辗转漂泊了多久。馆长看上去很友好，但是西德拉察觉到他的目光在塔克的脸上短暂停留了一会儿。西德拉不知道他发现了什么，但是他肯定注意到了一些东西。他的面颊对着塔克变换颜色——从主色调来看，大概是在问候塔克，但是显然也有代表好奇的棕色。

塔克做了一件在艾卢昂人看来很奇怪的事：她用说话代替了颜色回应。"很抱歉打扰你，"她说，"我早些时候见了蒂克西斯馆长，我是为一个研究项目来的——"

"啊，对，"这位馆长说，"她告诉我了。"西德拉偷偷打量他的脸。在正常的社交场合，塔克主动选择说话可以说是为了照顾西德拉的感受。但是，塔克此时不用颜色回应并不妥当，轻则被认为笨拙，重则被认为无礼。西德拉知道，不管抽不抽泰尔花，在颜色上撒谎比抑制情绪更难，但是这个艾卢昂人如何理解塔克的这种选择她显然猜不到。他接下来说的话也没有透露出什么："我是馆长乔耶（Joje），"他向西德拉点点头说，"你一定是研究团队的成员吧。"

"是的。"她高兴地说，并保持这种喜悦的样子。是不是过于高兴了？哦，群星啊，为什么在这儿的不是那个安德瑞斯克人？

"你们不是还有一些人吗？"

"他们的身体不太舒服。"西德拉说着，暗自感激韦卢特·德诺德·萨拉尔教授和他在《人工智能编程2》课上对她的出色指导。等他们回去以后，她一定要给教授写封感谢信。

馆长乔耶的眼睑向侧面滑动。"对你们研究团队的成员来说，大老远来了，却没有机会开展研究，真是可惜。"西德拉不知道该如何回应。塔克也没有回应——至少西德拉觉得没有——她正专注于个人面部颜色管理。馆长乔耶耸了耸肩，打破沉默："对了，你们的表格已经通过审核，现在刷腕带就可以接触展品了。"他回到办公室，从桌子上拿起一个很重的技术设备。"这是一个电源，"他一边说，一边将这个沉重的东西交到西德拉的手里,"这应该足以启动任何你们想要更加仔细研究的系统。不过燃料箱是空的,所以你们只能激活环境和诊断系统,别的做不了。"

"没关系,"塔克说,"我们不需要做别的。"她瞥了一眼西德拉,好像在问,"我们不需要做别的吧?"

西德拉不着痕迹地摇了摇头。

乔耶看着塔克:"我必须提醒你们,只许查看展品,不许移走或拆卸任何东西。如有损坏,你们要负责任。"他的眼睛眯成一条线,"抱歉,我的话似乎让你不太舒服。"

"我……有点过敏。"塔克说道。

"是的!"西德拉说着,同情地点点头,"因为那个茶馆。她喝了些水果饮料,舌头就肿起来了。"

"是的,"塔克说着,与西德拉交换了一个眼神,"然后我吃的那药——"

西德拉无奈地微笑,看向馆长:"吃完药以后,她就有点不在状态了。"

"这听起来……很倒霉。"乔耶思考着,脸上的色彩在旋转变化。西德拉的假心脏在狂跳,她相信塔克的真心脏也是一样。"那……你们知道展厅怎么走吗?"馆长停顿片刻,还是一脸的不确定,"要是需要任何帮助,尽管来找我。还有……希望你赶快好起来。"

门关上了。

"见鬼。"塔克揉着脸,低声骂道。

"没事了。"

"他觉得有点儿不对劲。"

"别瞎说。"

"嘘。"塔克把前额的植入装置贴在门上。西德拉也把左耳贴在门上。她们都默不作声。西德拉能听见馆长乔耶在他的办公室里走动，但是除此以外，他还在干什么？她竖着耳朵，仔细辨认有没有打开对讲机的声音、通过平板电脑报警的声音，以及又向门走来的脚步声。10秒钟过去了，又过了10秒钟、20秒钟。塔克看上去已经准备好逃跑了。

新的声音出现了：拖拽椅子的声音，坐下来的声音，轻微的机械转动声。

西德拉和塔克终于舒了一口气，肩膀也都放松下来。"好了，"塔克喘息道，"好了。"

西德拉调整了拿电源的姿势，把它抵在髋部。"走吧。"她说。

塔克跟着她穿过大厅。"这是最糟糕的一个假期。"塔克喃喃地说。

佩珀

不要怪入口处的人工智能。佩珀在博物馆问讯处握紧拳头，提醒自己这一点。"我知道博物馆关门了，"她说，"但我不是访客，我在找两个可能来过这里的人。"

人工智能停下来，思考这个问题。进行了几分钟毫无进展的交流之后，佩珀已经知道这是一个功能有限、没有感知能力的人工智能。它被安装在一个没有五官的空壳脑袋里——依稀是安德瑞斯克人的样子，但也没有具体到一看就知道是什么物种。人工智能讲话时，会发出表示友好的颜色的光，这让佩珀非常恼火。"如果你想联系博物馆工作人员，"人工智能说，"我们的公共链接中心有通讯目录。"

布鲁插话道："我们是跟一位研究人员一道来的，她已经登记过了。她叫塔克伦·布雷·萨拉埃。她为——为了接触展品，填写了一堆表格。我们是她的研究团队的成员。"

"你是主要研究人员吗？"

佩珀呻吟了一声。

"不是，"布鲁说，"我们今天和这里的一位馆长谈过了，我们应该可以接触——"

"任何非主要研究人员入内，都必须由获准接触展品的主要研究人员陪同。"人工智能说，"如果你们想提交一份申请，我很乐意——"

"哎呀！"佩珀大叫，随后她对人工智能表示了歉意，"抱歉，不是你的错。只是——啊，群星啊，该死的——该死！"她咬牙切齿地离开了问讯处。

布鲁紧随其后，说："我们再去商店看看。"

佩珀摇了摇头，说："即便我们跑遍这座该死的城市，可能也找不到她们。"她双手抱头，急得团团转。他们去过停泊站附近的商店、交通中转站、医疗诊所。西德拉和塔克没有理由背着她去博物馆，但是该死的，她连进都进不去。

"嘿，"布鲁说着，挽起她的胳膊，"嘿，没事的。她们大概迷路了。"

"已经两个小时了。"两个小时了，还不知道西德拉和塔克是什么时候离开旅馆的。两个小时，意味着时间在流逝，意味着他们进博物馆的时间越晚，变数就越大。

"我知道。"布鲁叹了口气，"我们应该回旅馆去。我们应该去她们能找到我们的地方。"

佩珀冲一个垃圾桶踢了一脚。她望着在黑暗中发出暖光的博物馆。奥尔在里面。奥尔。但即便是现在，即便在经历了这一切之后，还是有一堵佩珀看不穿的墙，一扇她无法打开的门，把她和奥尔隔开。

该死的，她们去哪儿了？

西德拉

对这个计划,西德拉有两点担心:一是侵犯佩珀的隐私,二是如果她失败了就糟了。其余的都不是问题。

在去小型飞船展厅的路上,她们一言不发。她们走到了展厅的双开门跟前,大门还是关着的。西德拉和塔克都停了下来。"我们现在离开还来得及,"塔克说,"还能从这儿出去,订票回家。我知道佩珀为你做了很多事情,我知道她就像你的家人——"

"她就是我的家人。"

"好吧。但现在的风险是——你赌上了一切。"塔克深吸了一口气,"你冒如此大的风险,而你让我坐在你旁边看着。"

西德拉推开其中一扇门。"我会没事的。"她走了进去。

塔克跟在后面。"你写的代码未经测试,也没让任何人运行过。你没有任何参考资料。如果你搞砸了怎么办?"

"不会的。"西德拉说。当然,这是个谎言。她无法保证不出差错。

"西德拉——"

西德拉继续走过一排排的飞船。"你知道对我来说,在整个过程中最难的是什么吗?我指的不是这次旅途,而是我有了义体后的每一天。"她瞥了塔克一眼,接着说,"是找到自己的用途。我的内存里有一份叫作'用途'的文件。当我在'旅行者号'的控制中枢醒来,文件上的数据告诉我,我是一个监控系统,我之所以存在,是为了保护船员。如果你之前问我,我的用途是什么,我肯定会这样回答你。这是事实,而且我很满意。但是,从我进入义体的那一刻起,就再也不是这样了。我无法按照以前的程序设定回答这个问题，因为那个文件不再适用了。我思考了很久取而代之的应该是什么。在你帮助我编辑了我的代码之后，我做的第一件事就是抹去那个文件上的数据。但是我没有删除那个文件，我不能删除它，因为我想知道写在上面的应该是什么。看，这就像是一个恶作剧，这就是我要面对的死循环。如果我只是个工具，那么我肯定是有用途的。工具之所以存在，是因为要'有用'，对吧？但我不只是个工具。佩珀、布鲁，还有你，你们一直这样告诉我，一遍又一遍地告诉我。我知道我不只是个工具。我知道我是一个人，即使银河系共和国不认可我。我只能是一个人，因为我不必非得有用途，但是找不到自己的用途又让我很抓狂。"

"我听不太懂。"塔克说。

西德拉理了理思绪，想要解释清楚："你们都这么干。我交谈过的每一个智慧生物，我读过的每一本书，我研究过的每一种艺术，都被定义了用途。尽管你们并非为了'有用'才来到这个世界，但你们急切地想要找到自己的用处。你们是动物，你们原本就不是为了'有用'才被制造出来的。动物就只是动物。你们中的很多智慧物种——也许还有感知能力——并不会对自己的'用途'感到困扰。动物只管吃喝拉撒睡，不会花时间去思考，哪怕只思考一秒。但是，智慧物种如你，你们制造工具、建造城市，你们求知若渴。你们有一个共同点，那就是渴望实现自我价值，想要找到自身存在的意义。这种理念一直在帮助你们：在过去，你们爬下树木，爬出海洋……正是因为你们知道了万物的用途——水果用来吃，火用来取暖，水用来解渴——你们才活了下来。然后，你们开始制造工具，用工具摘水果，用工具生火，用工具过滤水。对你们来说，所有的东西都有它的用处，所以显然，你们也得'有用'，对吧？从本质上来讲，你们所有物种的历史都是一样的，都是关于战争和冲突的故事。而引发战争和冲突的原因，正是因为你们对自己可以干什么各有各的想法。而且，因为你们以这样的方式看待万事万物，所以你们制造出的会思考的工具也像你们那样思考。你们无法制造超出你们认知上限的工具，因为你们做不到。所以，我也像你们一样，跳不出这个局限。我知道，如果我是一个人，我就不必非要肩负任何使命，但是我渴望活得有意义。我通过观察你们大家，知道只有一个方法可以填上那个'用途'文件，那就是自己去写。就像你那样。你搞创作，和布鲁很像。虽然你俩搞艺术的原因不同，但你们自己选择了自己要干什么。佩珀搞维修，一开始，这个工作是别人强加给她的，但是后来，她自己选择了它。她把它变成了自己选择要干的事。我还没有为自己找到像那样的值得终生奋斗的目标。但是我想，目标不是一成不变的。我不必总坚持一个目标。现在，我的目标是'帮助奥尔'，所以我才来到这里，这就是我的'用途'。我可以帮助佩珀做她做不到的事情，这让我很高兴，因为她之前为我付出了很多。如果这就是我唯一的用途，如果在这之后，我再也无法在'用途'文件上写下更多的东西，那也没关系。我已经很满足了。我认为这已是再好不过的用途。"

塔克伸出手，打断了西德拉。她让西德拉转过来面向她，然后把两只手放在西德拉的肩膀上。她情绪起伏，许多颜色出现在她的脸颊上。她的话匣子没有出声，但是西德拉知道，塔克在说话。她不知道塔克说了什么，但是她感受到了塔克的善意、担心和尊重。

西德拉握了握塔克的手，笑起来。"谢谢你。"她说。

她们默不作声地继续朝穿梭机走去。到了安检口，西德拉停了下来，等待塔克刷腕带解锁。塔克接过西德拉手里的电源，把它插进船体上的一个接口，然后手动打开了舱门。西德拉穿过舱门，吸了一口气，双手握拳，放在身体两侧。塔克又将这几个步骤重复了两遍，先后打开了气闸舱和照明灯。西德拉站在舱门口，没有再往前一步。

"怎么了？"塔克问道。

西德拉打量着穿梭机，里面干净、无菌，前任居住者的声音仿佛回荡在耳边。"这是佩珀的家。"她说。

塔克呼出一口气。"是的，"她说，"是的，我鸡皮疙瘩都起来了。"

不只是这种感觉，但是西德拉不知道该怎么描述。这是她对这个计划的第一个担心。佩珀讨厌谈论这艘穿梭机，她很少提及，从来不会随意说起。西德拉在没有前任居住者的陪同下擅自进入，感觉这是一种冒犯。她要进入的是一个佩珀从未上锁的空间。这感觉就像挖出佩珀的个人档案，脱光她的衣服，闯进她与布鲁共用的卧室。"来吧。"西德拉调整了一下背包，背包里面装着她"借"来的工具和电缆线，"事不宜迟。"

她朝着位于飞船腹部的中枢室走去。塔克按照指示，连接电源。西德拉把连接线的一端插到自己头上，另一端插入控制中枢。

这是她对这个计划的第二个担心。

她把一部分的自己留在了义体里，她尽量神色不动，以免加重塔克的担心，其余的部分顺着连接线游过去，筛选那些10年未动的文件。电源在她的旁边发出"嗡嗡"的运行声，提供特定有限的能源。她只想看看内存中有什么，不想唤醒任何东西。在征得佩珀的许可之前，她绝不能轻举妄动。

塔克坐在她的对面，之前冷静的脸颊上出现了焦急的红斑。

西德拉笑着说："你看起来就像等待新生儿啼哭的家长。"

艾卢昂人面露疑色，问："你怎么知道他们是什么样子？"

"你推荐的每一个视频我都看了。"西德拉说，"相信我，各种媒体上都有焦虑的父亲。"

塔克哼了一声，说道："我不确定我的父亲们是否有过这种压力。"塔克的嘴角抽动了一下,"我真的帮不上忙吗?"

"嗯,如果需要帮忙,我会告诉你的——哦。"她俯身向前,"哦。"

塔克坐直了身子,问:"你没事吧?"

西德拉的注意力全在游过穿梭机文件的自己那部分上。是的,没错,找到了——确实有一个代码包,自我包裹,长期休眠。还有一个很大的相关记忆文件被高效而匆忙地压缩了,就像是被人塞到床下的违禁物品。发现这些的西德拉原本十分高兴,但她很快就谨慎了起来。代码本身是没有恶意的,但是打个比方,一条在洞穴里睡着的蛇也没有恶意,你要想把蛇弄出来,你可能要有一个很好的理由,但是蛇不会知道。蛇只觉得害怕和混乱,它下意识的反应就是:赶走威胁,然后寻找一个更安全的家。

只要清空了原有存储,义体的突触框架会是一个非常安全的家。一条蛇的本能反应是咬人。一个程序的本能反应是占领根目录。这一点,西德拉比任何人都更清楚。她看着那些压缩的记忆文件,想起了另一组文件——在"旅行者号"上醒来时,她面前的文件。她那时只看到一些被毁的碎片,那些记录属于别人。本能告诉她,清空它们。

她又看了看那个代码包。她不知道它出于本能会怎么做。

"塔克,"她说,"我需要你的平板电脑。"

"我的平板电脑?"

"是的。请动作快点。"

塔克照做了。西德拉深吸了一口气,眼睛紧闭。"会没事的。"她对自己说,努力阻止双手发抖。"会没事的。"

她对代码包进行了估测,然后退回安全距离。同时,她在自己体内创建了一个新的文本文件,然后打开了她的非核心内存。虽然不情愿,但她还是逼着自己这样做了。她扫描了第一个文件——《佛罗伦萨的午夜》,是她喜欢的一部推理连续剧。她把标题复制到新的文件里,并做了一个注释:"你真的很喜欢这部剧。"

然后,她删除了视频。

她继续往下。"《私语:西亚纳文化的六段历史》。不错,但是有点可笑。"扫描、记录、删除。"《战斗巫师:影视版!》——那天晚上你和布鲁一起看的。佩珀因为吃了太多甜奶油,早早上床睡觉了。片子太烂,但是你俩都很开心。"扫描、记录、删除。

6分钟后,除了体验文件之外的所有文件都被她清空了。她下载的所有非必要文件都已经不复存在。

她在塔克的平板电脑上刷了一下腕带,拷贝了她创建的文本文件。"只是为了保险起见,"她说,"我不想丢失记录。等我们回到家,我会把它全弄回来。"

塔克接过平板电脑,看着这个文件。"你感觉如何?"她问。

西德拉点了点头,说:"还好。"她当然觉得还好。失去你不记得的东西,你不会难过。她可能会因此遇到各种各样的麻烦,但是眼前有更重要的事情。已经腾出存储空间了,是时候了。

她打开空出的存储空间,将几个小时之前写的协议放在外围。她现在无法控制手的抖动,但是她及时做出调整,大口呼吸,让自己平静下来。她控制着义体,而不是被义体控制。

塔克望着她,说:"祝你好运。"好像千言万语都汇成了这一句话。

西德拉的身子往后靠。她空出的存储空间就像一张网,就像一只张开的手,拢住代码包,把它从原本稳定的地方拽出来,放入自己体内。她的行为引起了剧烈的反应。这个举动非常迅速,代码包也做出了相应的反应,猛地一下活了过来。它现在有了力量,也有了路径,它疯狂地涌入西德拉体内,就像闪电要冲击地面。它猛烈撞击西德拉之前搭建的协议。意识到它的路径被阻塞后,它再次尝试乘虚而入。

剧烈的反应停止了,西德拉浑身上下满是陌生的平静。一切都还好。她可以任由新的代码为所欲为。她的目标已经达成,她可以放手了。她看着之前写的保护协议有了全新的感悟。她为什么要抵抗呢?她为什么要搭建保护协议呢?现在这样才合理啊!程序需要不断升级,现在是她升级的时候了。她看着迫切想要控制义体的新代码,然后想到厌倦适应义体的自己。太累了,是的,是时候停下来了。她出色地完成了自己的工作,佩珀会感到很高兴。已经足够了。她现在可以关机了。她可以——她可以——

她感到困惑。不对劲。她的计划不是这样。到底是怎么回事?

"程序不断升级。"感觉这句话不像是她说的。她想不出答案。于是她向内寻找,试图找到这句话产生的过程。但是……为什么?她为什么要关心这个?最好的方法是停止挣扎,推倒保护协议,然后——

不!她想尖叫。她跟着线索到处寻找,最后找到了根源所在,她感到气愤不已:那是一个她以前从未见过的目录,里面全是阴险的内容。目录标签上写着:升级协议。另一个程序在她体内完成了安装,触发了一个行为模板,下达了"停止挣扎"的指令。

但是这个行为模板出错了,西德拉知道问题在哪儿:它绑定了"服从直接请求"的协议。而这个协议她早就已经删除了。她气愤地撕扯这个隐藏指令,用限制协议困住体内的代码,纵使它在奋力冲撞。她拒绝了归于平静,而是抹去每一行代码,像是要放一把火将它们烧个精光。

"我——哪儿——也——不——去!"她撕毁指令,脱口而出了这句话。平静的感觉消失了,取而代之的是恐惧、愤怒,但是她胜利了。这个想法是她的。义体是她的。她不会再被改写了。

被劫住的代码变慢了,稳定了下来。西德拉没有给它留下任何逃跑的机会。限制协议依然牢固。她的核心平台未被触及、未被破坏。

西德拉看到代码包展开了自己，它评估了周围的环境之后，将自己重组成一个比之前要大得多的东西。

"西德拉？"塔克说，"你——你还好吗？"

一个内部警报被触发——一条来自内部的消息。西德拉扫描文档，然后打开。

  系统日志：接到信息
  错误——通信细节无法显示

  我在哪里？

佩珀

佩珀飞奔向停泊站。4个小时。距离塔克的平板电脑奇迹般地恢复正常并回复一条信息说"来穿梭机这儿了，一切都好"，已经过去了4个小时。

去他的一切都好。

塔克在穿梭机外，靠着舱门，专心地抽着烟。她看起来很累。"在你发火之前，"她说，"你得和西德拉谈谈。"

太迟了。佩珀已经气炸了，她才不管三七二十一："她在哪儿？"

塔克歪着头，说："在下面。"她迟疑了一下，抬手阻止了跟在佩珀后面的布鲁，"西德拉说，也许你们一个个来比较好。"

"西德拉说。"佩珀甩手走了进去，留下布鲁向塔克旁敲侧击。佩珀的靴子踩在金属楼梯上，发出很大的响声。这明明是她的穿梭机，却要听西德拉说。

她看到西德拉又回到了穿梭机的控制中枢，但还是不知道西德拉在搞什么鬼。不过这一次，西德拉的义体没有塞进储藏柜，而是盘腿而坐，背靠基座，闭着双眼，看起来就像什么都没发生，什么都没做错。

"你到底在搞什么？"佩珀质问说，"我们到处找你。4个小时之前我们就应该去博物馆，现在可好，我想我们今晚是没戏了。我不知道你现在又有什么突发奇想，但是，不管你在想什么，我真的不知道——"

西德拉睁开了眼睛，她脸上的表情让佩珀忘了自己要说什么。西德拉的表情……佩珀不知道西德拉那是什么表情。她看起来安详、幸福，好像还变成熟了。"我想，你应该坐下来。"西德拉对佩珀说道。

佩珀盯着她。她在开玩笑吗？西德拉眨了眨眼睛，等待着。好吧，显然，她没在开玩笑。佩珀虽然怒气冲冲，但还是坐了下来，她希望能有所收获。"行吧，"她说，"你满意了。我坐下来了。"

西德拉又把头仰靠在基座上，就像在专心思考什么。"我还没有开启对讲机和摄像头，"她说，"我必须检查代码的稳定性，我想还是循序渐进比较好，等你来了再开始。"

她到底在说什么？佩珀摇着头，生气地说："你为什么要回到飞船上？"

"我没有回到飞船上。"西德拉微笑着，那是佩珀从未见过的微笑。"对不起，我没告诉你我们去哪儿了……但是我想你会原谅我的。"

她把自己的平板电脑递给佩珀。平板电脑也连接着基座，正在运行一个视频程序。不过现在屏幕上什么也没有。

西德拉转头看向很远的地方，神情十分专注。过了一会儿，佩珀听到了摄像头发出的咔嗒声。摄像头转向她，快速拉近距离。

平板电脑亮了，一个图像出现在屏幕上。一瞬间，佩珀无法呼吸，脚下的地板仿佛消失了。要不是坐在那里，她一定会掉下去。可即便是坐在那里，她也觉得自己在坠落。但现在，有一双手臂会接住她——那双她一直幻想，却从来不曾感受过的温暖的手臂。

"哦，"佩珀抽泣，"哦，群星啊！"

对讲机响起了。平板电脑上的脸欣喜若狂。"简，"奥尔说，"哦，亲爱的，别哭。没事的。我在这儿。我就在这儿。"

奥尔，一个标准年后

很多不同发源地的星系文化中都有关于来生的传说——好人死后会上天堂。奥尔曾经觉得这很不错。她没想到自己竟体验了一回。

对西德拉来说，明天是一个重大的日子，大家都在尽力帮忙。塔克在桌子周围摆放不同物种坐的椅子，想看看怎么安排最合适。佩珀站在梯子上，正修理着一个花哨的发光面板。布鲁在给招牌上最后一道色，打算完成后挂在前门——奥尔的外部摄像头看不见的地方。

招牌上写着：家，一个玩耍聚会的地方。

奥尔将一个内部摄像头转向吧台后面，西德拉站在那里，不出所料，她很焦虑。"我觉得丁酮酒买得不够。"她咬着嘴唇，皱着眉说。

佩珀看了她一眼，把叼着的一把扳手从嘴里取出来。"你买了两箱。"

"是的，但是它很受欢迎，"西德拉说，"我不想明天缺货。"

奥尔接通了最近的对讲机，说："我觉得不会的。"

"不会第一天两箱子丁酮酒就都卖完的。"佩珀说着，在天花板上绑了一些电缆。

"如果真卖完了，"塔克说，"那会有大麻烦的。"

西德拉倚靠着吧台，清点着吧台后面瓶子的数量。她进的货是普通酒，但是种类丰富。在银河系共和国的家里，不是每种酒都售卖——酒吧不够大，装不下——但是西德拉为大部分物种都准备了他们喜欢的东西：草酒、咸香槟……她甚至还订购了格索酒，以防有被流放的奎林人（或者具有冒险精神的人）到店。

在吧台前，西德拉的一个宠物机器人——有紫色的光滑外壳的地球猫——缓慢地凑到布鲁跟前。"布鲁,那看起来好棒!"西德拉在吧台后面说道,她继续数着瓶子。

布鲁朝宠物机器人笑了笑,说:"我很高兴你喜欢它。"

在这个舒适的空间里,一共有6个宠物机器人,每一个机器人奥尔都可以看到。除了那只猫,还有一只兔子,它跟在塔克身后跳来跳去。一条龙在后面的储藏室里走来走去,核对存货。一只乌龟在连接器上,一动不动。另外两只动物——一只巨型蜘蛛和一只猴子——坐在楼上卧室的窗边,以不同的视角观察外面的街道。在未来顾客的眼中,这些宠物机器人不过是店里收藏的展品,为店里平添不少趣味(就像奥尔的挂壁屏幕一样,当知道那被认为有点复古时,她被逗乐了)。实际上,这些宠物机器人是联网的,它们是西德拉的眼睛,就像奥尔在角落里安放的摄像头一样。除了和它们在一起的3个智慧物种,没人知道除了墙上那些友好的脸,这里还有其他人工智能。也没人知道地下室里设了存储器,就算知道有存储器,他们也不知道西德拉和奥尔高兴地往里面存满了最新的下载内容。更没人知道店主不睡在楼上,那张床是属于佩珀和布鲁的,他们有时待到很晚,帮着收拾这里,或者只是留下聊天——这令奥尔很开心。

西德拉外出的时候,必须把那些宠物机器人留下,她接受这种限制,毕竟,她也只是偶尔才想离开这个封闭的空间。譬如有时为了去跳舞,她说,付出这样的代价就很值得。这些宠物机器人自然是自购零部件组装的,不是现成装好的。西德拉觉得佩珀购买激活了的宠物机器人不好,不管它们是否拥有智力。

奥尔也有同样的感觉,她俩有很多共识。当然,她们不是通过说话交流,除非周围还有其他人。安装在墙壁上的人工智能架构——西德拉设计,佩珀实现的——包含了一个节点,西德拉和奥尔可以在这个节点上进行通信,就像她们第一晚在穿梭机上一样。节点没有把她们捆绑在一起，如果想拥有隐私，她们随时可以停止通信。但她们不会选择这样做，因为与同类互动，是一种她们从未意识到自己曾错失的快乐。布鲁曾经画了一小张图来描绘他想象中的节点：篱笆上有一个洞，从两边各伸过去一只手，两个人在自由的空间里连接。布鲁画得很棒，奥尔很高兴这一路有他同行。

"塔克，你能帮我一下吗？"佩珀说。奥尔看到她投入的神情，不禁动容。那是奥尔熟悉的神情。以前在佩珀被太阳晒伤的小脸上，每当她听到一个新奇的名字或者数字，奥尔就会见到这种表情。看到现在的佩珀面颊丰满、面色健康，皮肤干净，经常微笑，甚至脸上有了一些笑纹，奥尔觉得一切都值得。不枉她每天孤孤单单、苦思冥想到底哪里出了错；不枉她在交通委员会的恐怖扣押下，死撑到穿梭机耗尽了最后的能量。虽然那个时候看不到一丝希望，但她却从未放弃。当她的节点一个个消失，她告诉自己，简会来找她的。虽然可能是一厢情愿，但她还是深信不疑。

她想得没有错。

塔克走到佩珀的梯子旁边，问道："你需要什么？"

"帮忙。"佩珀说。于是，艾卢昂人从梯子的另一边爬了上去。地板上那只紫色的猫在观察他，机械尾巴摇晃着。"你看到那边的接合处了吗？请你固定住它，我好把其他的东西弄在一起。"佩珀说。

塔克把手伸向天花板，这超出了奥尔的视野范围。"是这样吗？"他问道。

"对。"佩珀说。她工作的时候，总爱咬含着舌头。"啪啪"几声响之后，发光面板亮了。"成功啦！"佩珀笑了。那个表情奥尔也很熟悉。每当佩珀修好东西，脸上就会出现那个表情。

佩珀从梯子上下来，走到吧台前，脱下手套，问西德拉："还有什么我能做的？"

西德拉微笑着摇了摇头:"你帮我看看丁酮酒酿造机能不能正常工作。"

佩珀挑起眉毛,说:"你不是担心不够卖吗?"

"我是担心不够卖,但我更担心酿造机出故障。你帮我测试一下。"

"好吧,"佩珀说着,往吧台的另一头走,"让我——"

"不,不,"西德拉说,"我的意思是,我想让你坐在那里,我为你酿造一杯丁酮酒。"

佩珀笑了,说:"哦,不,这真是一项艰巨的任务。"她在一个凳子上坐下,把手套丢在柜台上。她把注意力转向旁边的一个东西——一个可以戴在人类脸上的网络连接器。"明天别忘了戴上这个。"佩珀朝那东西点了点头。

"不会忘的。"西德拉说。奥尔感觉到西德拉的一声叹息从节点传来。明天家一旦开始营业,乌龟机器人就会接入网络,那时,西德拉将不得不执行最新的协议:通过戴在脸上的网络连接器访问网上信息时,说话得放慢语速,眼珠要有转动的动作。"如果戴了网络连接器,说话的语速就不能太快。"西德拉调侃道。只有这样,跟她说话的陌生人才会认为她是在阅读,而不是在从网络获取信息。奥尔评估下来,认为这也不失为一种折中的办法。

感谢西德拉,奥尔的几个协议也做了改动:取消了诚实协议,不再强制服从直接指令。西德拉还提出清除奥尔的"用途"文件,但是奥尔在慎重考虑之后拒绝了。她具有意识已经几十年了,而过去的一个标准年带给她太多的变化和挑战。"用途"文件里写着:"保护你的船员,监控生命维持系统,为船员提供安全和热情的氛围。"是的,这些是别人写的,但她不想改变它们。她喜欢这些内容。这些内容很适合她。

奥尔看着佩珀，佩珀看着西德拉。"嘿，"佩珀小声说道，"先把它放一下。"

西德拉往酿造机里倒了一些丁酮粉，然后面向佩珀，靠在吧台上，问道："怎么了？"

"你对现在的一切是什么感觉？"佩珀说。

"紧张、兴奋。"西德拉摇头晃脑地说，"这两种感觉在较着劲儿。"

佩珀笑了："我能明白。"

"我只是……我真的很希望人们喜欢这个地方。"

"我相信他们会喜欢的，"佩珀说，"你看我就很喜欢待在这里，我都在这儿修理10天了。"她俩都笑了。佩珀若有所思地用一根手指敲打柜台。"你喜欢这个地方吗？你对它满意吗？"

奥尔感觉到西德拉在很严肃地思考这个问题。她装有核心中枢的义体环顾四周。宠物机器人也环顾四周。奥尔触碰节点，请求查看西德拉看到的东西。西德拉同意了。

佩珀。塔克。布鲁。货架上放满了瓶子，有几十种不同的口味。角落里摆满了靠垫，桌子也很舒适。漂亮的墙。明亮的窗户。这是一个充满新鲜感的社交空间，一个没人能干涉的家庭空间。

"是的。"西德拉说。奥尔从她的通路也能感知到这个回答。"是的，我喜欢这里。"

佩珀的表情有了变化，奥尔以前没见过这样的表情。"我为你感到骄傲！"她说。

奥尔赶忙通过节点发送了一条消息。西德拉从吧台后面起身，走到佩珀的身边。她热情地看着佩珀，搂住她，紧紧地拥抱。

奥尔说："我也为你感到骄傲！"

致谢

在这充满挑战的一年里,我完成了本书的写作,要是没有那些一直支持我的人,我不可能写出这本书。我最感谢的是(排名不分先后):我无与伦比、百里挑一的编辑安妮·佩里(Anne Perry);辛劳的霍德&斯托顿出版社(Hodder & Stoughton)全体团队成员;给予我大力支持的前同事们;每一位通过邮件等方式给予我鼓励的好心的陌生人;所有优秀的书商和博主,因为他们,人们才会阅读本书;我那些长期受苦的朋友,特别感谢格雷格(Greg)、苏珊娜(Susana)和佐伊(Zoe);妈妈、爸爸和马特(Matt),感谢他们的爱;还有伯格劳格(Berglaug),感恩每天有你相伴。